Sandra Berg

Cathy's dilemma

Westfriesland

Eerste druk in deze uitvoering 2007

ISBN 978 90 205 2854 1
NUR 340

Omslagontwerp: Julie Bergen
© 2007 Uitgeverij Westfriesland, Kampen

www.kok.nl

HOOFDSTUK 1

Het was bijna zeven uur toen Cathy eindelijk thuis kwam. Bijna had ze de brievenbus gelaten voor wat het was omdat ze niets anders wilde dan de wind en regen ontvluchten, die de afgelopen winter doorlopend had gedomineerd en ondanks het intredende voorjaar van geen wijken wist. Bijna had ze meteen de behaaglijkheid van haar eigen woning opgezocht. Maar ze had het niet gedaan. Ze was naar de wand met brievenbussen gelopen en had haar eigen post eruit gehaald. Inclusief die onopvallende brief die alles op zijn kop zou zetten.

Toen ze uiteindelijk haar woning binnen liep, rilde ze teleurgesteld. Het was verre van behaaglijk in het appartement. Ze had de verwarming natuurlijk weer te laag gezet. Het was allang niet meer nodig om voortdurend te bezuinigen, maar de gewoonte zat er nog steeds in. Ze gooide de post op het kastje met mutsen en wanten in de hal, hing haar jas op en liep door de kleine, witgeverfde hal naar de woonkamer. Ze zette de thermostaat op vierentwintig graden en wandelde naar de keuken om een kant en klaar maaltijd in de magnetron te zetten. Ze wist niet wanneer ze voor de laatste keer had gekookt. Ze geloofde niet dat het heel erg lang geleden was. Was het niet pas een week geleden toen ze voor haar en Ronald een pastagerecht in de oven had laten aanbranden? Ze glimlachte bij die gedachte en zocht in de diepvries een schotel met kip in kerriesaus uit.

Terwijl het gerecht zijn rondjes in de magnetron draaide, bereidde Cathy een mok cappuccino uit een zakje en ging ermee aan de keukentafel zitten. Drie tellen dacht ze aan de post. Ze had de enveloppen en reclamefolders even doorgebladerd toen ze hen uit de brievenbus had gehaald en als ze zeker had geweten dat er alleen rekeningen tussen hadden gezeten, wat eigenlijk vrijwel altijd het geval was, dan had ze de post op het kastje in de hal laten liggen. Minstens tot aan het eind van de week. Of langer. Tegen die tijd zou zich daar dan een hele stapel post hebben gevormd die erom schreeuwde om opgeruimd te worden. Althans … zo stelde Ronald het dan. Ronald kon slecht tegen troep. Het irriteerde haar soms dat hij zich met haar troep bemoeide. Nog irritanter was het feit dat hij daar gelijk in had. En ze moest toegeven … zijn bemoeienissen waren niet zonder resultaat. Sinds ze hem kende was de troep in haar woning langzaamaan minder geworden en zag het er zelfs echt gezellig uit. Het kastje in de hal voor de eerder rondslingerende mutsen en wanten was ook zijn idee geweest. De post erop niet. En die post was dus, zoals gewoonlijk, blijven liggen als die ene envelop er niet tussen had gezeten. Die ene brief met het etiketje waarop haar naam en adres in blokletters was vermeld. Die brief was de reden dat ze nu opstond om de post te halen. Teruglopend naar de keuken, pikte ze de enveloppe eruit en staarde een tijdje naar het getypte etiket en de postzegel. Ze kon de plaats van afstempeling niet lezen. Ze keek op de achterkant en zag een postcode en een huisnummer. Het was een van de zeer weinige postcodes en huisnummers, die ze meteen herkende. Zelfs nu nog. Ze zakte neer op haar stoel aan de witte keukentafel en staarde naar de cijfers, die nu door elkaar heen leken te bewegen.

Haar vingers trilden een beetje. Hoelang was het geleden dat ze die postcode … dat huisnummer … dagelijks had gezien? Twaalf jaar … dertien jaar? Ze sloot een paar tellen haar ogen en zag zichzelf de Beekweg weer uitlopen. Ze voelde de hengsels van de zware rugzak weer in haar jonge schouders snijden en huiverde bij de gedachte aan de koude wind die langs haar betraande gezicht streek. Ze had niet meer omgekeken. Vijftien jaar was ze toen geweest. Vijftien jaar en niet helemaal beseffend wat het betekende dat de weg achter haar werd afgesloten. Want dat was die dag gebeurd.

Ze keek opnieuw naar de witte enveloppe. Ze vroeg zich af of ze hem niet het beste meteen kon weggooien. Opbranden en weggooien. Gewoon doen alsof ze hem nooit had ontvangen. Maar dat zou een daad van lafheid zijn. En laf was ze niet. Iedereen beweerde dat tenminste. Hoewel ze zelf soms nog twijfelde, wilde ze het zo graag geloven. Zo graag bewijzen. Daarom zou ze de brief openmaken. Ze zou hem openmaken en lezen. En ze zou erop reageren als dat van haar werd verwacht.

Ze slikte moeizaam en nam haastig een slok cappuccino. De magnetron gaf met een bescheiden belletje aan dat hij zijn werk had gedaan, maar het drong nauwelijks tot Cathy door. Met een resoluut gebaar trok ze de enveloppe open en opende de getypte brief. Er viel geen handschrift te herkennen, maar de brief was dusdanig kort en zakelijk dat het vrijwel zeker was dat Rinus hem had gedicteerd. Misschien had hij hem zelfs zelf uitgetypt, hoewel hij daar nooit erg goed in was geweest.

Cathy,
Het heeft mij veel moeite gekost om je te vinden, maar waarschijnlijk was dat ook de bedoeling.
De reden dat ik je toch schrijf is kanker. Een aantal maanden geleden hebben de artsen een agressieve vorm van kanker bij mij ontdekt. Het komt erop neer dat ik niet meer lang te leven heb. Tegen de tijd dat je deze brief leest twee weken ... misschien drie.

Voordat ik voorgoed vertrek, wil ik je nog een keer zien. Ik neem aan dat jij die wens niet deelt, maar je bent het mij schuldig.
Ik ga ervan uit dat je naar Olme komt. Het geld voor de reis heb ik hierbij in de enveloppe gedaan, gezien je waarschijnlijk nog niets bent veranderd en zelf geen geld voor handen hebt.
Je vader, Rinus.

'Het is maar goed dat je je naam erbij hebt gezet,' mompelde Cathy. 'Anders had ik niet geweten dat je mijn vader was, Rinus.'

Ze legde de brief voor zich neer en staarde naar de zwarte letters, die nu in elkaar over leken te lopen.

Toch zette de bitterheid, die ze zo graag wilde voelen, niet helemaal door. Hij is ziek, dreunde het in haar hoofd. Hij gaat dood.

'Nou en?' zei ze hardop. Ze stond op en begon in de kleine keuken te ijsberen. Waarom zou ze naar hem toegaan? Omdat hij haar ontbood? Want zo was het toch? Hij vroeg het niet. Hij eiste. Min of meer dan. Alleen al daarom zou ze niet naar hem toe moeten gaan. Alleen al vanwege die alles overheersende toon, die hij zelfs in zijn korte brief wist te handhaven en die blijkbaar nog niet onder zijn ziekte had geleden, zou ze de brief moeten verscheuren en verbranden. Maar hij ging dood. Haar vader ging dood. Twee weken. Misschien drie. Het was verdorie niet eerlijk. Het gaf haar niet eens de tijd om na te denken. Waarom had hij haar gevonden? Het was zoveel gemakkelijker geweest als dat niet was gebeurd. Als ze het niet had geweten. Als ze had kunnen doen alsof het haar niet kon schelen. Net zoals ze dat destijds had gedaan. Alsof het er allemaal niet aan toe deed.

Ze wierp de brief een woedende blik toe, liep naar de kast, schonk zichzelf een groot glas koffielikeur in en dronk het achter elkaar leeg. Haar keel brandde en haar slokdarm ver-schroeide. Een vlaag van hitte en misselijkheid trok door haar lichaam en ze werd duizelig. Ze mompelde een verwensing en ging naar de woonkamer. Haar eigen woonkamer. Ingericht met knusse meubels van Ikea, helemaal volgens voorgekauwd concept. Ze ging zitten op de witte tweezitter en liet haar rug tegen de felgekleurde kussens zakken. Ze keek naar de antiek-gebeitste vurenhouten salontafel, met daarop niet meer dan een stapeltje tijdschriften. Ze keek naar de mat, waar de salon-tafel op stond, in donkerrode en blauwe tinten en de fauteuil met de wit-rood gestreepte stof. De witte kast met het witte servies met die lieveheersbeestje – waar had ze dat ook al weer gekocht? Ze meende in een tuincentrum – en naar de boeken-planken die de wand achter haar in beslag namen en volge-stouwd waren met boeken. Voor haar, op de lage vurenhouten kast, stond een plasma televisie. Ze had nooit gedacht dat ze aan zoiets geld zou uitgeven, maar ze was nu eenmaal iemand die nogal eens van gedachte veranderde. Tegen de muren hin-gen posters in mooie lijsten. Eentje was een geschilderde, kleu-rige kat en de ander was een uitvergrote foto van Stockholm bij ondergaande zon, die ze ooit zelf had gemaakt.

Er hing ook nog zo'n klein diepteschilderijtje, een soort mini-kastje, waar een berenfamilie in woonde. Ze had het bij Ikea in Zweden gekocht. Lang geleden. Het was een van haar dier-baarste bezittingen. Veel andere beeldjes en frutsels die ze in de loop van de tijd had gekocht, zaten verpakt in dozen in de voorraadkast. Veel ervan had hier in de woonkamer gestaan, totdat ze hem opnieuw had ingericht. Samen met Ronald. Hij had haar aangeraden om een groot deel van de rondslingeren-de voorwerpen op te bergen en later misschien eens te verwis-selen met de dingen die nu wel mochten blijven staan. Maar de berenfamilie zou ze niet wisselen. Net zo min als de statige kandelaars bij het raam en de twee pluche beren op haar slaapkamer. In de dozen zaten ook veel herinneringen die ze niet had willen opbergen, maar Ronald had wel gelijk gehad. Nu ze de oude meubels eruit had gegooid en een beetje orde had aangebracht, was het werkelijk knus in haar appartement.

Het was de eerste keer dat ze een woning helemaal naar eigen smaak had ingericht – en een beetje naar de smaak van Ikea – en alles op orde had. Voor het eerst had ze het gevoel dat ze haar leven onder controle had. Een goede baan, een leuk huis, een lieve verloofde. Het vooruitzicht op een huwelijk en een hele reeks kinderen. En nu gebeurde dit.

Ze pakte een kussen vast en drukte dat tegen haar maag. Opeens was ze weer een puber van veertien jaar. Ze zat naast haar vader op de bank en rook zijn aftershave. Bijna konden ze elkaar aanraken. Niet helemaal. Het voelde niet vertrouwd, zo naast haar vader op de bank.

Haar vader had zijn gezicht naar haar toegewend en keek haar strak aan. Er waren weinig mensen die op die manier konden kijken. Het was alsof hij door je heen keek. Alsof zelfs je diepste gedachten niet veilig waren voor die strakke blik van hem. 'Cat …'

Cathy had ook toen een kussen tegen haar buik gedrukt. Een gewoonte die ze had ontwikkeld toen ze nog klein was en tenminste een vorm van zekerheid nodig had en die er nooit meer uit was gegaan. Ze had het automatisch gedaan toen hij haar 'Cat' had genoemd. Het kussen gepakt en tegen haar buik gedrukt. Ze had niet gehuild, die keer.

'Cat … je mag er met niemand over praten. Als je het zegt, maak je alles alleen maar erger. Je moeder is zwak en dat weet je. Ons geheim kan haar kapot maken. Daarom mag je niets zeggen. Daarom blijft het ons geheim. Het is ons geheim.'

Hij zei het niet op de manier waarop vriendinnen elkaar geheimpjes vertelden. Niet verder zeggen, hoor … giechel giechel.

Ze had heel goed begrepen dat het ook geen verzoek was geweest. Haar vader deed niet aan verzoeken. Het was een eis geweest. Niets minder. Een eis waar ze slechts een aantal maanden aan had voldaan. Het was nooit haar bedoeling geweest om haar mond open te doen over het geheim waarmee haar vader haar had opgezadeld. Het was gewoon gebeurd toen ze, uit pure frustratie, een keer tegen haar moeder was uitgevallen. De gevolgen waren erger geweest dan ze zich had kunnen voorstellen. Het had meer gedaan dan alleen haar moeder kapotmaken. Haar vader had het haar nooit vergeven. Waarschijnlijk had ze het zichzelf ook nooit vergeven.

Cathy drukte het kussen steviger tegen zich aan, terwijl ze weer terugkeerde in de tegenwoordige tijd. Ze merkte dat ze huilde. Waarom? Waarom uitgerekend nu? En waarom was ze niet in staat om de brief simpelweg te negeren?

HOOFDSTUK 2

Cathy had het licht in de woonkamer gedimd en overal kaarsen neergezet. De flakkerende vlammetjes verspreidde een gezellig geel licht en de geur van kaarsvet herinnerde haar aan de tijd dat ze Ronald pas kende. Op de tafel stond een fles rode wijn, die gezien de prijs goed moest zijn, en twee fonkelende glazen. Ze had ze nog even opgepoetst voordat ze hen op tafel had gezet. Cathy had zelfs de moeite genomen om zich op te maken en haar rode krullen in een zakelijke, maar sexy knot op te steken. De jurk die ze droeg vond ze zelf niet geweldig omdat het te veel van haar zelf liet zien en daar was ze niet bijzonder trots op. Ze had liever wat minder van zichzelf gehad. Maar ze wist dat Ronald hem geweldig vond.

Toen ze zijn sleutel in het sleutelgat hoorde, ging ze snel op de bank zitten en deed haar best een verleidelijke pose aan te nemen.

Ronald zou vanavond geen vragen stellen.

Ze zag de verrassing op zijn mooie lieve gezicht toen hij de kamer binnenliep. Hij droeg een driedelig pak, waaraan hij een hekel had. Werkkleding, noemde hij het altijd minachtend. Maar de rechtbank stelde nu eenmaal hoge eisen. Ronald zou het niet in zijn hoofd halen om, tegenover de rechter, in minder dan een driedelig pak te verschijnen. Hij had het pak, zijn werkkleding, nodig om zich zeker te voelen. Gelukkig alleen in de rechtbank. Thuis voelde hij zich prima in spijkerbroek en shirt.

Hij liet nu zijn aktetas op de grond vallen, maakte zijn jasje los en trok zijn stropdas los, zichtbaar blij dat hij zich tenminste een beetje kon bevrijden.

'Wat een ontvangst,' zei hij verheugd. 'Hebben we iets te vieren?'

'Yep. Vandaag vieren we dat ik van je hou,' zei Cathy.

Ronald trok een teleurgesteld gezicht. 'Ik dacht dat je altijd van mij hield.'

'Dat doe ik ook. Ik vier het alleen niet altijd. Kom.' Ze tikte met haar hand op de zitting van de bank, naast haar. 'Wijntje?'

'Natuurlijk.' Met een grote grijns ging Ronald zitten. Hij hoopte dat Cathy niet merkte hoeveel moeite hij moest doen om die grijns vast te houden. Hij voelde dat er iets aan de hand was. Hij voelde de spanning, die als een schim in de kamer rondwaarde. Dreigend …

Hij probeerde te ontspannen. Misschien kwam hij teveel in de rechtbank. Misschien zocht hij overal wat achter. Beroepsdeformatie …

Cathy schonk de glazen vol met wijn. Ze merkte dat haar hand trilde. Ze wilde niet dat hij trilde. Had ze niet besloten dat er niets aan de hand was? Dat alles zo zou blijven als het was?

Ook zij probeerde te ontspannen. Maar iets tussen hen voelde ongemakkelijk aan. Al bleven ze het allebei hardnekkig negeren.

Ronald vertelde over de rechtbank en over de dingen die hij die dag had meegemaakt. Hij deed zijn best om het interessanter te laten klinken dan het was en Cathy probeerde te luisteren. Iedere keer dook die ellendige brief weer voor haar op. Ze had hem weggeduwd in een la met oude foto's, waar ze nooit naar keek. Ze had zichzelf voorgenomen dat ze hem op een later tijdstip toch maar zou weggooien, omdat dat voor iedereen het beste zou zijn. Maar nu had ze het nog niet gedaan. Misschien had ze dat beter wel kunnen doen. Het leek wel alsof hij op de binnenkant van de la bonkte om gezien te worden. Als Cathy een seconde haar ogen sloot, zag ze de lade langzaam openschuiven en de brief eruit springen. Wat natuurlijk belachelijk was. Brieven konden niet springen.

Ronalds hand gleed kriebelend over haar schouder. Hij dook onder de bandjes van haar jurk en gleed plagend omlaag. Cathy werd er kriebelig van. Ze onderdrukte de neiging om hem van zich af te duwen en weg te rennen. Ze onderdrukte de neiging om te gillen. Had ze uiteindelijk niet zelf besloten om Ronald vanavond te verleiden? Om gewoon alles te vergeten door een ongegeneerde vrijpartij?

Ze dwong zichzelf tot een glimlach. 'Zullen we naar de slaapkamer gaan?'

'Dat kunnen we doen. We kunnen ook hier ...'

'Nee, niet hier. De overburen kunnen naarbinnen kijken.'

Ronald zag niet helemaal in hoe dat mogelijk was, aangezien de dikke gordijnen gesloten waren, maar hij besloot er niet tegenin te gaan. Hij slaagde er eindelijk in de wat vreemde sfeer te negeren en wilde van die gelegenheid gebruik maken.

'Goed,' gaf hij toe. 'Kom ... voordat het koud wordt.'

Cathy giechelde toen ze met hem naar de slaapkamer liep. Ze zou gewoon nergens meer aan denken. Alles vergeten. Morgen was alles zoals voorheen.

Een kwartier later lagen ze naast elkaar op bed. Hun kleding lag verspreid over de vloer en Cathy kroop weg onder de deken.

'Oké ...' begon Ronald. 'Wil je nu zeggen wat er aan de hand is?'

'Niets. Ik had gewoon ... ik dacht dat ik zin had. Ik wilde het eigenlijk ook, maar ... geef me gewoon heel even wat tijd. Het komt wel weer.'

'Nee. Dat denk ik niet. Je had geen zin om te vrijen. Eigenlijk wist ik dat wel, maar ik vrees dat ik gewoon even egoïstisch was. Maar niet egoïstisch genoeg om door te zetten als mijn aanraking alleen al je irriteert ...'

'Je aanraking irriteert mij helemaal niet,' viel Cathy hem verontwaardigd in de reden.

'Jawel. Mijn aanraking irriteert je wel. In elk geval nu. Misschien irriteer ik je op dit moment helemaal, maar ...'

'Dat is weer zo typisch. Nu heb ik het weer gedaan,' viel Cathy uit. 'Alleen omdat het even niet zo lekker ging. Misschien lag het wel aan je aanraking. Weet je dan niet dat vrouwen even tijd nodig hebben? Gaat alles niet naar wens ... en dan is meneer weer beledigd. Ik wil niet eens meer.' Ze kroop verder weg onder de deken.

'Je wilde sowieso niet. Je wilde in elk geval niet vrijen. Maar volgens mij wil je wel ruzie maken.' Ronald bleef rustig. Waarom bleef hij toch altijd zo rustig? Dat was pas irritant.

'Ja, ja ... geef mij maar weer de schuld,' gromde ze.

'Wil je mij nu eindelijk vertellen wat er aan de hand is?'

'Niets. Gewoon. Mijn vader gaat dood.'

Nu verdween zelfs haar hoofd onder de deken.

'Je vader?'

'Kanker.'

'Ik wist niet eens dat je vader nog leefde. Je praat nooit over hem.'

'Nee. Ik wist zelf niet eens dat hij voor mij nog leefde.'

'Wil je er niet eens over praten?'

'Eigenlijk niet.'

'We kunnen ook in de kamer gaan zitten en de fles wijn leegmaken.'

'Ik liep weg toen ik vijftien jaar was. Ik zwoer dat ik nooit meer terug zou keren.'

'En dat heb je niet gedaan.'

'Nee.'

'Is het iets wat tussen jullie is gebeurd? Tussen jou en je vader?'

'Niets bijzonders. We konden alleen niet met elkaar overweg.'
Ons geheim. Je kunt er nooit met iemand over praten
'Waarom niet?'
'Allemachtig Ronald. Stel niet zoveel vragen. Hoe moet ik dat nu weten? Het botste gewoon.'
Ons geheim ...
'Hoe zat het dan met je moeder?'
'Dood. Ze stierf toen ik dertien was.'
'Waaraan?'
'Een ongeluk.'
In een flits zag Cathy zichzelf de garage binnengaan. Waarom was ze daar in de eerste plaats naar binnen gegaan? Ze kwam nooit in de garage. Wat had haar ertoe gebracht om het dit keer wel te doen?
Ze wilde er niet aan denken, maar het leek wel alsof de geur van smeerolie, benzine en stof vanuit een ver verleden zijn weg zocht naar haar neusgaten. Het was alsof de vochtige schemering haar opnieuw omringde.
Ze had de grote poort geopend en daarmee was het zonlicht de garage ingestroomd. Ze had met haar ogen geknepen en haar toen opeens gezien. Het was alsof ze haar eigen schreeuw nog kon horen.
'Wat voor een ongeluk?' vroeg Ronald.
'Gewoon ... een ongeluk.'
'Je wilt er niet over praten?'
'Liever niet.'
'Oké. Later misschien ...'
Het bleef even stil, voordat Ronald verder vroeg.
'Maar nu is je vader ziek. Heeft hij gebeld?'
'Geschreven.'
'Waarom?'
'Omdat hij kanker heeft. Omdat hij dood gaat.'
'Dat had ik al begrepen. Maar waarom heeft hij jou geschre-

ven? Wilde hij nog iets zeggen? Of misschien alle geschillen bijleggen?'

'Mijn vader legt geen geschillen bij. Hij heeft altijd gelijk. Volgens zichzelf dan.'

'Maar waarom dan?'

'Hij wil mij nog een keer zien. Hij eist dat hij mij nog een keer ziet.'

'Hij eist?'

'Mijn vader vraagt niets. Hij eist.'

'Oh ...' klonk het verbaasd.

'Ga je erheen?'

'Nee. Natuurlijk niet. Hij is voor mij lang geleden gestorven.'

'Is dat zo? Ik bedoel ... het zit je niet lekker.'

'Natuurlijk zit het mij niet lekker. Ik wil geen contact met iemand die dood is.'

'Hij is nog niet dood.'

'Voor mij wel.'

'Dus je gaat er niet naartoe?'

'Nee.'

Ze kwam weer onder de deken uit en staarde naar het plafond.

'Ik weet dat je dit niet wilt horen ...' begon Ronald voorzichtig.

'Begin niet met "het is toch je vader".'

'Nou ...'

'Ik wil het niet horen.'

'Ik wilde het ook niet zo zeggen. Ik wilde alleen zeggen dat je nu wel een kans krijgt om voor jezelf het verleden af te sluiten.'

'Dat heb ik lang geleden al gedaan.'

'Dat betwijfel ik. Je praat nooit over je verleden. In elk geval niet tegen mij. En als het werkelijk was afgesloten, dan had het je niet zo aangegrepen.'

'Het heeft mij niet aangegrepen.'

'Nou ...'

'Ik ga er niet heen. Ik ga naar de kamer, drink die verdraaide fles wijn leeg en verscheur de brief.'

'Zoals je wilt.'

Cathy stond met een nijdig gebaar op, trok een oversized shirt aan en liep naar de kamer, waar ze haar glas volschonk. Ze hoorde Ronald achter haar de kamer inkomen. Ze voelde dat hij naar haar keek en nam een flinke slok.

'Hij heeft nog maar twee weken. Drie misschien.'

Ronald zei niets.

'Verdorie.' Cathy dronk het glas verder leeg en schonk opnieuw in. Ronald kwam bij haar staan en schonk ook een glas in.

'Maar je gaat er niet heen?'

'Nee.' Ze nam weer een slok. 'Ik denk het niet.'

'Als hij nog maar twee weken heeft, zul je de beslissing snel moeten nemen.'

'Ik durf te wedden dat hij nog maanden blijft leven als ik erheen ga. Zo'n man is het. Je gaat erheen om afscheid te nemen en dan vertikt hij het om te gaan.'

'Ik weet het niet. Ik ken hem niet.'

Cathy draaide zich om, naar Ronald. Ze keek recht in zijn vriendelijke bruine ogen. 'Denk je dat ik moet gaan?'

Hij haalde even zijn schouders op. 'Misschien is het beter. Je hoeft tenslotte niet alleen voor hem te gaan. Je kunt het ook voor jezelf doen. Waar woont je vader?'

'In Olme.'

'Olme?'

'Een dorp, honderdvijftig kilometer hiervandaan. Je kent het niet. Denk ik.'

'Ik wil wel met je meegaan ...'

'Nee. Als ik het doe – ik zeg niet dat ik het doe – moet ik het alleen doen. Bovendien kun je niet zomaar wegblijven uit je praktijk.'

18

'Nee. Niet zo gemakkelijk. Maar als het nodig is ...'
Cathy schudde haar hoofd.
'Ben je daar opgegroeid? In Olme?'
'Ja.'
'Vriendinnen?'
'Eentje. Mindy. Maar ik heb haar al heel erg lang niet meer gesproken.'
Zou ze nog steeds zo spichtig zijn en rood piekhaar hebben?
'Vriendjes?' Het kwam er aarzelend uit. Hij probeerde te grinniken, maar het lukte niet.
'Niet echt.' Ze keek langs hem door.
Een nieuw beeld uit het verleden drong zich aan haar op.
Opnieuw keerde ze terug in haar tienertijd.
Vijftien jaar. Zo verschrikkelijk jong nog. Ze had haar gezicht tegen zijn borstkas gedrukt en snoof zijn geur en zijn warmte op. Ze lagen onder de dekens en in zijn armen was ze er zelfs in geslaagd een beetje te slapen. Het was vertrouwd en tegelijkertijd vreemd. Hem achterlaten was nog het moeilijkste van alles.
Ronald vroeg niet verder. Misschien had haar reactie iets bij hem opgeroepen, waardoor hij geen vragen meer stelde. Waardoor hij geen vragen meer wilde stellen.
'Ik neem aan dat je heel binnenkort gaat?'
'Ik heb niet gezegd dat ik ga.'
'Nee. Je hebt het niet gezegd.'
'Het is stom om erheen te gaan.'
'Om je vader te treffen?'
'Om mijn vader te treffen, waarmee ik al zolang geen contact meer heb gehad en met wie ik nooit overweg kon. Met wie ik waarschijnlijk nog steeds niet overweg kan. Maar ook om het dorp weer te zien. Er is daar niets voor mij. Alleen een verleden waar ik niets meer mee te maken wil hebben. Een afgesloten hoofdstuk.'

'Ik betwijfel of het afgesloten is.'

'Natuurlijk is het dat,' antwoordde ze fel. Ze nam nog een flinke slok wijn.

'Ja?'

'Ja. Verdorie. Ik weet het niet. Waarom moet hij ook schrijven? Waarom moet hij zo'n rotziekte krijgen waardoor ik mij schuldig voel als ik niet ga.'

'Hij zal er zelf niet om gevraagd hebben,' meende Ronald.

'Mijn vader vraagt nooit ergens om. Dat zei ik toch al. Hij zal het wel geëist hebben om mij nog een keer te laten opdraven.'

'Misschien is het moeilijk om te gaan, maar het kan ook meevallen. Je vader kan veranderd zijn. Hij is ouder geworden. Milder misschien.'

'Gezien zijn brief, geloof ik dat niet.'

'Hij wil je in elk geval zien.'

'Ja. God weet waarom.'

'Het kan ook fijn zijn om nog een keer in het dorp te komen waar je bent opgegroeid. Waar je mensen kent. Je vriendin nog een keer te zien ...'

'Ik had geen fijne jeugd.'

'Was het alleen maar ellende?'

Mindy en zij, zittend op het hek. Giechelend om de oude mam Verdonschot. Om haar enorme borsten.

Jasper en zij ... liggend in het gras en starend naar de wolkjes aan de hemel. 'Wat zie jij?'

'Ik zie een schaap. Daar. En jij?'

'Sjef van de kroeg. Kijk ... zijn broek met bretels, zijn vieze shirt en zijn petje.'

'Mafkees.'

'Het was niet veel,' zei Cathy, alsof ze haar eerste opmerking wilde bevestigen.

Ronald knikte alleen even.

Ze nam een nieuwe slok wijn en begon door de woonkamer te ijsberen.

' Als ik ga … Ik zeg niet dát ik ga … zorg jij dan voor mijn woning? Mijn planten?'

'Ja.'

'Voor alles hier …'

'Dan zal ik er nog voor je zijn als je terugkomt.'

Cathy keek hem aan en glimlachte voorzichtig. Ze hield van deze man. Deze leuke man met zijn keurig gemodelleerd bruine haar en zijn sympathieke gezicht. Het moest wel. Het moest wel liefde zijn.

'En ik kom meteen naar je toe als je mij in Omme nodig hebt.'

'Olme.'

'Olme dan.'

Ze glimlachte opnieuw, maar voelde zich eigenlijk ellendig.

'Lief van je,' mompelde ze.

'Vanzelfsprekend.'

'Niet echt. Maar toch lief.'

'Je gaat dus?'

'Ja. Nee. Weet ik niet.' Ze dronk haar glas leeg. 'Ja.'

Zo. Ze had het gezegd. Ze had zichzelf doorlopend proberen voor te houden dat ze niet zou gaan en dat het haar niet kon schelen. Maar het was niet zo. Ze zou weer toegeven aan haar vader. Ze haatte zichzelf erom.

HOOFDSTUK 3

Haar vertrek was koud en eenzaam. De grauwe lucht en de motregen maakte het er niet beter op. Ronald had haar naar het station willen brengen, maar ze had het niet gewild. Ze had hem erop gewezen dat hij net een rechtszaak had als de trein vertrok. Ze had niet gezegd dat ze uitgerekend daarom op dat tijdstip wilde gaan.

Ze wilde geen ogen in haar rug voelen. Ze wilde niet iemand die haar uitzwaaide. Ze wilde de koude eenzaamheid voelen die ze destijds ook had gevoeld, zonder te weten waarom. Het leek een boetedoening voor de ene keer dat ze vertrok, wetend hoeveel pijn ze achterliet. Voor die ene keer dat ze vertrok in de wetenschap dat ze haar afspraken niet meer na zou komen. De keren die ze daarna was vertrokken stelden niets voor. Die keren had ze slechts toegegeven aan de onrust in haar lichaam en de dwang om te vluchten. Die keren had ze niets van betekenis achtergelaten. Maar dit keer was het weer anders. Dit keer was het als destijds. Dit keer liet ze een leven achter en ze had ook nu het gevoel dat het voor altijd zou zijn. Het hielp niet dat ze zichzelf probeerde voor te houden dat het onzin was. Dat ze gewoon naar haar vader zou gaan, zijn laatste woorden zou aanhoren, de begrafenis zou regelen en weer naar huis, naar Ronald, zou gaan.

Ze was bang. Bang voor de geesten uit haar verleden.

Ze zeulde met haar koffer over het perron en at een enorme reep chocolade. Hij smaakte niet. Het was goedkope chocolade, waar slechts tweederangs cacao aan te pas was gekomen, maar het speelde geen rol. Ze at hem niet om te genieten. Ze at hem omdat ze iets moest eten. Iets wat zoet, vet en ongezond was. Omdat het haar de illusie van rust gaf.

Toen de trein eindelijk het perron binnenreed en voor haar voeten stopte, werd ze overvallen door dezelfde angst die bezit van haar nam als ze bij de tandarts op de stoep stond. Ze voelde dezelfde wens om zich om te draaien en weg te rennen. Ze had het uiteindelijk bij de tandarts nooit gedaan en ze zou het ook nu niet doen.

Ze propte nog een stuk chocolade naar binnen en stapte in de trein. De koffer met zich meeslepend, wrong ze zich door het smalle gangpad op zoek naar een geschikte plaats. In de eerste coupé zaten lawaaierige jongeren die haar aankeken met een brutale blik die geen uitnodiging inhield. De tweede coupé was overbevolkt.

De derde coupé was rustiger. Een echtpaar met een met chocolade besmeurt kind – zou het ook problemen hebben? –, twee verliefde jongens, een chagrijnige punker met een metalen punt in zijn kin en hanenkam en een vrouwtje dat iets weg had van Miss Marple. Cathy koos de plaats tegenover Miss Marple. Het vrouwtje keek haar aan over haar metalen brilmontuur, terwijl haar vingers ijverig een ingewikkeld breiwerk hanteerden.

Cathy glimlachte even naar haar. Als ze tegen haar zou zeggen dat haar vader op sterven lag, zou zij zich dan afvragen of er moord in het spel was? Cathy speelde even met die gedachte. Als haar vader ziek was geworden omdat iemand hem probeerde te vergiftigen, zou Miss Marple vragen of er mensen waren die haar vader niet mochten. Of zou ze zelf al meteen begrijpen dat er een heleboel mensen waren die een hekel aan de man hadden? Zou ze haar, Cathy, als een verdachte zien? Cathy schudde onwillekeurig haar hoofd. Dat kon helemaal niet. Ze was niet eens meer in de buurt van haar vader geweest. Bovendien was haar vader niet vergiftigd. Hij had kanker.

'Voor mijn kleinkind,' zei Miss Marple opeens. Ze had een zachte breekbare stem. Ze hield trots het breiwerk omhoog. 'Eigenlijk voor mijn achterkleinkind.' Ze grinnikte even. 'Ik kan de tel bijna niet meer bij houden. Mijn hersens werken niet meer zo goed, zie je. Of ben je ook een kleinkind van mij?' Nu keek ze Cathy verbaasd aan. 'Ik kan mij jou niet herinneren. Maddy kwam mij toch ophalen?'

'Maddy zal nog wel komen,' stelde Cathy haar gerust. 'Ik ben geen kleinkind van u.'

Toch geen Miss Marple, dacht Cathy.

Maddy bléek ook geen Miss Marple, maar een magere lange vrouw met donkere knot, die de oude dame bij het volgende station uit de trein kwam halen.

De dikke zakenman die meteen daarna tegenover haar kwam zitten, spreidde zijn trotse bezittingen in de vorm van een ingewikkeld ogende gsm en een laptop als sierveren voor haar uit en gluurde onophoudelijk naar haar. De viezerik droeg notabene een trouwring en Cathy negeerde hem nadrukkelijk. Ze staarde door het raam naar buiten en bekeek met gespeelde interesse het voorbij zoevende landschap.

De taxichauffeur, die Cathy tot aan de voordeur van haar ouderlijk huis bracht, had de hele weg nauwelijks iets gezegd. Hij zag eruit alsof hij de nacht ervoor stevig was wezen stappen en al de hele morgen met een hevige kater vocht. Hij was niet onvriendelijk, maar hij verspilde ook geen energie aan een beleefdheidsconversatie. Hij deed alleen dat waar hij niet onderuit kwam. Hij bracht haar naar Beekweg 9 en wist zich zelfs uit de auto te hijsen om haar met haar koffer te helpen. Maar zijn gezelschap was nog altijd prettiger dan de eenzaamheid die haar opnieuw overviel toen ze voor haar oude voordeur op de stoep stond. Het was dezelfde voordeur die er destijds in had gezeten. Hij had alleen een andere kleur. Vroeger had de deur een muisgrijze kleur gehad en nu blonk het gebroken wit haar tegemoet. Geen frivole kleuren. Haar vader had er nooit van gehouden. Al was wit nog altijd een verbetering ten opzichte van grijs. Heel even vroeg ze zich af of haar vader misschien toch veranderd was.

Ze kreeg niet lang de kans om daarover na te denken. De voordeur ging open en ze keek recht in het gezicht van een dame die ze niet kende. Ze was waarschijnlijk ongeveer half zo oud als haar vader, zwaar opgemaakt en duur gekleed. Ze werd vergezeld door een wolk zware parfum.

Ze keek Cathy wat vorsend aan, met haar smal-geëpileerde wenkbrauwen opgetrokken.

'Ik ben Cathy,' maakte Cathy duidelijk. 'De dochter van Rinus.'

'Oh?'

'Hij heeft mij geschreven.'

'Juist ja. Typisch iets voor Rinus. Ik dacht dat jullie geen contact meer hadden?'

'Dat dacht ik ook. Maar Rinus schreef mij een brief. Hij schreef dat hij ziek was en hij wilde dat ik kwam.'

'Hij heeft kanker.'

'Dat had ik al begrepen.' Ze voelde hoe de motregen steeds verder door haar dunne jack heen drong en haar rug afkoelde. Ze huiverde even.

'Is dat de reden dat je komt? Omdat hij dood gaat?'

Cathy wilde antwoord geven. Nog liever wilde ze de vrouw tegenover haar aan de kant duwen en doorlopen. Of simpelweg verdwijnen. Ze kreeg voor geen van die dingen de kans.

'Janine!' riep een barse stem. Het kwam van de bovenverdieping, meende Cathy, en hij klonk lang niet zo zwak als ze zich had voorgesteld. Heel even schoot het door haar heen dat haar vader misschien helemaal niet zo ziek was. Maar ze realiseerde zich meteen dat ze zich daarin vergiste, toen ze de verpleegster achter Janine zag opduiken. Het was een vrouw van rond de vijftig. Mollig en grijs. Ze droeg een bril met een metalen montuur en had een zorgzame trek rond haar mond die zich daar waarschijnlijk voor eeuwig had genesteld.

'U bent Cathy, de dochter van meneer Schols?'

Cathy knikte.

'Uw vader dacht al dat u aan de deur stond. Hij vroeg mij om ervoor te zorgen dat u zeker binnenkwam.' Ze glimlachte mild. 'Uw vader was bang dat u zich alsnog zou omdraaien. Ik geloof dat hij u werkelijk wilt zien. Hij maakt zich natuurlijk weer druk om niets.'

Ze moest eens weten, dacht Cathy. Ze had niets liever gedaan dan zich omgedraaid en Janine had een heel geldig excuus geleken.

Ze zag de wat geïrriteerde blik die de verpleegster Janine toewierp, waarop de vrouw eindelijk de deur verder opende en met een duidelijk niet welgemeend hoofdknikje Cathy binnenliet.

Cathy stapte door het parfumgordijn heen en sjouwde haar koffer de grote hal binnen. In het midden van de hal bleef ze staan. De vloer was nog altijd betegeld met het duurzame marmer en het plafond was precies zoals ze het zich herinnerde. Hoog en deftig, met ornamenten en een kristallen kroonluchter. Haar vader was altijd van mening geweest dat je bij een oud huis de oorspronkelijke stijl moest bewaren. Het was een van de zeer weinige dingen waarin hij volgens haar gelijk had. De wanden waren waarschijnlijk lichter dan in de tijd dat ze hier woonde, al wist ze dat niet helemaal zeker. Ze kon zich ook niet meer herinneren of er ook destijds structuurverf op had gezeten. De schilderijen herkende ze wel. De moeder van haar vader, geschilderd in de positie van een koningin. Fier rechtop staand, in een lange donkerrode jurk, haar kin opgeheven en haar donkere haren in een knot bijeengebonden. De manier waarop ze voor zich uit keek en destijds de schilder moest hebben aangekeken, had de arme man ongetwijfeld nerveus gemaakt.

Aan de andere wand hing haar overgrootvader. Eigenlijk was het alleen zijn gezicht. Aan zijn manier van kijken zag je dat het van hem allemaal niet hoefde.

Voor haar, rechts, draaide de houten trap zich naar boven. Links in de hoek was een zitje gemaakt met twee klassieke stoeltjes, bekleed met bordeauxkleurig fluweel en een tafeltje op hoge pootjes. Cathy kende het setje niet.

'Vreemd hè?' merkte de verpleegster op. 'Ik heb begrepen dat je hier al heel lang niet meer bent geweest.'

'Zij en Rinus konden niet met elkaar overweg. Ze was dwars, zei Rinus,' reageerde Janine. Ze keek Cathy uitdagend aan.

Cathy gaf geen antwoord. Ze wendde zich tot de vriendelijke verpleegster en knikte. 'Heel vreemd.'

'Ik begrijp het. Rinus heeft over je verteld ...'

'Hij zal niet veel goeds gezegd hebben,' zei Cathy.

De verpleegster glimlachte even. 'Ach ... je kent hèm, hé? Maar de manier waarop iemand praat, zegt niet altijd alles over zijn gevoelens.'

Cathy gaf daar maar geen antwoord op. Ze hing haar inmiddels doorweekte jasje op en haalde diep en nerveus adem.

'We zullen het maar meteen achter ons brengen hè?' zei de verpleegster met een milde glimlach.

Cathy klemde haar kaken op elkaar en knikte.

'Ik heet overigens Erna Hoogdijk, Erna dus. Ik verpleeg je vader overdag. 's Nachts ben ik gewoon thuis, maar ik woon op het bloemhof en kan dus in een wip hier zijn als dat nodig is.'

'Prettig je te ontmoeten,' zei Cathy en ze meende het uit de grond van haar hart. Het was prettig om iemand in dit huis te treffen met een warm hart. Ze geloofde niet dat er eerder een dergelijk persoon binnen deze muren was geweest. Of klopte dat niet helemaal? Uiteindelijk was haar moeder toch geen slecht persoon geweest. Was ze niet alleen maar zwak geweest? Of was dat geen excuus voor de dingen die ze had gedaan?

Ze wilde er niet over nadenken. Net zo min als veertien jaar geleden.

Ze beklom de trap zoals ze in het verleden zo vaak had gedaan. Soms gewoon, zoals nu. Soms rennend, huilend of sluipend. Ze keek naar de oude portretjes van familieleden die ze nooit had gekend. Familieleden van haar vader uiteraard. Dat waren de enigen die telden. Zelfs al hadden ze zich nooit in zijn huis vertoond.

In de grote hal van de bovenverdieping stond ook een nieuw zitje. Een klassiek bankje en twee stoelen in dezelfde stijl als het setje beneden. Alleen had het tafeltje hier kortere pootjes. Het deed haar denken aan een tekkel.

De deuren die in de gang uitkwamen waren gesloten. Ze hadden iets afwijzend. Ze vroeg zich af of haar vader nog altijd in de eerste kamer aan de linkerkant sliep. Daar waar haar ouders vroeger ook altijd hadden geslapen.

'Je kunt in je oude kamer slapen,' zei Erna. Ze deed de eerste deur aan de rechterkant open en Cathy stapte haar oude kamer binnen. Het was een grote kamer, maar het leek kleiner dan toen ze hier nog had gewoond. Toen had de afmeting van de kamer haar vooral een gevoel van eenzaamheid en nietigheid gegeven.

Het behang in de kamer was vervangen. Ze nam aan dat het hard nodig was geweest na alle posters die ze er had opgehangen en die er door haar vader weer vanaf getrokken waren, de penstrepen die ze er met opzet op had aangebracht en de stukjes behang die ze had losgetrokken als ze weer eens woedend

28

en gefrustreerd was geweest. Maar haar vader had blijkbaar besloten om het behang in dezelfde stijl te houden. Crèmekleurig met zachtblauwe korenbloemen, simpel en spaarzaam verdeeld over het behang. Echt meisjesbehang. Waarom hij daarvoor had gekozen … De vloerbedekking kon dezelfde zijn als vroeger, maar hij zag er nieuwer uit. Gereinigd misschien. Het was een zachte vloerbedekking in dezelfde kleur als de korenbloemen op het behang. Er hing slechts één schilderij aan de muur, dat ze niet kende. Een Monet, meende ze. Er stond een jonge vrouw op met een ouderwetse flaphoed in een nauwe straat. Parijs misschien. Het bed kende ze daarentegen maar al te goed. Het was het witte spijlenbed waar ze vroeger in had geslapen. Het beddengoed was natuurlijk nieuw. Crème en blauw. Natuurlijk dezelfde blauwe kleur als de bloemen en de vloerbedekking. Haar vader hield van evenwicht. Er lagen een aantal kussens op het bed in dezelfde kleuren. Ook de zithoek was dezelfde die destijds haar had toebehoord. Hij was alleen opnieuw bekleed met een zachte crèmekleurige stof. Het tafeltje leek opnieuw geverfd. Net als het bureau. De bureaustoel was nieuw. Die van haar was waarschijnlijk niet meer te redden geweest. Uiteraard was er ook een televisie en een geluidsinstallatie. Die was er destijds ook al geweest, maar het was niet dezelfde. Deze was moderner. Aangepast aan de eisen van de huidige tijd.

De gesloten panelendeur gaf toegang tot de garderobekast, wist ze. Ze vroeg zich af of er nog kleding van haar hing. Ze kon het zich niet voorstellen. Haar vader had een hekel gehad aan de kleding die ze in die tijd droeg. Waarschijnlijk had hij alles verbrand. Tezamen met alle andere spulletjes die ze op haar vlucht had achtergelaten.

'De kast is leeg,' zei Erna. Het leek wel of ze Cathy's gedachte had gelezen. 'Er hebben nog een tijd wat kledingstukken in gehangen, hoorde ik van de schoonmaakster. Waarschijnlijk van je moeder. Misschien ook van jou. Maar Janine heeft ze weggehaald. Ze vond dat ze stonken.' Haar stem klonk wat minachtend. Cathy begreep dat Erna Janine ook niet mocht. Het was prettig om een zielsverwant in dit kille huis te hebben. Jammer dat Erna geen hekel aan Rinus leek te hebben.

Cathy zette haar koffer neer. 'Ik weet niet hoe lang ik blijf,' begon ze.

Erna legde haar hand op de arm van Cathy. 'Kijk maar. De kamer is niet in gebruik, dus je kunt blijven zo lang je wilt.'

Cathy knikte. Of zo kort ik wil ...

'Als je iets nodig hebt, hoor ik het wel,' zei Erna. 'Ik moet nu even naar je vader toe. Ik zal hem zeggen dat je er bent. Maar je hoeft pas naar hem toe te gaan als je er klaar voor bent.' Ze draaide zich om en wilde de deur uitlopen, maar aarzelde toen. Ze draaide zich weer naar Cathy om.

'Als je naar hem toegaat, moet je niet van hem schrikken. Hij is erg ziek, Cathy en ik vrees dat je hem nauwelijks meer herkent. Ik ken hem niet anders, maar ik weet wat kanker met mensen doet en ik heb foto's gezien van vroeger ...Hij is enorm mager en grauw. Zijn haren zijn uitgevallen tijdens de chemotherapie en niet meer aangegroeid. Zijn buik is gezwollen door het vocht dat de lever afscheidt. Zijn huid heeft een grauwgele kleur. Zijn lever en nieren werken nauwelijks meer, Cathy. Hij heeft werkelijk nog maar weinig tijd. Het is goed dat je bent gekomen.'

Na die woorden liep ze de slaapkamer uit en liet ze Cathy achter in een kamer vol herinneringen.

Cathy ging op bed zitten en staarde voor zich uit. Ze voelde de triestheid die ze lang geleden ook had gevoeld toen ze hier zo had gezeten.

Veertien jaar was ze toen geweest.

Beneden liepen belangrijke mannen in pakken rond. Ze stelden vragen en onderzochten dingen. Een routineonderzoek, noemde ze het. Cathy hoopte dat ze haar vader zouden oppakken en meenemen. Ze probeerde zichzelf hardnekkig voor te houden dat het allemaal zijn schuld was. Maar diep binnenin wist ze wel beter. Het was haar schuld dat haar moeder dood was. Misschien zouden die mannen dat begrijpen en uiteindelijk haar oppakken. Of werd je voor zoiets niet opgepakt? Was het niet dood door schuld? Ze wist het niet. Ze kneep in haar kussen en huilde. Niemand die het zag. Ze hadden het beneden te druk. Alsof dat allemaal nog iets uit zou halen.

Cathy beet op haar lip bij die herinnering. Ze was nog zo jong geweest. Ze had er nog zo weinig van begrepen. En ze had haar vader gehaat. Meer dan ooit van tevoren. Ze was ervan overtuigd geweest dat die haat altijd zou blijven. Waarom voelde ze zich nu dan zo ellendig als ze aan haar zieke vader dacht? Waarom was ze in de eerste instantie hierheen gekomen? Was het omdat ze hem misschien toch niet zo haatte als ze al die jaren had gedacht? Was het schuldgevoel wat haar hierheen had gedreven? Of was het een zoektocht naar antwoorden?

Ze wist het niet en wilde er niet meer over nadenken.

Ze stond op en strekte haar rug. Ze zou eerst haar vader bezoeken. Misschien was het dan niet eens nodig om de koffer uit te pakken.

HOOFDSTUK 4

Cathy liep stilletjes de ouderlijke slaapkamer binnen. Door de dunne, dichtgetrokken gordijnen trad een zwak aftreksel van daglicht de kamer binnen. Zelfs nu kon Cathy zien dat de kamer was veranderd. Het aanvankelijke ouderwetse behang in een soort bruin ruit- en streep patroon had plaats gemaakt voor een glad papiertje met ingeweven bloempatroon, dat zelfs ondanks het slechte licht subtiel naar voren trad. Er was geen tweepersoonsbed meer, maar twee eenpersoonsbedden van het moderne, in alle richtingen verstelbare, type met elk een eigen nachtkastje en een eigen lampje. Op het nachtkastje naast het lege bed lagen tijdschriften en een koptelefoon. De televisie toonde zijn lege scherm aan het lege bed.

Cathy begreep nu dat Janine hier woonde. Het verbaasde haar alleen dat het tweepersoonsbed plaats had gemaakt voor twee eenpersoonsbedden. De bedden leken overigens wat verloren in de enorme kamer te staan. De moderne zithoek, die Cathy nog nooit had gezien, stond er wat leeg en stilletjes bij en nam minder plaats in beslag dan de robuuste zithoek die er veertien jaar geleden had gestaan. Het rolbureau was verdwenen.

Cathy keek nu eindelijk naar de gestalte in bed. Ze had dat niet meteen aangedurfd, maar nu kon ze er niet meer omheen. Veel meer dan een te kleine bobbel onder de dekens was het niet. Ze hoorde een wat onregelmatige ademhaling. Hij slaapt, dacht ze. Ze wilde zich omdraaien en gaan. Opgelucht, maar ook slecht op haar gemak. Totdat ze zijn stem hoorde.

'Cat. Je bent dus toch gekomen ...'

Cathy huiverde even. Dit was anders dan de eerste keer dat ze hem had gehoord, toen ze nog voor de deur had gestaan. Dit was dichterbij. Dit was echt. Het was alsof ze een stem uit een ver verleden hoorde. De stem van een geest. Haar vader was echter geen geest. Nog niet in elk geval.

'Blijf je daar staan of ben je nog van plan deze kant uit te komen?'

De stem had weinig aan kracht ingeboet. In elk geval voor haar gevoel. Misschien klonk hij wat zachter en heser, maar er zat nog steeds dezelfde autoritaire toon in. Zoals ze vroeger ook altijd had gedaan, gaf ze ook nu gehoor aan die bevelende stem en zette aarzelend de eerste pas zijn kant uit.

'Doe de gordijn even open Cat. Ik zie geen moer.'

Een beetje opgelucht omdat ze de confrontatie nog even kon uitstellen, liep Cathy naar het grote raam en opende het gordijn. Ze keek uit over het dak van het binnenzwembad en de parkachtige siertuin met vijver. Hij was nog precies zoals ze hem zich herinnerde. Misschien waren er andere planten ingezet of waren struiken verwijderd, maar Cathy had nooit erg veel oog gehad voor de tuindetails. Ze wist alleen dat de tuin een rust uitstraalde die ze van binnen nooit had gevoeld.

Ze draaide zich naar haar vader om en keek naar hem. Ze huiverde opnieuw en kreeg het opeens koud. Rinus was mager geworden. Mager en grauw. In niets leek hij meer op de enorme man die als een koning door het huis had gestampt en orders had uitgedeeld. Een nietig manneke. Meer was hij niet meer. Een nietig oud manneke. Niets om bang voor te zijn.

Ze liep langzaam naar hem toe. Zijn ogen waren strak op haar gericht, alsof hij haar taxeerde.

'Je bent dik geworden,' zei hij, toen ze naast hem stond.

'Jij bent mager geworden,' reageerde ze. Ze had meteen spijt

33

van haar opmerking, maar spijt was niet besteed aan haar vader.

'Dat weet ik. Mager, met een buik alsof ik negen maanden zwanger ben. Van tijd tot tijd laten ze de rommel eruit lopen en lijkt het weer wat beter te gaan. Maar mijn lever spuwt zoveel rotzooi uit dat het altijd maar voor even is. Ik denk trouwens dat ze het nu niet meer doen. Het heeft geen zin meer.'

'Rinus ...'

'Zeg niet dat ik niet zo moet praten. Ik hou niet van dat belachelijke sentimentele gezever. Ik ga dood. Zo simpel is het. En als het even kan, zorg ik dat ik zelf het tijdstip kan regelen. Ik hou er niet van als anderen dat voor mij doen.'

'Nee. Dat heb je nooit gedaan.'

Rinus gromde een 'terecht'.

'Waarom wilde je mij weer zien?' vroeg Cathy recht op de man af.

'Je moet de zaken voor mij regelen. De begrafenis en al die rommel.'

Geen 'omdat je mijn dochter bent', 'omdat ik van je hou' of 'omdat ik spijt heb van de dingen die ik je heb aangedaan'. Helemaal niets. Ze moest de dingen voor hem regelen. Cathy kreeg veel zin om zich om te draaien en weg te lopen.

'Ik wil dat iemand de zaken regelt zoals ik dat wil, zonder die belachelijke ophef die ze altijd maken als iemand de pijp uit gaat. Ik neem aan dat ik dat van jou kan verlangen omdat je mij toch al niet mag.'

'Ik ben toch gekomen?'

'Ja. Ik had het niet helemaal verwacht, maar je bent gekomen. Ik neem aan dat je dingen van mij verwacht. Sentimentele nonsens, zoals blijkbaar vaker door iemand die sterft wordt uitgekraamd. Maar dan moet ik je teleurstellen ...'

'Nee. Ik had moeten weten dat ik dat van jou niet kan verwachten. Dus je hebt mij alleen laten komen om je zaken te regelen?'

'Ik kan het moeilijk aan Janine overlaten. Janine is een emotioneel wrak. Ze luistert maar half.'

'Janine ja … ik heb haar gezien. Wat is er met Rilana gebeurd?'

'Het is op niets uitgelopen.'

'Ach!'

'Het stelde niets voor.'

'Ik begrijp niet hoe je dat nu kunt zeggen. Na alles wat er is gebeurd …'

'Wat er toen gebeurde had niets met Rilana zelf te maken.'

'Niet?'

'Je bent nog net zo naïef als vroeger.'

'Natuurlijk.'

'En net zo snel beledigd.'

Cathy negeerde de laatste opmerking, al kostte haar dat moeite. 'Hoe zit dat met Janine? Ik neem aan dat je met haar getrouwd bent …'

Rinus snoof. ' Natuurlijk niet. Waarom zou ik? Ze is min of meer bij me ingetrokken, zo'n vijf jaar geleden. Vanwege het geld, neem ik aan. Misschien mocht ze mij ook. Mogelijk. Maar zonder geld had ik op mijn leeftijd geen vrouw meer als zij gekregen. Mooi, willig …'

'Ik hoef het niet te weten, Rinus.'

Rinus grijnsde een beetje. 'Het is toch zo,' mompelde hij.

'Dan nog …'

'Het doet er ook niet toe. Ze is hier ingetrokken en heeft genoten van het luxe leventje. Maar nu komt daar dus een einde aan. Min of meer dan. Ik laat haar wel iets na, maar het zal niet meer hetzelfde zijn. Dat is waarschijnlijk hetgeen haar het meest dwars zit. Dat ze het straks met minder moet doen. Al geloof ik ook dat ze mij zou kunnen missen. We hadden best lol samen. In elk geval totdat ik onder handen van de geneeskundige knutselaars kwam. Toen was het afgelopen; chemo-therapie die geen moer uithaalde, onderzoeken die alleen bevestigden wat ik zelf ook wel wist en een hoop medisch gebazel. Mijn haren vielen uit, ik hield niets meer binnen en mijn lichaam gaf er de brui aan. Er is niet zo veel meer aan mij dat nog werkt. Alleen mijn stem en mijn hersens. En zelfs die laten me nogal eens in de steek. Morfine hè. Maar goed ... Voor Janine is de lol er dus af. We slapen niet eens meer bij elkaar. Ik lek als een oude oliekan. Daar wil niemand naast liggen. Vaak slaapt ze niet eens meer hier op de kamer, maar op de kamer hiernaast. Ik kan het haar ook niet kwalijk nemen dat ze mij niet zelf verzorgt. Er is weinig prettigs aan het afvegen van een vieze kont en het droogdeppen van plasplekken, om over de rest nog maar te zwijgen. Ik denk dat ze af en toe van mij walgt, maar ze is te netjes om het te laten merken.'

'Er zijn genoeg echtgenotes die hun partner tot op het allerlaatste moment verzorgen,' bracht Cathy er tegenin.

'Dat schijnt zo te zijn. Types als Erna, neem ik aan. Mijn eigen Florence Nightengale. Maar dat zijn niet de types waar ik op val en die zullen ook niet op mij vallen. Die zoeken iemand die liefde geeft. Warmte en genegenheid. Troost. Ik ben nooit erg goed geweest in die dingen.'

Hij grijnsde even. 'Ieder krijgt wat hij verdient, neem ik aan. Daar zul jij het zeker mee eens zijn.'

Cathy was het met hem eens, maar zei het niet. 'Zeg dan maar wat ik moet regelen,' zei ze. De woorden waren eruit voordat ze het zelf in de gaten had. Ze wist niet eens zeker of ze dit wel wilde doen.

Rinus blijkbaar wel. 'Ik had niet anders van je verwacht,' zei hij. 'Maar tot nu toe wilde ik alleen zeker weten of je de zaken kon regelen. De rest bespreken we later wel. Ik ben nu moe. Zo verdraaid moe.' Hij sloot zijn ogen en enkele tellen later snurkte hij al.

Cathy bleef nog een paar tellen naar hem staren.

Waar ben ik aan begonnen, dacht ze. Toen draaide ze zich om en liep de kamer uit.

Cathy had geen zin om terug te gaan naar haar kamer.

Ze twijfelde even voordat ze de trap af ging, maar uiteindelijk deed ze het toch.

Ze wist de weg in huis. Links was de deur naar de bibliotheek. Voor haar waren twee deuren waarvan de linker deur toegang gaf tot de enorme keuken en rechterdeur tot de woonkamer. In geen van beide vertrekken had ze vroeger bijzonder veel tijd doorgebracht. Al helemaal niet in de laatste jaren dat ze hier had gewoond.

Ze haalde diep adem en liep de woonkamer binnen. Ook hier hoge plafonds met ornamenten en kroonluchters. Voor de ramen hingen nog dezelfde zware fluwelen gordijnen als destijds en als er al opnieuw was behangen, dan was dat in dezelfde stijl gedaan als voorheen. Het was alsof ze in het verleden terug ging. Alsof ze een stap terug zette in de tijd: de deftige, afstandelijke Victoriaanse meubels, de perzen op de vloer en de kandelaars op de vensterbank. Zelfs het schilderij met de klaprozen aan de muur, boven de bank. Alles was nog hetzelfde. Alsof er nooit iets was veranderd.

'Rinus houdt niet van veranderingen,' klonk het opeens achter haar.

Cathy keek geschrokken om. Janine was de woonkamer binnengelopen. Cathy vroeg zich af hoe het mogelijk was dat ze de hakken van de vrouw niet had gehoord.

Ze deed enorm haar best om haar gejaagde ademhaling weer onder controle te krijgen. Janine hoefde niet te weten dat ze zo was geschrokken.

'Niet wat het huis betreft,' reageerde ze op Janine's opmerking. Het leverde haar een vernietigende blik op.

Janine liep langs haar op een manier die Cathy nooit zou kunnen evenaren. Ze wiegde een beetje, zonder te overdrijven en ze raakte Cathy net even aan.

Toen ze ging zitten, deed ze dat even bevallig als ze zich had verplaatst. Ze stak een sigaret op en keek Cathy onderzoekend aan.

'Het verbaasd me dat je bent gekomen,' zei ze. 'Ik weet natuurlijk dat Rinus die brief heeft geschreven. Nou ja ... eerder gedicteerd. Maar ik weet ook dat je niet met hem overweg kon. Hij zei dat je nogal koppig was. Ik geloof dat hij je niet echt verwachtte. Zelfs niet als hij nu het tegendeel beweert.'

'Ik kan het me voorstellen,' zei Cathy. Ze deed haar best zelfverzekerd over te komen en ging op een stoel tegenover Janine zitten.

'Cat ...'

'Cathy.'

Janine glimlachte. 'Cathy dan ... hoe komt het dat je toch bent gekomen?'

'Mijn vader gaat dood.'

'Dat gaan we allemaal een keer.'

'Het is en blijft mijn vader.'

'Ja. Maar ik heb begrepen dat je daar al dertien jaar geen boodschap aan hebt.'

'Misschien ...' Cathy trommelde met haar vingertoppen op de leuning van haar stoel. Hoe moest ze iets verklaren wat ze zelf niet begreep? Waarom moest ze trouwens een verklaring afleggen aan een feeks die ze niet kende?

'Was je bang dat hij je zou onterven als je niet kwam?' vroeg Janine.

Cathy keek haar woedend aan. 'Ik hoef niets van hem ...'

'Juist ja.'

'En dat is meer dan waarschijnlijk van jou gezegd kan worden,' ging ze verder.

Janine reageerde met het verder ontwikkelen van haar lach.

'Natuurlijk wil ik iets van hem,' gaf ze tot Cathy's verbijstering toe. 'Dat is altijd zo geweest.'

'Maar dat ...'

'Vind je dat niet netjes? Och Cathy, word wakker. Je vader weet het en hij heeft er nooit mee gezeten. We hebben samen veel lol gehad. Ik heb hem veel gegeven. Het is niet meer dan normaal dat ik daar iets voor terugkrijg.'

Cathy gaf geen antwoord.

'Ik neem aan dat ik het huis krijg,' ging Janine verder. Ze keek om zich heen alsof het al haar eigendom was. 'Ik zal er natuurlijk heel wat in veranderen ...het is bepaald niet mijn stijl.'

'Ik dacht dat je van oude dingen hield,' kon Cathy niet nalaten om te zeggen

Tot haar ergernis vond Janine het blijkbaar grappig. Ze lachte. 'Ik mag je wel,' zei ze toen.

Cathy mocht haar niet. Maar ze vond het wat ver gaan om dat nu te zeggen.

'En ongeacht hoe het overkomt ... ik zal je vader werkelijk missen. Eerlijk gezegd mis ik hem nu al.'

'Hij is er nog.'

'Hij lijkt in geen opzicht op de man die ik vijf jaar geleden leerde kennen. Hij is ziek. Zwak. Hulpeloos. Ik zou voor hem moeten zorgen, maar ik kan het niet opbrengen. Ik ...' Ze haperde even. 'Ik kan het werkelijk niet.' Ze stond op en liep naar de bar. Cathy zag dat haar handen een beetje trilden toen ze zichzelf een martini inschonk. Misschien vergistte ze zich toch in haar.

Ze aarzelde even. 'Heb je Rilana nog gekend?' vroeg ze toen toch.

Janine keek om. Er lag een onbestemde blik in haar ogen. 'Rilana ... nee, niet echt. Ik weet van haar bestaan. Ik heb foto's van haar gezien. Maar ik heb haar niet persoonlijk gekend. Net zo min als je moeder.'

'Praat Rinus nog wel eens over mijn moeder?'

'Zelden.'

'Wat heeft hij over haar gezegd?'

'Ik denk dat je het meeste niet wilt horen.'

'Heeft hij ook gezegd hoe ze is gestorven?'

'Iedereen weet hoe ze is gestorven.'

'Weet iedereen ook waarom?'

'Weet iemand dat ooit als zoiets gebeurt?' Janine nam een stevige slok Martini.

'Soms wel,' zei Cathy. Ze staarde voor zich uit. Ze zag haar moeders gezicht voor zich toen ze het vertelde. Het grote geheim. Ze zag haar moeder voor zich in de garage ... haar stille bleke lichaam ...

Janine keek haar vragend aan. Cathy nam aan dat ze het niet wist. Waarom zou ze ook? Het was niet een van de dingen die Rinus zijn vriendin zou vertellen.

'Waarom gebeurde het dan?' vroeg Janine. 'Waarom deed ze het?'

Cathy schudde haar hoofd. 'Het speelt geen rol meer,' zei ze. Ze loog. Voor haar speelde het wel nog een rol. Maar ze wilde daar niet met Janine over praten.

Haar mond voelde droog aan. Ze stond op en liep naar de keuken. Om een slok water te drinken, hield ze zichzelf voor. Maar ze wilde vooral weg uit de kamer.

Ze trof Erna aan in de keuken. De vrouw maakte wat schaaltjes schoon. Cathy wilde niet eens weten waar die voor dienden.

Cathy vroeg niet waar de glazen stonden. Ze opende als vanzelf het kastje rechtsboven en het verbaasde haar niet om de glazen daar aan te treffen.

'Dorst?' vroeg Erna.

Cathy knikte.

'Het valt vast niet mee,' meende Erna.

'Rinus, pap …zag er niet zo goed uit, nee.'

' Nee, dat ook niet. Maar dat bedoelde ik niet. Ik bedoelde het hier komen na al die tijd en dan de vriendin van vader te ontmoeten. Janine is geen makkelijke tante.'

'Nee.' Cathy kon het niet helpen dat ze wat spottend klonk.

'Eerlijk gezegd …' begon Erna. Ze draaide zich helemaal om naar Cathy en leunde met haar rug tegen het aanrecht. 'Eerlijk gezegd ligt ze mij ook niet zo erg, maar ze is nu eenmaal zoals ze is. Ze probeert zich ook niet anders voor te doen. Dat moeten we dan maar in elk geval respecteren.'

'Ik begrijp niet wat Rinus met haar moet,' gromde Cathy.

'Werkelijk niet?' vroeg Erna, terwijl ze Cathy onderzoekend aankeek.

Cathy ontweek de blik.

'Janine past bij Rinus,' zei Erna. 'Dat weet jij ook wel. Misschien nog beter dan wie dan ook. Rinus doet zich net zo min anders voor dan hij is. En hij is bepaald niet de beminnelijke man, vader of echtgenoot die anderen zo krampachtig proberen te zijn, maar hij probeert ook niet de illusie te wekken dat hij dat is. Wat je ziet, is wat je krijgt, bij hem. Eerlijk gezegd mag ik dat in zekere zin wel.'

'Blijkbaar ken je hem dan niet zo heel goed,' zei Cathy wat zuur.

'Dat weet ik niet. Je bent zelf toch ook gekomen.'

'Ja. Maar ik weet niet waarom ik dat heb gedaan en ik weet nog veel minder waarom ik niet nu nog mijn spullen pak en vertrek.'

'Misschien heb je niet zo'n grote hekel aan hem als je zelf denkt.'

'Misschien wil ik mij er zelf van overtuigen dat hij straks werkelijk dood is,' zei Cathy. Het was een rotopmerking, maar ze voelde zich nu eenmaal in de stemming voor rotopmerkingen. Blijkbaar was dat iets wat in dit huis werd gewaardeerd.

'Er vroeg trouwens nog iemand naar je,' liet Erna weten.

'Naar mij? Niemand weet dat ik hier ben.'

'Nee. Maar de man die mij in de Super aansprak, verwachtte wel zo'n beetje dat je zou komen, gezien de situatie. Althans ... ik had zo het idee dat hij dat deed. Hij zei het niet rechtuit.'

Cathy voelde een plotselinge steek in haar buik. 'Wat zei hij?'

'Hij vroeg of je naar Olme was gekomen.'

'Wat zei je?'

'Nog niet.' Het was twee dagen geleden. De man knikte en leek even na te denken. 'Dat zal ze nog wel doen,' zei hij toen. Het leek alsof hij het een beetje in zichzelf mompelde, maar ik word nu eenmaal niet graag buitengesloten. Dus toen zei ik dat je vader je in elk geval een brief had gestuurd met het verzoek om te komen. En dat het mij inderdaad ook niet zou verbazen als je dat deed, gezien de situatie.

Hij keek mij aan en zei: 'Zeg maar tegen haar ... nee, doe maar gewoon de groeten. Van Jasper. Of zoiets. Misschien is het ook beter van niet. Laat maar.' Dat zei hij letterlijk. Het lijkt mij een leuke man. Een beetje warrig misschien, maar wel aardig. Ik ken hem vaag. Ik heb hem een paar keer gezien. Hij schijnt een zoon te zijn van dat kunstenaarsechtpaar. Hij doet niet zo veel meer, maar zij beeldhouwt nog. Misschien kun je je hen nog herinneren. Die Jasper heeft rood haar n ...'

'Ik weet het,' zei Cathy iets te snel.

Jasper. Hoe kon ze hem ooit vergeten?

Ze dronk snel haar glas leeg en mompelde dat ze haar koffer wilde uitpakken. Het leek een beetje op vluchten toen ze zich de keuken uithaastte en naar boven ging.

Ze pakte echter niet meteen haar koffers uit. Ze ging op bed zitten en staarde voor zich uit. Jasper ... Ze dacht aan de eerste keer dat ze hem zag.

Hij kwam het schoolplein op. De langverwachte nieuwe jongen. Alle leerlingen staarden nieuwsgierig naar hem.

Cathy ook. Zij zat op haar gebruikelijke plek, onder de seringenstruik in de hoek van het speelplein en keek naar de jongen. Naar zijn onzekere houding en zijn rode stekels. Hij had een tuinbroek aan en zeulde een oude schooltas mee. Ze was alleen die dag. Ze was vaak alleen. De enige die de geheime plek regelmatig met haar deelde was Mindy. Maar Mindy was vaak ziek. Die dag was ze ook ziek.

Cathy begreep meteen dat die nieuwe het niet gemakkelijk zou krijgen.

Toch wachtte ze af. Tot het moment waarop die vervelende etters van Duitenkom achter hem aanzaten. Dat was een paar dagen later. Toen pas ging ze tussen hem en de Duitenkoms staan en schold die etters de huid vol. Ze reageerden lacherig. Precies zoals ze had verwacht. Maar ze lieten Jasper daarna tenminste met rust.

Jasper bedankte haar aarzelend en zij gaf hem een hand.

'Etters heb je overal,' zei ze.

Jasper knikte. 'Ik kom uit de stad. Met mijn haar ...' en op dat moment keek hij naar Cathy's rode haar en grinnikte. 'Wie vertel ik het?'

Cathy vond zijn lach een leuke lach. 'Kom,' zei ze. 'We gaan bij Elsa van de Super toverballen halen. Ik heb geld gekregen van mijn vader.' Ze begreep toen nog niet waarom hij haar regelmatig geld gaf. Ze begreep toen nog niet waar hij zich mee bezig hield. Dat kwam pas veel later. Op dat moment wist ze alleen maar dat papa's geld gaven. Een andere functie kwam niet bij haar op. Toverballen halen was een belangrijke bezigheid in die tijd. Het hield haar thuis weg. Maar dat hoefde ze Jasper niet te vertellen. In elk geval niet op die dag.

Jasper ging met haar mee. En zo was alles begonnen.

Heel even verlangde ze ernaar om hem weer te zien. Maar toen dacht ze aan het afscheid. Of beter gezegd aan het afscheid dat er niet was geweest. Aan die laatste nacht ...

Een herinnering die haar maagpijn bezorgde. Misschien was het toch beter om Jasper niet tegen te komen. Ze was bang voor een confrontatie. Hij zou boos zijn. Met reden. Daarom had hij zo gereageerd. Daarom had hij gezegd: 'Zeg maar tegen haar ... nee, doe maar gewoon de groeten. Van Jasper. Of zoiets. Misschien is het ook beter van niet. Laat maar.' Ze wilde niet dat hij boos op haar was. Ze wilde het in elk geval niet weten. Gewoon haar kop in het zand steken. Uiteindelijk had ze dat al zolang gedaan. Nee ... het was beter om Jasper niet meer te zien. Mindy misschien ... misschien ook niet. Ze schudde haar hoofd, stond op en pakte haar koffer uit.

Eén voor één hing ze haar kledingstukken op in de kast, die ooit gewoon haar eigen kast was geweest. Het was alsof jaren werden weggewist. Alsof ze weer dat kind was. Als ze haar ogen sloot, kon ze beneden haar vader en moeder horen. Haar moeder ... Van alle herinneringen was dat het moeilijkste. Haar moeder, zittend in haar favoriete fauteuil bij de open haard. Haar moeder had altijd zo van die haard gehouden. Het had de kilte in haar lijf verdreven. Dat was tenminste hetgeen ze altijd had beweerd. De drank had dat ook gedaan ... de kilte doen verdwijnen.

Cathy wist niet of ze bijzonder veel had gedronken. Ze geloofde van niet. Maar ze wist wel dat ze had gedronken. Daar bij de open haard, met het boek op haar schoot. Haar moeder, liggend in bed. Een latere herinnering. En daarna de garage.

Cathy kneep haar ogen dicht alsof ze daarmee het beeld in haar hersens kon laten verdwijnen. Uiteindelijk was het allemaal haar schuld geweest.

Ze schudde heftig met haar hoofd, stopte met het inruimen van kleding, gooide haar koffer dicht en liep haar kamer uit, de trap af, naar buiten. Ze had behoefte aan buitenlucht.

Het regende nog steeds een beetje toen ze buitenstond en natuurlijk had ze haar jack vergeten. Niet dat het veel uitmaakte ... haar jack was toch al doorweekt ... Ze inhaleerde de frisse lucht en realiseerde zich dat het niet alleen beter rook maar zelfs beter smaakte dan in de stad. Geen druk verkeer dat vlak voor haar voeten doorraasde. Alleen een rustige laan met oude eiken aan weerszijde van de weg. Hier en daar, verscholen in het groen, een pand in oude glorie. De Beekweg was ongetwijfeld een van de mooiste straten van het hele dorp. Misschien wel gewoon de mooiste straat. Maar zo had ze het eerder nooit gezien.

Cathy haalde nog een keer diep adem en begon te lopen, richting Hoofdstraat. Ze wilde naar het plein. Ze wilde weten of het nog altijd zo was zoals ze zich herinnerde. Ze had geen speciale reden om dat te willen weten. Het was gewoon zo.

Het plein was zoals ze zich herinnerde, al leek het nu kleiner. De kinderkopjes, waar ze zo vaak met de fiets overheen gehobbeld was, het statige gemeentehuis, opgetrokken uit oude stenen en alleen van binnen aan de moderne tijd onderhevig, het gietijzeren hek om het gemeentehuis heen, het witte prieeltje in het midden, de ouderwetse lantaarnpalen en de dikke eiken. De gietijzeren bankjes op de oever van de Vaart, uitkijkend over het water, de voorbij dobberende boten en de brutale eenden. En natuurlijk de kroeg van Sjef, Café het Dorp met zijn oude pomp voor de deur. Het café leek witter dan ze zich herinnerde. Misschien had Sjef zich werkelijk ertoe kunnen brengen om het te laten schilderen. Misschien leek het ook alleen maar zo. De terrasmeubels stonden buiten. Ze waren niet schuin tegen de tafels geplaatst om de zittingen droog te houden, zoals ze dat altijd in de stad deden.

Sjef maakte zich niet druk over natte zittingen. Dat was niet zijn probleem. Het lege terras gaf het café een wat verlaten indruk, maar Cathy was ervan overtuigd dat het slechts schijn was. Binnen zouden de mannen achter een borreltje zitten, sigaren roken en elkaar sterke verhalen vertellen. Over vroeger.

Het hoge gebouw achter de kroeg was nieuw. Destijds was daar slechts de bouwplaats geweest en de geruchten dat er een luxe flat zou komen. Speciaal voor filmsterren, had de jeugd elkaar in het oor gefluisterd.

Ze was er vaak met Mindy geweest. Samen hadden ze dan midden tussen het onkruid en andere rommel gezeten, stiekem sigaretten gerookt en gedroomd over de toekomst. Over het moment dat ze daar allebei zouden wonen. Tegenover elkaar natuurlijk, zodat ze maar hoefden over te steken om bij elkaar op de koffie te komen en bonbons te eten. Uiteraard zouden ze dan allebei rijk zijn.

'Ik met Ernie,' had Mindy gezegd. 'En jij met Jasper.'

'Idioot. Jasper en ik zijn alleen vrienden.'

'Nog wel.'

'We blijven alleen maar vrienden.'

Mindy had gegrijnsd.

Nu stond daar dus dat gebouw. Wit en statig, met enorme ramen. Ze kon zich voorstellen dat je rijk moest zijn om daar te wonen. Ze kon zich niet voorstellen dat er iemand woonde die in dit dorp thuis hoorde.

Ze schudde even haar hoofd en liep door naar het café. Ze kon wel een kop koffie gebruiken. Het zou de eerste keer worden dat ze koffie van Sjef dronk.

Het was een beetje schemerig in het café. Alsof de grauwheid van de dag tot in dit gebouw was doorgedrongen. Ze keek naar de gebogen ruggen aan de bar. Sigarenrook hing als een donderwolk boven de grijze hoofden en vermengde zich met de lucht van verschraald bier.

Sjef stond achter de bar. Hij was nog niets veranderd. Een bol gezicht met rode wangen en een nog rodere neus. Cathy verdacht hem ervan dat hij zelfs nog dezelfde kleding droeg. Hij leunde met zijn rug tegen de kast en volgde het gesprek tussen de mannen. Zijn handen speelden met de bretels van zijn broek. Zijn hemd was groezelig en op zijn kop droeg hij het gebruikelijke baretje. Niets was hier veranderd.

Ze twijfelde even. Het vooruitzicht om ook aan de bar te gaan zitten, stond haar niet zo aan. Ze keek naar de tafeltjes met ouderwetse rode persjes op, aan weerszijden van haar. Ze zag de stevige man aan een van de tafeltjes. Ze kende hem vaag. Evert Muldijk.

Zijn vrouw stierf lang geleden aan kanker. Hij had een dochter die ongeveer tien of vijftien jaar ouder was dan zij. Ze was in die tijd getrouwd met Rins Dakare, een knappe man met een ellendig karakter. Ze vroeg zich even af of Jenny nog altijd met die kerel getrouwd zou zijn. Iedereen wist destijds tenslotte dat hij niet van andere vrouwen af kon blijven.

Ze had natuurlijk naar Evert toe kunnen lopen, bij hem aan het tafeltje kunnen gaan zitten en ernaar vragen, maar ze geloofde niet dat hij daarop zat te wachten. Hij keek heel even op van zijn krant en knikte naar haar. Er was geen verbazing of nieuwsgierigheid te bekennen. Hij knikte alleen beleefd en ging weer verder met lezen. Cathy wist dat Evert niet bepaald een van de sociaalste mensen in het dorp was. Misschien was hij ook niet gemakkelijk geweest om mee getrouwd te zijn, maar hij had in elk geval geen schuld aan de dood van zijn vrouw. Dat kon niet van iedereen worden gezegd.

Cathy slikte de bittere smaak in haar mond weg en nam plaats aan een ander tafeltje bij het raam. Ze vond het prettig om naar buiten te kijken.

En koffie kon ze in elk geval drinken. Ze had al gezien dat Evert ook koffie had, dus dan had Sjef in elk geval de moeite genomen om koffie te zetten.

Het duurde een tijdje voordat de waard van het café besloot om naar haar toe te komen, maar precies op het moment dat ze zich realiseerde dat dit waarschijnlijk geen uitspanning was waar je service aan tafel kreeg, stond hij opeens naast haar.

Hij keek grijnzend op haar neer, terwijl hij zijn handen op en neer over de bretels liet glijden.

'Wel, wel wel,' zei hij. 'Ben jij niet de kleine rooie Cathy van Rinus?'

Cathy glimlachte even naar de man en knikte.

'Dat is toch sterk,' gromde Sjef. 'Na al die jaren ...'

'Mijn vader is ziek.'

'Ja. Dat weet ik. Kanker. Hij schijnt dood te gaan.'

'Dat is ook zo. Hij heeft nog maar twee of drie weken.'

'Ja. Hij zal er niet naar uitkijken.'

Cathy keek hem verbaasd aan.

'Ze zeggen dat je na je dood de mensen weer tegenkomt die je hebt verloren.'

'Dat zeggen ze, ja.'

'Het is niet te hopen voor Rinus.'

'Nee.'

'Huppelde je vroeger niet altijd rond met die andere rooie?'

'Jasper.'

'Ja. Die rooie.'

'We waren bevriend.'

Sjef keek haar even aan met een wat scheve grijns. 'Ja, ja ...'

'We waren nog kinderen.'

'Die rooie wandelt hier nog regelmatig naar binnen. Goeie kerel. Een beetje in de war af en toe, maar dat schijnt zo te horen als je schrijft.'

'Schrijft hij?'

'Schijnt zo.'

'Is hij goed?'

Sjef haalde zijn schouders op. 'Ik lees niet. Ik hoor hier al genoeg sterke verhalen. Sjef grinnikte. 'Hij verdient in elk geval genoeg om zijn pilskes te betalen.'

'Is hij getrouwd?' Waarom vroeg ze dat nu? Wat deed het ertoe?

Sjef grinnikte opnieuw.

'Gewoon interesse,' zei ze haastig.

'Natuurlijk.'

'Echt waar. We waren tenslotte vriendjes.'

'Ja, ja …'

'Echt waar.'

'Hij is niet getrouwd.'

'Niet?'

'Hij heeft een tijd een vriendin gehad. Een wild ding met zwart haar. Ik kon er geen hoogte van krijgen. Vroeg altijd naar rare drankjes en geloofde in spoken. Of zoiets.'

'Oh.'

'Maar nu is hij vrijgezel. Dat geloof ik tenminste. Die rooie …' Sjef schudde glimlachend met zijn hoofd. Toen keek hij Cathy weer aan.

'Ik neem aan dat je geen limonade meer drinkt. Zoals vroeger?'

'Ik zou graag een kop koffie hebben.'

Sjef zuchtte diep. 'Muldijk heeft net de laatste kop uitgedronken.' Hij keek beschuldigend naar zijn imposante klant aan het tafeltje.

Evert keek op en beantwoorde Sjefs blik.

'Dat was geen koffie, maar gebruikt afwaswater en het kopje zat maar halfvol. Probeer maar eens echte koffie te zetten. Misschien durf ik het dan aan om ook nog een kop te nemen.'

Sjef zuchtte opnieuw zwaar. ' Goed, goed,' mompelde hij. 'Heb je trouwens gezien dat dit Cathy is. Kleine Cathy.'

'Ja.' Evert mompelde iets wat voor een groet moest doorgaan en dat was al heel wat voor hem.

Cathy groette hem beleefd terug, maar hij boog zich weer over zijn krant.

'Sinds hij iets met Hannah Doorne heeft, wil hij helemaal niet meer praten. Hij moet natuurlijk al met Hannah praten en dan wordt het hem natuurlijk al snel teveel.'

'Hannah zegt tenminste zinnige dingen,' gromde Evert.

'Hannah Doorne?' vroeg Cathy een beetje nieuwsgierig.

'Ze is oorspronkelijk niet van Olme. Ze woont in die enorme koelkast hierachter. Haar zoon heeft iets met Jenny.'

'Jenny was toch getrouwd?'

'Dat hersenloze stuk onbenul is vertrokken toen hij een gehandicapte zoon kreeg. Misschien kon hij niet verdragen dat zijn kind met verstandelijke handicap intelligenter was dan hij. Hij is iets begonnen met een modepop,' gromde Muldijk.

'Wow,' zei Sjef. ' Dat waren veel woorden.'

'Ga je vandaag nog koffie maken?'

'Nou … je hebt het wel verdiend. Je zult wel dorst hebben gekregen.'

Sjef grijnsde weer en liep weg. Muldijk verdiepte zich weer in de krant en Cathy staarde naar buiten. Jasper was vrijgezel. En schijver. Jasper …

Maar dat deed er allemaal natuurlijk niet toe. Zij en Jasper waren geen vriendjes meer.

Ze dacht aan die bewuste dag. Die allerlaatste dag. Ze was naar Jasper gegaan, zoals ze altijd naar Jasper ging als er iets was. Alleen had ze nu haar tas bij zich gehad.

'Nu heeft hij haar in huis gehaald, Jasper.'

Ze was woedend. 'Het is allemaal haar schuld. Ze hebben mijn moeder dood gemaakt. Hij en zij … En nu haalt hij haar in huis.'

'Ik weet niet of je het helemaal zo kunt zien …'

'Het is zo. Nee … het is niet zo. Het is mijn schuld.'

'Nee, Cathy …'

'Wel waar. Hij heeft het gezegd. Ik had ons geheim niet mogen verklappen. Maar het is zo oneerlijk … en nu haalt hij haar in huis. Ik haat hem.'

Ze zat bij hem op de kamer. Naast hem op bed, zoals zo vaak, met haar rug tegen de muur en haar voeten tegen de bedrand gedrukt. Precies zoals hij. Zij aan zij. Schouder tegen schouder.

'Ik moet weg, Jasper.'

'Ik kan vragen of je hier kan komen wonen.'

Cathy had de lichte paniek in zijn stem gehoord.

Ze had haar hoofd geschud. 'Ik moet weg, Jasper. Ver weg. Ik kan hem niet meer in de ogen kijken.'

'Doe het niet, Cathy …' Er was iets van wanhoop in zijn stem. Cathy begon te huilen. Jasper pakte haar vast, zoals hij dat altijd had gedaan. Maar dit keer was het anders. Dit keer was hij dichterbij haar. Misschien waren de signalen er ook al veel eerder geweest. In elk geval kusten ze elkaar opeens. Het was vanzelfsprekend. Een logisch gevolg. En het ging veel verder dan dat.

Jasper was de eerste jongen met wie ze de liefde bedreef. Je kon het geen seks noemen. Seks klonk te bot voor datgene wat er tussen haar en Jasper was geweest. Seks was iets wat ze later met veel andere jongens en kerels zou hebben. Maar het was niet dat wat ze met Jasper had gehad.

Er waren veel dingen die ze in haar leven anders zou doen als ze er ooit de kans voor zou krijgen. Maar die ene nacht was niet een van die dingen.

Toch was ze daarna gegaan.

Ze werd wakker in zijn armen. Ze had gehuild in haar slaap en dat deed ze bij het wakker worden nog steeds. Haar gezicht drukte ze tegen zijn blote huid. Zijn geur snoof ze op. En toen maakte ze zich voorzichtig los en stond op. Het was vijf uur in de ochtend toen ze naar buiten liep. Het daglicht was als een lichte streep aan de horizon zichtbaar en de heldere hemel beloofde een mooie dag.

Cathy deed haar tas over haar toen nog smalle schouders en ging op weg. Ze keek niet meer om.

Cathy schrok op uit haar gedachten toen Sjef een kopje koffie in een voetbadje, voor haar neerzette.

51

'Het is toch niet vanwege je vader?' vroeg Sjef, terwijl hij haar aankeek.

Cathy begreep niet meteen wat hij bedoelde, totdat ze zich realiseerde dat ze tranen in haar ogen had.

Ze trok even haar schouders op en veegde haastig met haar handrug over haar ogen.

Sjef glimlachte even. 'Dat deed je vroeger ook altijd.'

Cathy glimlachte voorzichtig terug.

'Oude koeien brengen veel verdriet,' gromde Sjef wijs. Daarna liep hij weg.

'Hij heeft naar je gevraagd,' had Erna vlak voor het avondeten tegen Cathy gezegd. Cathy was toen al een hele tijd terug geweest van haar uitstapje in het dorp, had haar koffer verder uitgepakt en een duik genomen in het binnenzwembad in het huis. Ze was weer op weg naar boven geweest, toen Erna haar had aangesproken.

Ze had zich omgekleed en was zijn kamer binnengelopen.

Nu zat ze bij het bed en keek naar zijn ingevallen, grauwe gezicht.

'Beetje voor beetje zullen we de dingen moeten doornemen,' zei Rinus. 'Ik weet niet hoe lang ik nog bij mijn verstand ben. Ze voeren elke dag de morfine verder op.

Cathy knikte alleen maar. Misschien had ze medelijden moeten voelen, maar dat deed ze niet.

'Als ik dood ga, wil ik hier blijven tot aan mijn crematie. Ik wil niet in een mortuarium of waar dan ook worden ondergebracht. Ik wil simpelweg in dit huis blijven totdat het feest gaat beginnen.'

'Leuk uitgedrukt.'

Rinus wist zijn mond tot een grijns te vormen. 'Laten we niet sentimenteel gaan doen. Ik heb mij nooit erg goed uitgedrukt.'

'Nee.'

'Ik ben ook niet van plan om dat nu nog te veranderen.'

'Nee.'

'Als ik dat al zou kunnen.'

...

'Ik wil in mijn huis worden opgebaard. Beneden in de kamer. Niet hier. Hier heb ik al lang genoeg gelegen.'

'Beneden in de kamer,' herhaalde Cathy.

'Precies. Janine zal wel over de rooie gaan, want ze kan niet tegen lijken. Maar ik heb nu eenmaal altijd het laatste woord.'

'Uiteraard.'

'In de kamer dus. Ik heb altijd van dit huis gehouden. Ik wil hier mijn laatste uren doorbrengen.'

'Ik begrijp niet dat je nog van dit huis kunt houden.' Cathy had nergens op in willen gaan. Maar de woorden kwamen er als vanzelf uit. Onverwacht en ongevraagd.

'Niet?'

'Waarom wel? Vanwege gelukkige tijden?' Het klonk sarcastisch. Het was niet haar bedoeling om op die manier te reageren. Het gebeurde gewoon.

Rinus grijnsde even. 'Ik ben anders dan jij Cat. Ik romantiseer niets. Ook niet je moeder.'

'Dat klopt. Dat heb je nooit gedaan. Ook vroeger niet. Toen je het had moeten doen.'

'Waarom had ik dat moeten doen?'

'Je was met haar getrouwd.'

'Ja. Ik was met haar getrouwd. Maar dat was alles.'

'Je hebt van haar gehouden.'

Rinus leek even na te denken. 'Misschien. Ik weet het niet. Ik heb in elk geval iets in haar gezien, anders was ik niet met haar getrouwd. Maar dat 'iets' verdween.'

'Waarom ben je dan nooit gewoon gescheiden? Waarom moest je zo nodig de dingen doen zoals je ze hebt gedaan? Met alle gevolgen ...'

53

'Een scheiding? Ik vraag mij af of je je moeder nog wel herinnert zoals ze werkelijk was. Waarschijnlijk heb je in je fantasie haar gemaakt tot iets wat ze niet was. Anders zou je een dergelijke vraag niet stellen.'

'Ik herinner mij mijn moeder verdraait goed,' reageerde Cathy gepikeerd.

Rinus trok even zijn wenkbrauwen op. Maar hij ging er niet op in.

'Laten we het maar gewoon erbij houden dat de gebeurtenissen van toen mijn mening over dit huis niet hebben beïnvloed. Ik heb hier altijd graag gewoond. Het is mijn ouderlijk huis en ik heb het volledig gerenoveerd naar mijn eigen smaak.'

'Dat is in elk geval waar,' mompelde Cathy wat hatelijk.

Rinus was er niet van onder de indruk. 'Ik heb het altijd een comfortabel huis gevonden en ik ben niet van plan om hier te vertrekken voordat ik werkelijk de oven in ga.'

'Zoals je wilt.'

'Goed. De rest komt wel. Ik ben moe. Ik ben tegenwoordig steeds moe. Ik zal blij zijn als ik eindelijk definitief kan rusten.'

Cathy keek hem verbijsterd aan.

'Verbaast je dat?' vroeg Rinus.

'Ja.'

'Waarom?'

'Je was nooit iemand die opgaf.'

'Nee. Dat doe ik nu ook niet. Ik maak alleen een keuze.' Hij grijnsde weer even. 'De dokter komt straks. Ik wil zelf de beslissing nemen als het zover is. Ik heb er nooit van gehouden om beslissingen aan anderen over te laten.'

'Nee. Dat klopt.'

'Dus nu wil ik rusten.'

'Zoals je wilt.' Cathy stond op en liep de kamer uit. Ze was kwaad op hem. Hij had niet op die manier over haar moeder mogen praten. Hij had het recht niet. Haar moeder was een goed mens geweest. Te goed voor hem.

Op datzelfde moment zag ze haar moeder weer voor zich. Bij de haard natuurlijk, met de plaid over haar benen. Haar bleke gezicht naar het vuur gewend.

'Mama ...'

Haar moeder wendde zich traag in haar richting. Haar doffe ogen keken in die van haar.

'Waar ben je geweest?'

'Gewoon ...'

'Je komt nooit meer naar huis na school.'

'Ik was met Jasper en Mindy ...'

'Ik begrijp het wel. Zij zijn belangrijk voor je. Natuurlijk. Hier is niets. Alleen een zieke moeder ...'

'Je bent toch niet echt ziek?'

Haar moeder leek er even over na te denken. 'Weet ik eigenlijk niet precies.' Ze wendde zich van Cathy af en staarde weer naar het vuur. 'Waarom heb ik het dan altijd zo koud?'

Cathy gaf geen antwoord.

Haar moeder huiverde. 'Natuurlijk ga je weg. Het is hier afschuwelijk. Ik zou ook weggaan als ik kon. Maar ik kan niet weg.'

'Waarom mama?'

Haar moeder glimlachte droevig. 'Maak maar een beker warme chocolademelk voor jezelf en kom bij mij zitten.'

Cathy was veel liever naar boven gegaan, maar ze deed het niet. Ze maakte de chocolademelk en ging bij haar moeder zitten.

'Als ik jou niet had, Cathy ...' zei haar moeder.

'Ik ben er toch.'

'Soms. Meestal ben je er niet. Dan ga je naar die vrienden.'

Cathy gaf geen antwoord. Op de een of andere manier was het benauwend bij haar moeder. Ze voelde zich niet op haar gemak. Alsof de lucht rondom haar moeder zo zwaar was dat het moeilijk was om adem te halen.

'Maar ik heb je echt nodig, Cathy. Zonder jou ...' Ze maakte de zin niet af. Ze staarde weer in het vuur. De vlammen tekenden een beweeglijk lichtpatroon op haar gezicht.

Cathy schudde de herinnering van zich af. Haar moeder was een goed mens geweest. Ze had van haar gehouden. Maar waarom kreeg ze het zelfs nu nog benauwd als ze aan haar moeder dacht?

Ze staarde een paar tellen voor zich uit.. Het kwam door Rinus. Hij wist altijd haar gevoelige plekken te raken. Ervoor te zorgen dat ze twijfelde. Ze haatte het dat hij dat deed.

'Slaapt hij?' Het was Janine. Cathy had haar niet eens gehoord. Ze stond opeens naast haar bij de trap.

'Hij wilde gaan slapen.'

Janine knikte even bedenkelijk. 'Hij slaapt zoveel,' mompelde ze. Ze praatte waarschijnlijk niet eens tegen Cathy, maar Cathy gaf toch antwoord. 'Hij is ernstig ziek. Natuurlijk slaapt hij veel.'

'Weet je dat de dokter vanavond komt?' vroeg Janine. Ze stak een sigaret op. Ook nu trilde haar hand.

'Dat zei hij, ja ...'

'Om de euthanasie te bespreken,' ging Janine verder.

'Ja.'

'Ik wou dat het maar achter de rug was.'

'Hoe kun je zo denken?' reageerde Cathy verontwaardigd. Niet de opmerking van Janine zat haar dwars, maar het feit dat ze er zelf net zo over dacht.

Janine trok aan haar sigaret en blies kleine wolkjes uit. 'Ik kan hier niet tegen. Ik ga ook niet doen alsof.'

'Je zult in elk geval nog even moeten wachten,' merkte Cathy zuur op.

'Wat heeft hij met je besproken?'

'Zijn dood.'

'Dat neem ik aan. Maar wat precies?'
'Nog niet veel. We hebben nog tijd.' Dat laatste zei ze uitdagend, terwijl ze Janine aankeek.
'Je lijkt op hem.'
'Geen haar.'
Janine glimlachte slechts. Daarna liep ze naar beneden.
Cathy bleef een paar tellen staan. Allemachtig, wat had ze een hekel aan die vrouw. Meer dan ze kon rechtvaardigen. Ze haalde diep adem en ging ook naar beneden.
Als vanzelf ging ze naar de eetkamer. Ze hadden hier vroeger altijd al gegeten. Nooit in de keuken, zoals bij Mindy en Jasper thuis. Altijd aan die lange tafel in de eetkamer. Ook nu was de tafel hier gedekt. Erna en Janine zaten al aan tafel en Cathy nam ook plaats. In elk geval zat ze ver genoeg van Janine af. Gepraat werd er nauwelijks.
Net als vroeger.

'Cathy?' Cathy opende haar ogen en keek verbaasd om zich heen. Heel even was er die shock dat ze terug was gegaan in de tijd. Meteen daarna realiseerde ze zich dat ze hier, in haar oude huis in Olme, gisteren was aangekomen. Dat ze sliep in dezelfde kamer waarin ze vroeger min of meer had gewoond, maar dat ze niet terug was gegaan in de tijd. Niet echt, tenminste.
Ze kreunde een onduidelijk antwoord en Erna kwam de kamer binnen met de telefoon in haar handen.
'Ene Ronald Diepen. Hij heeft gisteren ook al gebeld, maar toen was je al naar bed ...'
'Oh ...' Cathy nam meteen de telefoon van Erna over en onderdrukte een vaag schuldgevoel.
Ze noemde haar naam, terwijl Erna geruisloos verdween.
'Ik heb gisteren geprobeerd om je op je mobiel te bellen, maar ik kreeg geen verbinding..'

'Mijn telefoon zal wel leeg zijn. Erna zei dat je gisteren ook al had gebeld?'

'Ja.. Erna … is dat de vrouw van je vader? Of zijn vriendin?'

'Zijn verpleegster.'

'Oh, ik dacht dat hij misschien …'

'Zijn vriendin pakt geen telefoon op.'

'Oh.'

'Sorry dat ik vergeten ben mijn mobiel op te laden.'

'Maakt niet uit. Je hebt andere dingen aan je hoofd.'

'Ja.'

'Vermoeiend neem ik aan? Gezien je gisteren al vroeg naar bed was …'

'Nogal.'

'Hoe is het nu?'

'Goed.' Ze vroeg zich af of het wel zo was, maar ze zei verder niets.

'Mis je me?'

'Natuurlijk.' Ze kon moeilijk zeggen dat ze niet meer aan hem had gedacht. Want zo was het wel. Ze besefte dat ze geen moment meer aan Ronald had gedacht. Heel even, slechts heel even, vroeg ze zich af of daar een reden voor was. Maar die gedachte schudde ze meteen weer van zich af. Het was idioot om zo te denken. Ze had er gewoon geen tijd voor gehad,

'Ik mis je ook. Ik vroeg mij af …' Hij aarzelde even.

'Ja?'

'Ik kan een paar dagen vrij nemen. Het is druk, maar als het echt moet, kan het wel. Dan kan ik bij je zijn.'

'Dat hoeft niet. Ik red me wel.'

'Dat weet ik. Ik weet dat je je wel redt. Maar misschien is het toch prettiger voor je als ik erbij ben.'

Hoe moest ze zeggen dat ze dat niet prettiger vond? Dat ze veel liever alleen hier was?

'Natuurlijk heb ik je graag bij me. Maar dit is echt iets wat ik zelf moet doen. Misschien later. Als …'

'Bij de begrafenis?'

'Ja.'

'Als je mij dan nodig hebt, zal ik er zijn.'

'Dat weet ik.'

'Misschien kun je mij een keer het dorp laten zien. Iets vertellen over je jeugd.'

'Ja.'

'Goed.' Het was even stil. 'Heb je nog bekenden gezien?' vroeg hij toen. Ze meende wat ongerustheid in zijn stem te horen. Misschien beeldde ze het zich ook alleen maar in.

'Nee. Niemand.'

'Oh. Misschien komt dat nog.'

'Ik denk het niet. Ik breng de meeste tijd gewoon hier in huis door.'

'Je kunt met hen afspreken …'

'Nee. Dat heeft geen zin. Ik handel hier mijn zaken af en dan ga ik weer. Het verleden is nu eenmaal het verleden.' Wie probeerde ze te overtuigen?

'Misschien.' Er klonk weinig overtuiging in door. 'In elk geval moet je het mij laten weten als je mij graag daar wilt hebben.'

'Ja. Dat zal ik zeker doen.'

'Ik hou van je.'

'Ik hou van jou.'

'Goed. Sterkte daar.'

'Dank je.'

'Ik bel nog wel. Dag Cathy.'

'Dag … Ronald?'

'Ja?'

'Ik hou echt van je.'

'Dat hoop ik.' Ze hoorde hem bijna door de telefoon glimlachen.

'Ik spreek je nog wel.'

Met die woorden namen ze afscheid. Cathy bleef een tijdje op bed zitten met de telefoon in haar handen. Voor het eerst sinds haar aankomst dacht ze echt weer aan Ronald. Lieve Ronald. En heel even wenste ze echt dat hij bij haar zou zijn. Dat hij haar in zijn armen zou nemen en zou beschermen tegen al die spoken uit haar verleden. Maar Ronald was er niet en hij zou ook niet komen. Had ze niet net nog gedacht dat ze dat ook niet wilde? Ze zou het alleen moeten doen.

Ze stond op en kleedde zich aan. De kamer benauwde haar opeens. Ze wilde weg. Naar buiten.

HOOFDSTUK 5

Ze had nog niet ontbeten toen ze al op straat stond. Ze had het willen doen, maar was van gedachten veranderd toen ze Janine aan tafel had zien zitten in haar zijden ochtendmantel en haar sigaret in haar hand.

In een eerste impuls wilde ze naar het plein lopen, maar toen ze het kapelletje zag, bedacht ze zich en liep ze daarheen.

Niets aan het kapelletje was veranderd. Het kleine gebouwtje, opgetrokken uit dezelfde oude stenen als het gemeentehuis en voorzien van een glazen deur, wachtte trouw op de mensen die een kaarsje kwamen opsteken. Boven de glazen deur was het klavervormige raam gemaakt, wat een grappig patroon tekende op de vier bankjes en de tafel met kaarsen in het kapelletje. Het patroon was nu, op dit tijdstip, nog niet zichtbaar omdat de zon te laag stond, maar Cathy wist dat het later op de dag wel zo was. Ze had het vaak genoeg gezien.

Ze stond voor de deur en zag zichzelf als jong meisje naar binnen gaan. Haar hand klemde die van Jasper vast.

'Kom … we gaan een kaars opsteken.'

'Waarom?'

'Gewoon …'

'Je betaalt voor iets wat je niet eens mee mag nemen.'

'Je betaalt om een wens te doen. Als je een kaars opsteekt, mag je een wens doen. Dat zegt mama altijd.'

Ze zei er niet bij dat ze alleen met haar moeder in de kapel was geweest toen ze nog heel klein was en haar moeder nog de energie had kunnen opbrengen om iets met haar te doen. Ze zei er niet bij dat ze naar binnen wilde om een wens voor haar moeder te doen. Ze zei alleen dat ze een wens wilde doen en sleepte Jasper mee naar binnen.

Na die ene keer was ze nog vaak met Jasper terug gegaan.

Cathy liep de kleine kapel binnen. Haar blik gleed over de houten bankjes en de zwarte tafels met pinnetjes waarop je de kaarsen vastpinde. Veel pinnetjes waren in beslag genomen door brandende kaarsjes. Sommigen waren nog maar pas opgestoken. Misschien wel die morgen nog. Anderen waren bijna opgebrand en hun vlammetje stierf langzaam uit. De flakkerende vlammetjes verspreidde een beweeglijk licht in het kapelletje. Cathy ging op het bankje rechtsvoor zitten en liet haar hand over het gladde hout glijden. Buiten leek oneindig ver weg.

Precies op deze plek had ze gezeten toen ze vijftien jaar was geworden. Er was geen feestje geweest. Ze had hier met Jasper gezeten, zijn hand in de hare zoals zo vaak, en naar de vlammetjes gestaard.

'Mindy heeft een jongen gekust.'

'Wie?'

'Johan.'

'Johan? Hoe kan ze hem nu kussen? Hij heeft hazentanden.'

'Weet ik. Hij heeft ook grote oren.'

'Misschien is hij wel een haas.'

Cathy giechelde.

'Is ze verliefd op Johan?'

'Nee, natuurlijk niet. Niemand wordt verliefd op Johan. Ze wilde alleen maar weten hoe het was om iemand te kussen. Iedereen heeft op onze leeftijd al eens gekust. Dat zegt Madeleine tenminste.'

'Madeleine kust iedereen.'

'Weet ik.'

'Ze zeggen dat ze veel meer doet dan alleen kussen.'
'Dat doet ze ook. Volgens Linny raakt ze nog eens in verwachting. En dan moet ze trouwen.'
'Zou best kunnen.'
'Maar Mindy wilde toch eens kussen Ze had gehoord dat kussen heel fijn was. Dat het je een heel fijn gevoel bezorgde.'
'En?'
'Niets.'
'Oh.'
'Het was een beetje nat en lebberig, zei ze.'
'Lebberig? Wat is dat?'
'Weet ik niet. Misschien moeten we het ook eens proberen.'
'Kussen?'
'We zijn al vijftien. Dan moet je weten hoe het is om iemand te kussen.'
'Ja?' Hij klonk een beetje verschrikt.
'Natuurlijk. De meesten gaan veel verder.'
'Wij zijn toch alleen maar vrienden?'
'Ja. Daarom kunnen we het het beste met elkaar proberen. We kennen elkaar tenminste.'
'Oh.'
'Kom.'
Aarzelend brachten ze hun hoofden naar elkaar toe en onwennig kusten ze elkaar. Geen vriendschappelijke kus, zoals ze zo vaak hadden gedaan, maar een echte kus.
Cathy had het slechts uit nieuwsgierigheid gedaan, maar het had haar verward. Zijn aanraking ... zijn kus ... en de vreemde gevoelens in haar buik ... Ze had gemerkt dat hij ook onzeker was geworden. Heel even was er een kleine kloof tussen hen ontstaan. Een soort spanningsveld. Maar het was weer verdwenen toen ze buiten waren gekomen.
In elk geval tot die ene avond. Die avond van haar vertrek.
Cathy stond op en liep naar voren. Ze gooide een muntje in de

bus en stak een kaarsje op. Ze deed geen wens. Ze geloofde niet meer in wensen. Ze stak alleen een kaars op en staarde een tijdje naar het dansende vlammetje. Daarna ging ze weer naar buiten.

Cathy zat weer aan het bed van Rinus. Ze was naar hem toe gegaan toen hij haar ontbood. Zoals bedienden dat deden als hun baas hun ontbood. Ze voelde zich niet veel meer dan een bediende.

'Heb je Janine gezegd dat ik in de woonkamer opgebaard wil worden?' vroeg Rinus.

'Nee.'

'Goed. Doe dat ook maar niet. Ik heb geen zin om met haar daarover een discussie te voeren.'

'Jij beslist.'

'Ja.'

Cathy knikte. Het was altijd Rinus die besliste.

'Wat daarna?' vroeg Cathy.

'Waarna?'

'Na je verblijf in de woonkamer.'

'Ah ja. Een crematie, natuurlijk. Maar dat had je al begrepen.'

'Ja. Dat van die crematie had ik begrepen. Maar wat wil je verder? Een mis?'

'Alsjeblieft zeg. Je lijkt Van der Velde wel. Die probeerde mij ook al zover te krijgen ...'

'Van der Velde is tenslotte pastoor.'

'Hij moet ervoor doorgaan.'

' Logisch dat hij zijn diensten wil verkopen.'

'Hij wilde mij zelfs bedienen.'

'Dat doen pastoors.'

'Je kunt ook te ver gaan.'

'Geen mis dus.'

'Ik ben nooit naar de kerk gegaan. Waarom zou ik daar

verandering in brengen als ik dood ga?'

'Voor nabestaanden.'

'Je lijkt Van der Velde wel. Onzin. Janine is ook nooit naar de kerk geweest. Als ze al een mis wil, dan is het om de elegante weduwe te zijn. Die rol kan ze ook in het crematorium spelen.'

'Heb je ooit om Janine gegeven?' vroeg Cathy zich hardop af. Rinus staarde haar een paar tellen aan. Het viel Cathy nu pas op hoe onregelmatig zijn ademhaling was en ze vermoedde dat hij pijn had. Maar ze dacht er niet te veel over na. Ze wachtte gewoon op een antwoord.

'Ik mag haar,' besloot Rinus.

'Ik vroeg niet of je haar mocht, maar of je werkelijk om haar hebt gegeven. Of je van haar hield. Of misschien nog steeds van haar houdt.'

'Wat is houden van?' vroeg Rinus. Hij verwachtte geen antwoord. 'Van iemand houden is altijd al een overschatte emotie geweest. Een cliché. Ik vond Janine's gezelschap prettig. Ik vond haar bekakte, egoïstische karakter boeiend en ik kon met haar lachen. Ik heb er nooit meer van verwacht. En nu verwacht ik helemaal niets meer van haar. Haar gezelschap irriteert mij nu soms. Janine is niet meer de Janine die ze was. Niet sinds ik ziek ben.'

'Egoïstisch en zelfingenomen – kreng, had ze kunnen zeggen, maar dat ging toch wat ver – is ze nog steeds,' merkte Cathy op. Rinus grijnsde. 'Dat heeft jou nooit gelegen, hé?'

'Dat ligt de meeste mensen niet.'

'Nee. Maar ik val niet onder 'de meeste mensen' .'

'Nee … jij valt daar niet onder.'

Heel even speelde ze met de gedachte om hem te vragen of hij ooit van haar had gehouden. Ze deed het niet. Ze betwijfelde of ze het antwoord wilde horen.

'Maar je wilt dus geen mis.'

'Alleen een simpel afscheid in het crematorium. Als ze tenminste per se iets willen doen. Iets willen zeggen.'

'Meestal wel. Het is wat bot als je, zonder een woord van afscheid, simpelweg meteen bij aankomst in het crematorium de oven in wordt geschoven. Een afscheid van twee minuten. Daar komen mensen niet voor.'

'Het is toch al de vraag of er mensen komen die het echt interesseert en zelfs als dat zo is, zie ik nog niet in waarom dat niet zou kunnen. Maar goed ... om te voorkomen dat ik dadelijk helemaal als een oude klootzak wordt gezien, kan er een kort afscheid worden geregeld. Kort en simpel. Geen belachelijke ophemeling van mijn persoon. Ik ben nooit erg aardig geweest, dus laat niemand doen alsof ik een heilige was.'

'Goed. Een kort afscheid. Muziek?'

'De radinskymars.'

'De wat?' vroeg Cathy verbijsterd.

'De radinskymars. Waarom niet?'

'Ik weet niet of dat erg passend is.'

'Vind je een sentimenteel nummer passend voor mij?'

Cathy schudde haar hoofd. 'Nee.'

'Precies.'

'De mars dus.'

'De mars. En dan?'

'Zullen we het hierbij laten?' Rinus' stem vibreerde een beetje. Zijn ademhaling werd zwaarder en hij moest moeite doen om zijn ogen open te houden. Onwillekeurig keek Cathy even naar de bult onder de deken. Zijn gezwollen buik, vol vocht en andere troep. Ze huiverde bij die gedachte.

'Pijn?' vroeg ze.

'Ja.'

'Werkt de morfine niet meer?'

'Ja. Maar ik wil niet te veel van die troep. Dan kan ik niet meer nadenken.'

'Waarom wil je nadenken?'

'Omdat ik anders net zo goed dood kan zijn.'

'De dokter was gisteren hier …'

'Ja. Er komt nog een andere arts. Formaliteit. In principe kan ik het verder zelf regelen.'

'Precies zoals je wilde.'

'Ja.'

'Pap?'

'Ja?'

'Heb je spijt van de dingen die er zijn gebeurd?'

'Nee.'

Cathy staarde hem aan.

'Je wilt een ander antwoord?'

'Ja.'

'Dat heb ik niet.'

Cathy aarzelde even en knikte toen. 'Ik begrijp het.'

'Volgens mij niet, maar ik heb geen zin om iets uit te leggen. Ik ben moe. Veel te moe.'

Cathy stond op. Ze keek nog een keer naar zijn magere, grauwe gezicht, zijn ingevallen ogen en zijn kale schedel met levervlekken. Slechts hier en daar was nog een dun vlasje haar zichtbaar. Ze kon zich niet voorstellen dat ze ooit bang voor hem was geweest.

Ze draaide zich om en liep de kamer uit. Op datzelfde moment besefte ze dat ze eigenlijk nog steeds een beetje bang voor hem was. Hoe idioot dat ook was.

Ze trof Janine op de gang aan. Ze liep op en neer, met een sigaret in haar hand. Heel even vroeg Cathy zich af of ze het gesprek had afgeluisterd. Of ze had gehoord hoe Rinus zijn gevoelens voor Janine had besproken. Maar Cathy kon zich Janine simpelweg niet voorstellen met haar oor tegen de deur, stilletjes het gesprek volgend. Niet omdat Janine daar te nobel voor zou zijn. Verre van dat. Meer omdat het Janine niet zo gek veel zou uitmaken. Janine zat gewoon haar tijd uit. Niet meer en niet minder. Ze wachtte.

'Wat doet hij?' vroeg Janine aan Cathy. Ze bleef voor Cathy staan en nam een nerveus trekje van haar sigaret.

'Hij slaapt.'

'Natuurlijk. Dat weet ik ook wel ...'

'Hij is tenslotte erg ziek.'

'Ja. Maar ik bedoel zijn begrafenis. Wat doet hij met zijn begrafenis?'

'Hij wil gecremeerd worden.'

'Dat weet ik. Maar voor de rest. Ik bedoel ... van tevoren? Erna? Hij wil toch niet hier in huis opgebaard worden, hoop ik. Dat zou nu echt iets voor hem zijn. Ik moet er niet aan denken ... een lijk in mijn huis.'

'Het is niet jouw huis ...'

'Dan wel.'

'Het is ook geen lijk. Het is je geliefde.' Cathy kon het niet helpen dat het laatste woord spottend klonk.

Janine grijnsde dan ook een beetje. 'Wat de liefde betreft ... daar hebben we het al over gehad. En als hij dood is, is hij een lijk. Ik geloof niet in een zogenaamde laatste groet. Ik wil geen laatste uren met hem doorbrengen, terwijl hij al koud en stijf is. Het was leuk samen, maar dat ligt achter ons. Nu ...'

'Nu is het alleen wachten tot hij dood gaat,' vulde Cathy aan. Janine keek hem uitdagend aan. 'Ja. Voor ons allebei. Jij wacht ook alleen tot hij dood gaat. Je bent hier omdat het van je wordt verwacht. Niet omdat je de laatste uren nog met hem wilt doorbrengen. Je mag hem niet eens. Je doet je plicht en hoopt dat het snel voorbij is. Dan kun je naar huis en alles vergeten.'

'Ik doe tenminste mijn plicht,' kaatste Cathy terug. Ze liep langs Janine door naar de trap, naar beneden en naar buiten. De zon was alweer verdwenen en wolken dreigden met regen.

Cathy inhaleerde diep de frisse lucht. Ze was kwaad. Kwaad
en van streek. Want Janine had gelijk: Cathy hield niet echt van
haar vader. Ze geloofde tenminste niet dat ze dat deed. Ze
vond het niet prettig om hem zo mager en geelgrauw te zien.
Ze vond die buik akelig en zijn onregelmatige ademhaling
bezorgde haar de kriebels. Ze geloofde niet dat het was omdat
het haar pijn deed. Maar gewoon omdat het altijd onprettig
was om met een dergelijke ziekte geconfronteerd te worden. En
ja … ze hoopte dat het snel voorbij was en dat ze naar huis
kon. Naar Ronald.

Ze begon te lopen. Dit keer in een andere richting dan voorgaande keren. Ze liep richting Rozenstraat, zonder een bepaald
doel voor ogen. Ze wilde alleen maar lopen. De wolken boven
haar werden donkerder en Cathy wist dat er op een bepaald
moment nattigheid uit moest komen. Ze had geen jas aan en
geen enkele behoefte om er een te gaan halen. Misschien wilde
ze wel gewoon nat worden.

Ze liep naar de Doornstraat en keek naar de enorme villa's met
hun oprijlanen en parktuinen en dacht aan veertien jaar geleden. Haar moeder was net begraven en het huis zat vol met
mensen die herinneringen aan haar ophaalden. Alleen haar
vader had geen herinneringen opgehaald. Hij had gewoon op
zijn eigen kamer gezeten en whisky gedronken. Niet uit verdriet. Gewoon omdat hij een hekel had aan dit soort bijeen-
komsten, maar geen mogelijkheid zag om het te vermijden.

Cathy ging naar hem toe. 'De mensen vragen naar je,' zei ze.

Rinus keek haar aan op die typische koele manier van hem.
'Laat maar vragen. Ik heb geen zin in die flauwekul.'

'Het is mama's begrafenis.'

'Dat weet ik.'

'Dan hoor je erbij te zijn.'

'Waarom? Om dat gekweel aan te horen over haar. Wat weten
zij nu over haar?'

'Ze kenden haar.'

'Ze denken dat ze haar kenden. Er zijn maar weinig mensen die haar echt kenden.'

'Jij?'

'En jij.'

'Waarom heb je het gedaan, pap?'

'Waarom heb je het gezegd? Ik heb je gewaarschuwd ...'

Cathy draaide zich met een ruk om en liep weg. Naar buiten. Het regende en Cathy werd doornat. Ze vond het prettig. Alsof de regen al haar ellende, haar leegte en vooral haar schuldgevoel kon wegspoelen. Hier ... precies hier ... liep ze toen Jasper haar eindelijk inhaalde. Hij was op de begrafenis geweest en had haar zien weggaan. Hij was achter haar aangegaan.

Hij riep haar naam geroepen totdat ze bleef staan.

'Jasper?'

'Je bent doornat, Cathy.'

'Het maakt niet uit.'

'Je vat nog kou.'

'Welnee. Ik heb het niet koud.' Ze rilde en haar tanden klapperden het Wilhelmus.

'Kom.' Hij pakte haar vast en drukte haar tegen zich aan. Zijn warmte verspreidde zich over haar lichaam. En eindelijk begon ze te huilen.

Cathy slikte moeizaam bij die herinnering en liep haastig door. De eerste druppels begonnen te vallen. Misschien kon ze beter even schuilen. Via de Veestraat liep ze naar de Steenweg, hopend dat de oude zaal met zijn café er nog zou zijn. Ze kon een kop koffie gebruiken. Heel even haalde ze opgelucht adem toen ze zag dat er nog altijd een café was, maar die opluchting verdween meteen toen ze zag dat het etablissement was gesloten. Dat was vroeger nooit zo geweest, toen de oude Cor er nog in had gezeten. Maar dit was vroeger niet meer en de zaal en het café hadden een nieuwe verflaag gekregen. De kozijnen waren opgeknapt en er hingen vrolijke gordijntjes. Cafézaal Kronenburg stond op het nieuwe smeedijzeren uithangbordje. Maar Cafézaal Kronenburg ging pas om vijf uur open. En zo laat was het nog niet. Cathy liep het Tegelveld op, langs het net zo gesloten cafétaria van Wim. Ze nam tenminste aan dat Wim nog steeds de tent dreef, want er was nog niets veranderd. Heel even gluurde ze naar binnen. Misschien waren de tafeltjes nieuw, maar dat wist ze nog niet eens zeker. De rest zag er nog steeds hetzelfde uit.

De ernaast gelegen Super zag er ook nog zo uit als ze zich herinnerde en ze vroeg zich af of Elsa nog steeds de zaak dreef, haar man onder de duim hield en de klanten het hemd van het lijf vroeg. Ze aarzelde even toen ze binnenliep, maar besloot het toch maar te doen toen het harder begon te regenen. In het ergste geval zou Elsa haar meteen herkennen en haar de gebruikelijke vragen stellen, maar Cathy hoefde tenslotte niet overal antwoord op te geven.

Cathy was net binnen toen de regenbui goed doorzette. Het werd een beetje donker buiten en de regen sloeg met kracht tegen de ramen. Cathy liep langzaam door de supermarkt en bekeek met gespeelde interesse alle uitgestalde waren.

'Cathy?' hoorde ze opeens iemand zeggen. 'Cathy Schols?' Cathy herkende de stem vrijwel onmiddellijk en draaide zich met een ruk om.

Ze verwachtte een dun meisje met blond piekhaar aan te treffen, maar de vrouw die achter haar stond en haar aanstaarde, was niet dun en had geen piekhaar. Ze was niet eens meer blond. Ze had nu zwarte haren die in een kort modern bol model waren geknipt en een mutsje leek te vormen. Slechts hier en daar was een blond piekje van vroeger zichtbaar. Ze was nu ook dikker dan Cathy. Veel dikker. Ze had een imposante boezem en brede heupen. Maar de grote ogen en de volle mond waren detzelfde als vroeger. Daaraan en aan haar stem herkende Cathy haar. Mindy. Geen twijfel mogelijk.

'Mindy?'

Mindy grijnsde breed. ' Niet meteen herkenbaar hé?'

'Nou ja ... we veranderen allemaal.'

'Nee. Jij niet. Nauwelijks althans. Je bent wat voller geworden, maar het staat je wel.'

'Jij bent ook wat voller geworden ...'

'Ik ben heel wat dikker geworden, zeg maar. Weet je nog dat ik vroeger niet meer dan twee erwtjes had? En mijn lichaam was net een liniaal. Nu lijk ik mam Verdonschot wel.'

Cathy kreeg niet de kans om daar iets op te zeggen. Een jongetje van een jaar of zes met een vuil gezicht, sproetjes en blond piekhaar trok aan Mindy's mouw. 'Mag ik een zak caramels? Van die zachte ...'

Cathy keek verbaasd naar de jongen.

'Mijn zoon, Wouter.'

'Je hebt al een zoon?'

'Twee zoons en een dochter.'

Ze wees met een hoofdknikje in de richting van twee andere kinderen, vier en twee jaar oud, die met open mond naar een paar simpele speeltjes in een rek keken. Ook deze twee kinderen hadden blonde haren, maar die van het jongetje hadden wat weg van een bos stro. De dunne haartjes van het meisje waren in twee piepkleine staartjes verdeeld en werden vastgehouden door hardroze speldjes.

'Jee ... Mindy ...'

'Ik heb niet stilgezeten hè?'

'Nee. Ben je met Ernie getrouwd?'

Mindy lachte. Haar lach was ook nog niet veranderd.

'Lieve help, nee. Ernie ging theologie studeren. Hij praatte nergens anders meer over. Ik ben met Albert getrouwd.'

'Albert? Die ... die ... uh gezette jongen ...'

'Die dikke met dat uilenbrilletje. Hij is nog steeds dik, maar ik val niet meer op naast hem. En het is een goede echtgenoot. Altijd tevreden.'

'Goh …'

'Maar hoe is het met jou? Je was opeens verdwenen …' Er klonk een klein beetje beschuldiging in door. 'Ik had op zijn minst verwacht dat je een keer zou bellen.'

'Ja. Dat had ik ook moeten doen.'

'Maar je hebt het niet gedaan.'

Cathy boog haar hoofd. 'Het spijt me. Ik had het echt moeten doen, maar …'

'Je kon het niet opbrengen. Je moest breken met alles.'

'Het was niet zo bedoeld.'

'Dat weet ik. En er gingen heel wat geruchten rond. Over jou en je vader. Over de dood van je moeder en de oorzaak …'

'Welke geruchten?'

'Een hoop roddels. Je weet hoe dat hier gaat. Maar er zal wel iets van waarheid in hebben gezeten. Al moet ik eerlijk zeggen dat ik in de eerste instantie kwaad op je was. Toen je zo plotseling verdween. Totdat ik met Jasper praatte.'

'Heeft hij gezegd wat er is gebeurd? Dat van Rilana en mijn vertrek?'

'Zo'n beetje. Hij woont nog steeds hier in Olme. Weet je dat?'

'Ja.'

'Hij praat nog wel eens over je.'

'Is hij nog kwaad op mij?' Ze moest het vragen. Ze wist niet of ze het antwoord wel wilde weten, maar ze moest het eenvoudigweg vragen.

Wouter trok nog een keer aan de mouw van zijn moeder.

'Maaaammmmmm ik wil die caramels.'

Het meisje trok een zakje met een poppetje van het rek, waarmee nog wat andere zakjes op de grond vielen. Het jongetje met het strohaar mopperde, raapte de zakjes op en begon ermee te spelen.

'Wouter, hou op! Tess! Remy! Verdorie ... Sorry Cat. Ik moet verder. De kinderen ...'

'Ik begrijp het ...'

'Kom langs. Ik neem aan dat je nog even hier bent. Vanwege je vader ...'

Cathy knikte.

'Ik woon op het Bloemhof. Je weet wel, die nieuwe buurt. De eerste zijstraat van de Hyacintstraat. Nummer zes. Ik ben meestal thuis. Behalve rond de tijd dat de kinderen naar school moeten of weer afgehaald worden.'

'Dat is goed. Dat zal ik doen.'

'Doe dat. Anders ben je dadelijk opeens weer verdwenen.'

'Maaaammmmmmmmmm,' zeurde Wouter. Hij trok weer aan haar mouw. Tess had inmiddels, met wat hulp van haar broertje, het popje uit het plastic weten te halen en Remy probeerde nu een autootje uit de verpakking te bevrijden.

'Wouter ... als je eindelijk stil bent, krijg je dadelijk iets lekkers. Tess ... Remy ... hoe vaak moet ik nog zeggen dat jullie overal vanaf moeten blijven ...' Mindy ging naar haar kinderen, greep ze vast en gooide met een zucht de kapotgetrokken verpakkingen maar in de winkelwagen.

Terwijl ze de andere zakjes opraapten, liep Cathy stilletjes richting de uitgang. Elsa de Munnik zag haar net te laat. Ze zat op haar gebruikelijke plaats achter de kassa en vroeg een nerveuze dunne man wie toch die blonde dame was, waarmee ze hem laatst bij het kerkhof had gezien. Want het was haar wel opgevallen dat het een mooie dame was, maar toch niet van Olme. En het was toch toevallig niet ook een vriendin van zijn vrouw?

Cathy maakte van de gelegenheid gebruik om langs de kassa door te glippen. Ze hoorde Elsa nog net verbaasd haar naam uitroepen, maar ze was al op weg naar buiten en kon dus doen alsof ze het niet had gehoord.

Het regende nog steeds. Boven haar dreven donkere wolken in een tergend langzaam tempo voorbij en gaven alles wat ze hadden.

Cathy liep haastig over het Tegelveld, richting de Rozenstraat. Daar stak ze schuin over en liep met vlugge passen de Beekweg op. Het water in haar gymschoenen maakte een licht soppend geluid en haar shirt plakte aan haar huid vast. Haar rode krullen kleefden nu als zielige slierten tegen haar natte gezicht. Ze zag er vast net zo ellendig uit als ze zich voelde.

Ze had het leuk gevonden om Mindy te zien. Leuker dan ze had verwacht. In elk geval in een eerste reactie. Daarna was het schuldgevoel er weer geweest. Cathy betwijfelde of ze Mindy zou opzoeken. Heel even nog dacht ze aan de vraag die ze Mindy had gesteld en die niet was beantwoord. Was hij werkelijk alleen niet beantwoord omdat de kinderen ertussen waren gekomen?

Cathy haastte zich naar haar ouderlijk huis en ontvluchtte de regen om in een hoge koude hal te eindigen.

Erna kwam haar hoofdschuddend tegemoet. Kind, kind toch … Wat ben je nat geworden. Je vat nog een kou.'

'De regen overviel mij,' verontschuldigde Cathy zich. Waarom verontschuldigde ze zich altijd overal voor? Waarom voelde ze zich altijd overal schuldig over?

'Je rilt helemaal,' merkte Erna op. 'Kom … neem een lekkere warme douche en doe iets warms aan. Dan maak ik een lekkere kop warme chocolademelk voor je. Je lust toch wel chocolademelk?'

Cathy knikte. Ze reageerde op het duwtje van Erna met een druppende tocht naar boven, waar ze haar eigen badkamer gebruikte. Het warme water deed in eerste instantie pijn op haar huid, maar ze mengde er niet meer koud water doorheen. In zekere zin was de pijn aangenaam. Het leidde haar af van haar verwarde gevoelens. Van de neiging om te huilen. Ze wist verdorie niet eens waarom ze wilde huilen.

Na haar douche trok ze een jeans en een te groot sweatshirt aan, wat ze een keer uit Ronalds kast had gepikt. Het was natuurlijk gewassen, maar ze meende dat nog altijd zijn geur eraan verbonden was. Ze droeg hem graag en Ronald had het ding nooit teruggevraagd. Soms had ze het gewoon nodig om hem te dragen. Zoals nu.

Ze trok stoffen gympen aan met glitterende letters aan de zijkant en ging naar beneden. Ze sloop bijna. Ze wilde Janine niet tegenkomen. Maar Janine was nergens te bekennen. Alleen Erna was er en die wachtte bij de open haard op haar. Met warme chocolademelk.

'Je hebt de haard aangemaakt,' constateerde Cathy verrast.

Erna knikte. 'Het is niet echt koud, maar het leek mij zo prettig voor je. Ga lekker zitten en drink je chocolademelk. Ik heb er een scheutje koffielikeur in gedaan. Daar word je lekker warm van.'

Cathy glimlachte dankbaar naar haar en ging op een van fauteuils bij de haard zitten. De warmte van de dansende vlammen verwelkomde haar.

Erna ging op de andere fauteuil zitten en keek haar wat onderzoekend aan.

'Hoe gaat het nu?' vroeg Erna.

'Goed.'

'Volgens mij niet.'

'Nee, eigenlijk niet.' Cathy pakte de mok met de chocolade vast en warmde haar handen eraan.

'Ik neem aan dat het niet vanwege je vader is.'

'Nou ...'

'Ik elk geval niet vanwege zijn ziekte.'

'Nee.'

'Dat dacht ik al.'

'Wat dus slecht van mij is.'

76

'Waarom?'

'Hij is ziek. Hij ligt op sterven. Ik zou mij rot moeten voelen om die reden.'

'Je kon niet met hem overweg.'

'Maar hij blijft mijn vader.'

'Misschien ...'

'Dus ...'

'Waardoor voel je je werkelijk slecht?'

Cathy keek Erna aan. 'Mijn moeder deed dit nooit.'

'Wat?'

'Mij opwachten met chocolademelk. Vragen hoe het met mij was.'

'Als ik het goed heb begrepen was je moeder ziek.'

'Ja ...' zei Cathy nadenkend. 'Ja ... je zou het zo kunnen noemen. Ik noemde het vroeger niet zo. Ik begreep het allemaal niet ...'

'Natuurlijk begreep je het niet. Je was nog te jong.'

'Ik was geen kind meer toen ze stierf. Ik was veertien. Ik had moeten begrijpen ...'

'Nee.'

'Hoezo nee?'

'Een kind van veertien kan niet altijd alles begrijpen. Ze denken wel vaak dat ze dat kunnen, maar dat is niet zo.'

'Maar als ik die ruzie niet had gemaakt. Het niet had gezegd ...'

'Is dat het? Had je ruzie met haar vlak voordat ze stierf?'

Cathy knikte. Ze staarde naar haar chocolademelk.

'Verwijt je jezelf dat nog?'

'Ja.'

'Waarom? Je kon het niet weten.'

'Dat is het juist. Ik had het wel kunnen weten. Hij heeft het mij gezegd.

Cat ... je mag er met niemand over praten. Als je het zegt, maak je alles alleen maar erger. Je moeder is zwak en dat weet je. Ons geheim kan haar kapot maken. Dat weet je. Daarom mag je niets zeggen. Daarom blijft het ons geheim. Het is ons geheim.

'Hij heeft mij ervoor gewaarschuwd.'

'Ik neem aan dat je het over je vader hebt.'

'Ja. Rinus.'

'Waarvoor heeft hij je gewaarschuwd?'

'Ik kwam vandaag Mindy tegen. Een vriendinnetje van vroeger. Ze was vroeger heel dun. Nu niet meer. Nu is ze veel dikker dan ik en ze heeft drie kinderen. Ze is met Albert getrouwd; een dikzak uit onze klas met krullen en een uilenbril. We vonden hem altijd grappig.'

'Blijkbaar vond Mindy hem meer dan grappig.'

'Blijkbaar. Ik geloof dat ze gelukkig met hem is.'

'Dat is het belangrijkste. Kende ze je nog?'

'Ja. Meteen.'

'Was het leuk om haar weer te zien?'

'Ja. Weet ik niet. Ik geloof dat ik een beetje in de war ben.'

'Je bent destijds plotseling vertrokken, nietwaar?'

Cathy knikte.

'Heb je daarna nog contact gehad met Mindy?'

Cathy schudde haar hoofd.

'Of met die Jasper?'

'Nee.'

'Voel je je daar schuldig over?'

'Ja.'

'Denk je niet dat ze het begrijpen?'

'Weet ik niet. Ik weet niet eens of ik het zelf begrijp. Ik heb hen zomaar laten vallen.'

'Was Mindy boos toen je haar tegenkwam?'

'Nee. Niet echt. Ik geloof dat ze het niet zo leuk vond dat ik nooit meer iets van mij had laten horen, maar ze zei dat ze het wel begreep.'

'Misschien is dat ook zo.'

'Ze vroeg of ik een keertje aankwam.'

' Misschien moet je dat dan maar doen.'

'Ik weet nog niet zeker of ik dat kan. Ze had het over roddels …'

Erna glimlachte. 'Ja … je woont in een dorp. Er deden roddels de ronde. Ik woon hier nog niet zo lang, maar je hoort het een en ander. Uiteindelijk werk ik vaak bij oude mensen.'

'Wat waren dat voor roddels?'

'Over je vader en jou. Ik denk niet dat je die nu wilt horen. Het waren roddels. Verder niets.'

Cathy keek Erna even aan en vroeg zich af of ze door moest vragen. Ze deed het niet.

Ze dronk voorzichtig van haar chocolademelk. 'Is Janine er niet?'

'Nee. Ze is de stad in met een vriendin.'

'Ik mag haar niet.'

' Ik denk dat de meeste mensen haar niet bijzonder mogen. Maar je vader had graag met haar te doen.'

'Had? Ja … misschien heb je gelijk. Hij had graag met haar te doen. Ik geloof niet dat hij nog iets met haar heeft.'

'Nee. Zij ook niet met hem. Ze wacht alleen maar.'

'Totdat hij dood gaat.'

'Ja.'

'Afschuwelijk.'

'Ik weet het niet.'

'Ik doe dat ook, weet je … wachten tot hij dood gaat.'

'Dat doen we allemaal.'

' Maar dat is toch afschuwelijk.'

'Het is maar net hoe je het bekijkt. We weten dat hij doodgaat. Janine wacht daarop omdat ze nu niets meer met hem kan. Ze wacht totdat ze te horen krijgt wat ze erft. Dan gaat ze door met haar leven. Maar vergis je niet in haar. Dat je vader geld heeft, speelde zeker een rol toen ze hem leerde kennen, maar ze mocht hem werkelijk. Misschien zelfs nog steeds. Ze weet alleen niet hoe ze hiermee moet omgaan. En ik ... ik wacht altijd op de dood. Ik begeleid mensen die op sterven liggen tot aan hun laatste dag. De zieke en de mensen erom heen. Het is altijd anders. Maar het einde is altijd hetzelfde. Je kunt dus ook zeggen dat ik erop wacht. En jij ... Cathy ... jij wacht ook. Je moet zaken voor hem regelen. Dat is tenminste het excuus dat hij gebruikt om je hier te krijgen.'

'Het excuus?'

'Natuurlijk, lieve Cathy. Begrijp je het dan niet? Hij had alles goed door iemand anders kunnen laten regelen. Door mij of door wie dan ook. Hij heeft genoeg geld. Maar hij wilde dat jij het deed.'

'Waarom? Hij heeft mij nooit bijzonder gemogen.'

'Ik denk dat je je daarin vergist.'

'Nee. Nee, ik vergis mij er niet in. Hij zou gezegd hebben ...' Cathy stokte.

'Dat hij van je hield? Zou hij dat nu gezegd hebben? Cathy ... je kent hem beter dan dat.'

'Hij kan niet van iemand houden.'

'Dat betwijfel ik. Hij kan het alleen niet uit zijn strot krijgen.'

'Hij heeft nooit van mijn moeder gehouden.'

'Weet je dat zeker?'

'Ze was zwak. Rinus hield niet van zwakke mensen. Zelfs ik mocht nooit huilen.'

'Rinus kon inderdaad niet goed tegen zwakke mensen. Hij kan op dit moment niet eens tegen zichzelf. Hij weet niet hoe hij ermee om moet gaan. Maar dat zegt niet zoveel over datgene wat hij voor jou voelt. Of wat hij voor jouw moeder heeft gevoeld. Al zal hij daar niet over willen praten.'

'Waarom deed hij mijn moeder dan zoveel pijn? Waarom liet hij het zover komen, totdat ...' Cathy stokte. 'Totdat ...'

'Totdat ze zelfmoord pleegde?' vroeg Erna rechtuit.

Cathy staarde haar aan.

'Je moeder was zwaar depressief. Al heel erg lang. Voor zover ik heb begrepen al vanaf je geboorte. Een zwangerschapsdepressie waar nooit iets mee werd gedaan. In die tijd wisten ze vaak niet wat ze ermee aan moesten. Wat het precies betekende.'

Cathy nam nog een slok chocolademelk. 'Ze zat hier vaak,' zei ze. 'Hier bij de open haard. Het was het enige wat haar warmte bezorgde. Later wilde ze alleen nog maar in bed liggen.'

'Je moeder was werkelijk ziek. Psychisch ziek. Ze kon het niet helpen.'

'Rinus had haar moeten helpen. In plaats van dat te doen wat hij deed.'

'Rinus heeft dat nooit gekund. Rinus is niet echt tot medeleven in staat. Dat is hij waarschijnlijk ook nooit geweest en je kunt je afvragen of het slechtheid is of dat er simpelweg een schakel bij hem ontbreekt, die het mogelijk maakt om empathie op te brengen. Het mag in elk geval duidelijk zijn dat hij de situatie niet kon hanteren.'

'Ik was degene die haar vond,' zei Cathy.

'Dat heb ik gehoord.'

'Ik had ruzie met haar gehad en was vertrokken. Ik heb dingen gezegd ...Toen ik terugkwam lag ze niet in bed en zat niet voor de haard. Ik had dat akelige voorgevoel. Ik weet niet hoe het kwam. Ik weet ook niet waarom ik die garage binnenliep. Ik deed het gewoon en daar was ze.'

'Ze heeft zich opgehangen, zeggen ze.'

Cathy knikte. 'Ze heeft een sleepkabel gebruikt. Ze hing aan een balk aan de zoldering. Ze is op een stoel gaan staan, heeft dat touw omgeknoopt en de stoel omgeschopt.'

'Het moet afschuwelijk voor je zijn geweest om haar zo te vinden.'

Cathy knikte. 'Als ik geen ruzie met haar had gemaakt ...'

'Dan was het waarschijnlijk vroeg of laat toch gebeurd.'

'Nee. Niet als ik de dingen niet had gezegd die ik niet had mogen zeggen ...'

'Iedereen zegt wel eens dingen waar je later spijt van hebt. Je kon het niet weten.'

'Dat kon ik wel. Rinus had mij gewaarschuwd. Het was mijn schuld.'

'Nee. Dat was het niet. Je moeder was ziek.'

'Je begrijpt het niet. Het was mijn schuld. Rinus weet dat ook.'

'Dus je denkt dat je moeder gestorven is door jouw schuld. En dat Rinus er ook zo over denkt?'

Cathy knikte.

'Misschien is dat wel de reden dat je hier bent. Dat je de kans krijgt om daar met Rinus over te praten.'

'Ik denk niet dat hij dat wil.'

'Ik denk het wel.'

'Rinus houdt niet van dingen uitpraten. Van sentimenteel gezever, zoals hij het noemt. En hij houdt nog veel minder van ongelijk hebben.'

'Misschien. Maar Rinus weet ook dat hij dood gaat. En hij heeft je beslist hier laten komen met een reden. Het regelen van de begrafenis is in elk geval zeker niet die reden.'

Erna nam een slok van haar chocolademelk en staarde in het vuur.

'Niets is voor niets,' mompelde ze.

Cathy vroeg niet wat ze daarmee bedoelde, maar dronk haar eigen chocolademelk uit.

HOOFDSTUK 6

Cathy zat weer aan het bed van Rinus. Het was inmiddels avond en ze had een maaltijd met Erna en Janine gebruikt. Een maaltijd 'genoten' kon ze niet zeggen. Je genoot niet met iemand als Janine aan tafel.

Zelfs niet als Janine zwijgzaam was, zoals ze tijdens het eten was geweest.

'Je wilde mij spreken,' zei Cathy.

Rinus knikte. 'We kunnen de dingen niet te lang meer uitstellen.'

'Je hebt toch nog een week of twee.'

'Totdat ik crepeer. Maar het is niet mijn bedoeling om het zover te laten komen. De pijn wordt moeilijk te verdragen en ik ben zo verdomd moe. En mijn buik …'

Onwillekeurig keek Cathy even naar de bult onder de deken, waar zijn buik moest zijn. Hij was enorm. Het viel haar ook op dat haar vader rook.

Het was geen prettige geur. Iets van ammoniak en verbranding. Moeilijk thuis te brengen.

'Je wilt er eerder een eind aan maken?' vroeg Cathy rechtuit.

'Ja.'

'Oh. Ik begrijp het …' In zekere zin begreep ze het ook.

'De begrafenis …'

'Opbaring in de woonkamer. Een simpele crematie. De radinskymars.'

'Precies.'

'Wat doen we erna?'

'Een koffietafel. Dat schijnt zo te horen en dan hebben ze tenminste één goede herinnering aan mij.'

'In het crematorium?'

'Alsjeblieft niet. Geen sobere gesmeerde broodjes. Nee ... de koffietafel moet uitbundig. Luxe broodjes, gebak, drank ... alles. Vraag die uitslovers van Kronenburg om er iets van te maken. De hele handel moet erbij ... warm vlees, kaas, fruit, taart, soezen ... weet ik het. Alles. En drank.'

'Waarom?'

'Waarom wat?'

'Waarom zo'n koffietafel als de rest zo sober moet.'

'Misschien wel juist daarom. Zoveel echte vrienden heb ik niet, dus wat is het nut van een zielige vertoning? Ze kunnen het net zo goed vieren.'

'Leuk.'

'Je sarcasme is charmant. Zou je meer moeten gebruiken. Misschien heb je het van mij.'

'Zit iets in.'

'Misschien lijk je in zekere zin op mij.'

'Geen haar.'

Rinus glimlachte een klein beetje. Meteen daarna hoestte hij even. Het klonk nat en vies.

'Gaat het?' vroeg Cathy onwillekeurig.

'Nee. Maar daar is weinig aan te doen.'

'Nee.'

Heel even was het stil. Cathy friemelde onrustig aan haar shirt.

'Wil je nog meer bespreken?'

'De erfenis is al geregeld.'

'Dat bedoel ik niet.'

'Nee. Ik dacht al dat je dat niet bedoelde.'

'Ik zal de dingen regelen waar je om hebt gevraagd.'

'Doe dat. Ik geloof niet dat ik nog erg lang blijf doorsukkelen.

Ik sterf van de pijn. Idiote uitdrukking eigenlijk. Ik sterf niet van de pijn. Ik sterf omdat ik van binnen wegteer. En dat doet verrekte pijn.'

'Neem iets tegen de pijn.'

'Nog meer morfine?'

'Waarom niet? Ik denk niet dat je nu bang hoeft te zijn voor een verslaving.'

'Nee. Maar ik wil voorlopig nog kunnen nadenken. Als ik niet meer na kan denken, heeft het weinig zin om hier nog rond te hangen.'

'Waar wil je over nadenken?'

Cathy wachtte gespannen op een antwoord, wat niet kwam. Ze keek naar het uitgemergelde gezicht van haar vader. Zijn ogen waren gesloten en zijn ademhaling oppervlakkig, maar redelijk regelmatig. Hij sliep weer.

Cathy stond op en liep de kamer uit.

Hoe zal het zijn als hij dadelijk opeens sterft, vroeg ze zich opeens af.

Misschien zou ze dan kwaad op hem worden. Om de dingen die niet waren gezegd.

Ze ging naar haar kamer en liet haar bad vollopen. Ze zou die avond niet meer naar beneden gaan. Ze zou een bad nemen en dan in bed kruipen met een goed boek. Ze was doodmoe zonder precies te weten waarvan.

'Slaap je al?' Het was Ronald die haar om ongeveer elf uur wakker belde.

'Eerlijk gezegd wel.'

'Sorry. Het was niet mijn bedoeling om je wakker te maken.'

'Het maakt niets uit. Ik begrijp toch al niet waar ik zo moe van ben.'

'Ik wel.'

'Jij wel?'

'Emoties.'

'Je gaat mij toch niet vertellen dat het komt omdat mijn vader op sterven ligt?'

'Niet?'

'Je weet dat ik niet met hem overweg kon.'

'Misschien niet, maar hij is nog altijd je vader. En de dingen kunnen nu anders zijn.'

'De dingen zijn niet anders. Rinus is nog altijd dezelfde. In elk geval in zijn kop. Lichamelijk is hij nog niet eens meer een schaduw van wie hij ooit was.'

'Het valt niet mee om iemand in dit stadium te zien.'

'Nee. Maar ik kan ook niet zeggen dat mij dat heel erg veel doet.'

'Echt niet?'

'Nee.'

'Het is en blijft je vader.'

'Hij heeft zich nooit zo gedragen.'

'Goed. Maar dat neemt niet weg dat je nu voortdurend wordt geconfronteerd met je verleden. Een onafgesloten verleden.'

'Alsjeblieft niet op de psychologische toer gaan.'

'Het is gewoon zo.'

'Het verleden is het verleden.'

'Ben je nog mensen tegengekomen uit je jeugd?'

'Een vriendin van vroeger. Ze is zes keer zo breed geworden en heeft drie kinderen. Ze vroeg of ik op bezoek kwam.'

'Doe je dat?'

'Weet ik nog niet. Ik denk dat we niet meer zo heel veel gemeen hebben.'

'Is dat het of wil je liever niet teruggaan in de tijd?'

'Wat denk je zelf,' reageerde Cathy wat geirriteerd.

'Zelf denk ik dat je het verleden zo ver mogelijk van je afgooit. Je zult je reden wel hebben om dat te doen, maar ik denk dat het niet goed is. Je moet met je vader praten. Echt praten. En misschien ook met die vriendin. En met andere mensen die een rol hebben gespeeld.'

Onmiddellijk dacht Cathy aan Jasper. Als er iemand was aan wie ze op dit moment niet wilde denken, was dat Jasper. Maar in haar hoofd ging het nooit zoals ze het wilde.

'Met mijn vader valt niet te praten,' zei ze daarom alleen maar.

'Dan praat je tegen hem.'

'Dat heeft geen zin.'

'Doe toch maar.'

'Ronald ...'

'Ik wil helemaal niet vervelend zijn of, zoals jij dat noemt, op de psychologische toer gaan, maar ik denk wel dat het nodig is. Het is gewoon een gevoel ...'

'Belde je mij daarom?'

'Nee. Het kwam omdat je over die vermoeidheid begon. Ik denk veel aan je Cathy. En aan hetgeen je door moet maken. Ik bel ook om te zeggen dat ik je mis.'

'Ik mis je ook.'

'En omdat ik een vervelend voorgevoel heb.'

'Een vervelend voorgevoel? Waarom? Daar is toch geen reden voor? Mijn vader wil er zelf een eind aan maken als de pijn te erg wordt. Ik denk dat dat vrij snel gaat gebeuren. Als het zover is, regel ik de begrafenis en kom daarna naar huis. Dan is alles voorbij en wordt het weer zoals het was.'

'Ik hoop het.'

'Natuurlijk. Ik hou van je.'

'Ik hou van jou.' Met die woorden verbrak Ronald de verbinding.

Cathy bleef een paar tellen met de telefoon in haar handen zitten. 'Alles wordt weer zoals het was,' mompelde ze voor zichzelf. 'Wie hou ik eigenlijk voor de gek?' Ze had geen duidelijke reden om die conclusie te trekken, maar ze had het gevoel dat iemand anders de controle over haar leven van haar over-

nam en dat er niets was wat ze daartegen kon doen.
Het maakte haar bang.

HOOFDSTUK 7

De volgende dag was Cathy al om zes uur wakker. Ze was onrustig en kon het nog maar tien minuten opbrengen om in bed te blijven liggen. Daarna stond ze op.

Het was doodstil in huis. Af en toe hoorde ze een vreemd geluid in de slaapkamer van Rinus. Het leek op een hoest, maar ze wist niet zeker of het dat ook was. In de gang hing de vage lucht van een of ander ontsmettingsmiddel. Heel even dacht ze dat verder nog niemand op was, totdat ze in de keuken een zacht gerinkel hoorde.

Cathy liep naar de keuken en trof Erna aan.

'Je bent vroeg,' reageerde Erna zonder om te kijken. Ze had de waterkoker aangezet en twee mokken klaarstaan.

'Ik kon niet meer slapen.'

'Nee. Dat dacht ik al. Ik hoorde je boven rommelen. Thee?'

'Graag.' Cathy ging aan de keukentafel zitten. Ze was dan wel vroeg wakker geworden, maar dat betekende nog lang niet dat ze uitgerust was. Eigenlijk voelde ze zich vooral doodmoe. Ze leunde met haar ellebogen op tafel en ondersteunde haar hoofd met haar handen, terwijl ze naar Erna keek.

De waterkoker sprong uit en Erna maakte thee in de twee gereedstaande mokken. Had ze al verwacht dat Cathy beneden thee zou komen drinken toen ze haar had gehoord?

Erna zette de twee mokken op de tafel en ging zelf ook zitten.

'Nog moe?' Ze keek Cathy onderzoekend aan.

'Ja. Ik zou niet weten waarvan, maar toch ...'

'Emoties.'

'Dat zei mijn vriend ook al. Hij belde gisteravond. Hij zei dat ik moe was door de emoties. Ik zei dat het niet waar was.'

Erna glimlachte alleen maar. Ze roerde in haar thee.

'Je bent zelf ook vroeg op,' merkte Cathy op.

'Rinus moest zijn medicijnen hebben. Ik heb trouwens ook beloofd dat ik hem straks zal wassen. Voor zover mogelijk dan.'

'Hij kan zelf niet meer uit bed komen, hé?'

'Nee. En ik kan hem niet uit bed tillen.'

'Ik zou je kunnen helpen ...' zei Cathy voorzichtig. Ze wist niet waarom ze het voorstelde. Ze werd al ziek bij het idee alleen om haar vader zonder kleding te zien. Zijn uitgeteerde lichaam, zijn dikke buik, die ellendige gele huid ...

Erna schudde glimlachend haar hoofd. 'Dat kan ik je niet aandoen en ik denk ook niet dat Rinus het zou willen. Zich tonen zoals hij nu is aan zijn eigen dochter ...Hij wil niet eens meer dat Janine hem zo ziet.'

'Maar hoe doe je dat dan? Met dat wassen ...'

'Ik was hem in bed. Ik gebruik een zeiltje. Het is niet ideaal, maar het is min of meer te doen.'

'Hij rook gisteren ...'

'Hij ruikt elke dag. Hij kan zijn plas en zijn poep niet meer goed ophouden. Bovendien werkt zijn lichaam nauwelijks meer.'

'Nee.'

'Ik denk dat het niet meer lang duurt.'

'Het is echt slecht met hem, hè.'

'Ja. En hij zal niet toelaten dat het erger wordt. Vandaag of morgen ...'

'Maakt hij er een eind aan,' vulde Cathy aan.

Erna knikte.

'Het verwart me,' zei Cathy. De woorden verbaasden haarzelf.

Ze had er niet eens over nagedacht. Maar nu ze het zei, wist ze dat het zo was.

'Natuurlijk verwart het je,' zei Erna eenvoudig. Alsof ze niet anders had verwacht. 'Je gevoelens zijn misschien niet helemaal zoals je denkt dat ze zouden moeten zijn. Maar dat wil niet zeggen dat het niet verwarrend is. Misschien maakt het dat alleen maar moeilijker. Je moet met hem praten nu je nog de kans hebt. Desnoods tegen hem praten. Je hoeft het niet eens voor hem te doen.'

'Dat weet ik. Maar Rinus ...'

'Rinus is geen makkelijke man om mee te praten. Dat weet ik. Daarom kun je desnoods gewoon tegen hem praten. Je hoeft niet tactisch te zijn. Dat is hij zelf ook niet en hij kan ook weinig met het begrip van anderen. Hij wil alleen duidelijkheid als iemand met hem, of tegen hem, praat.'

'Botheid.'

'Dat komt waarschijnlijk nog dichter bij de waarheid.'

De twee vrouwen glimlachten even naar elkaar.

'Je hebt gelijk,' gaf Cathy toen toe. Ze dronk haar thee met kleine teugjes leeg.

'Natuurlijk,' zei Erna. 'Verpleegsters hebben altijd gelijk.'

'Nou ...'

'Laat mij die illusie nu maar. Heeft hij alles rondom zijn begrafenis geregeld?'

'Ja. Hij wil niet dat ik erover praat. In elk geval niet met Janine. Over jou heeft hij niets gezegd.'

'Ik denk dat hem dat weinig uitmaakt. Maar eerlijk gezegd maakt het mij ook niet uit hoe hij de dingen wil regelen. Als hij sterft, is mijn taak voorbij.'

'Ga je dan meteen weg?' vroeg Cathy verschrikt. Het idee om alleen met Janine en een dode vader in huis te zitten benauwde haar enorm.

Erna glimlachte en schudde haar hoofd. 'Nee. Ik blijf bij je.

Nabestaandenzorg, noemen we dat. Volgens mij is dat nodig.'

'Volgens mij ook,' mompelde Cathy.

Er verscheen een kleine glimlach om Erna's mond. 'Zoals ik al zei, maakt het mij niet uit hoe hij de dingen wil regelen en ik heb er verder ook niets mee te maken ... Maar het zou mij niets verbazen als die oude stijfkop hier in huis opgebaard wil worden.'

Cathy wilde iets zeggen, maar Erna schudde haar hoofd. 'Niets zeggen. Ik wil officieel niets weten. Maar ik ken hem onderhand een beetje. Hij zegt dat het hem niets uitmaakt dat Janine niet voor hem wilt zorgen. Dat hij goed begrijpt dat ze niet veel van hem moet hebben. Dat hij zelf hetzelfde zou reageren.

Dat laatste is misschien waar. Maar dat wil niet zeggen dat het hem echt niets doet. Alleen al daarom kan ik mij voorstellen dat hij tot aan zijn begrafenis hier in huis wil heersen. Op die manier duidelijk wil maken dat het nog steeds zijn huis is. In elk geval tot na de begrafenis. Hij weet hoe Janine erover denkt.'

'Volgens mij ken je hem best goed. Beter misschien dan ik,' zei Cathy.

'Met mijn beroep is dat niet zo vreemd. De patiënten waarmee ik te maken krijg, hoeven niemand meer iets wijs te maken. Ik denk trouwens dat je vader dat toch al nooit heeft gedaan, maar ik ben het gewend om de ware gezichten te zien. Ik heb geleerd hoe verschillende mensen denken. Hoe ze reageren.'

'Mensenkennis.'

'Ja. Genoeg mensenkennis om mij te kunnen voorstellen wat je vader aan het eind wil en genoeg mensenkennis om te begrijpen dat hij jou niet alleen heeft gevraagd om het te regelen omdat hij niemand anders voorhanden heeft. En genoeg mensenkennis om te hopen dat Janine dit huis niet krijgt.'

'Ze is er zelf van overtuigd.'

'Dat weet ik. Maar ik betwijfel of Rinus haar het huis gunt. Hij zal haar ongetwijfeld geld nalaten en misschien zelfs bezittingen. Maar het huis ...'

'Aan wie moet hij het anders nalaten?'

Erna gaf geen antwoord. Ze keek Cathy alleen maar aan.

Cathy schudde meteen haar hoofd. 'Nee ... niet aan mij. Hij laat mij niets na. En al helemaal niet het huis. Ik zou het niet eens willen. Ik was niet bepaald gelukkig hier. De herinneringen ...'

'Het is een prachtig huis. Het moet in zijn oude staat blijven. Zijn eer behouden. Iemand als Janine zou er een walgelijk modern luxepaleis van maken. Een plastic kasteel.'

'Waarschijnlijk wel. Maar of Rinus dat werkelijk wat uitmaakt ...'

'Ik denk het wel.' Erna dronk haar thee uit en stond op. 'Ik ga maar eens aan het werk, voordat je vader begint te tieren om aandacht te krijgen. Er is brood en van alles voor erop. Je kunt wat eitjes bakken of wat je maar wilt. Er staat meer dan genoeg in de koelkast. De krant zal wel al in de brievenbus liggen, dus als je iets wilt lezen ...'

'Later. Ik denk dat ik eerst even ga zwemmen.'

'Doe dat. Dat wekt de eetlust op en maakt je hoofd leeg. En misschien moet je vandaag die vriendin van je ook maar eens opzoeken. Nu je toch hier bent, kun je net zo goed met alles afrekenen.'

'Hoe ...'

Erna glimlachte naar haar en liep weg.

Cathy bleef nog een paar tellen zitten, schudde toen haar hoofd en liep ook naar boven om haar badkleding te pakken.

Een kwartier later trok ze baantjes in het heldere chloorwater. Ze dacht er niet bij na. Ze zwom alleen maar totdat haar armen en benen pijn deden en haar lichaam protesteerde. Toen pas stopte ze, kwam uitgeput uit het water en kleedde zich aan. Ze had eindelijk honger.

Het was ongeveer tien uur toen ze de deur weer uitging. Erna was toen pas klaar geweest met het verzorgen van haar vader en het was duidelijk dat ze hem voorlopig nog niet zou spreken. De wasbeurt had hem uitgeput en Erna had verteld dat hij doorlopend over de pijn had gemopperd. Zijn buik had een enorme omvang gekregen en zijn arts zou later op de morgen kijken of het mogelijk was om nog wat vocht af te tappen. Bovendien zou de andere arts komen die zijn goedkeuring voor een euthanasie moest geven.

Janine had nog in bed gelegen.

Heel even had Cathy overwogen om simpelweg in huis te blijven en een beetje te lezen, maar ze had het gewoonweg te benauwd. Ze moest naar buiten.

Nu liep ze dus weer richting de Rozenstraat. Ze dacht niet na toen ze op de Rozenstraat linksaf sloeg en vervolgens de Tulpstraat inliep. Ze dacht zelfs niet na toen ze de Hyacintweg op liep en daar de eerste straat links nam. Pas toen ze voor nummer acht op het Bloemhof stond, realiseerde ze zich dat ze naar het huis van Mindy was gelopen. Misschien had ze dat diep binnenin ook gewild, maar ze had het in elk geval niet tegenover zichzelf willen toegeven.

Natuurlijk kon ze nog altijd omdraaien. Ze keek naar het huis voor haar. Een twee-onder-een-kapper met een klein voortuintje met minigrasveldje en bordertjes, waar kleurige bloemknopjes ijverig hun kopjes boven de grond uitstaken.

Voor de ramen halve gordijntjes en vrolijke bloempotten. Een pluche leeuw en een plastic tractor waren tussen de bloempotten opgesteld en in de hoek van het raam prijkte een kindertekening. Cathy had geen idee wat het moest voorstellen. Het leek een groot bruin monster dat dringend naar het toilet moest.

Heel even vroeg Cathy zich af of Mindy het werkelijk had gemeend toen ze had gezegd dat Cathy een keer moest langskomen. Zulke dingen werden tenslotte ook uit beleefdheid gezegd. Maar ze besloot dat Mindy dan niet het juiste adres had genoemd.

Ze was nerveus toen ze aanbelde.

Het was maar goed dat ze niet al te lang hoefde te wachten, want dan had ze zich misschien alsnog omgedraaid en was ze weggerend. Maar ze kreeg er nu de kans niet voor.

Nauwelijks drie tellen nadat ze de bel had ingedrukt en naar het wonderlijke melodietje had geluisterd, dat zij blijkbaar had veroorzaakt, ging de deur open en stond Mindy voor haar.

Ze droeg dit keer een rood joggingpak, wat prachtig kleurde bij haar vuurrode wangen.

'Goh Cathy ... ik had al het gevoel dat je vandaag zou komen.'

'Als het niet uitkomt ...'

'Stel je niet aan en kom binnen. Let niet op de rommel.'

Mindy deed de deur verder open en liet Cathy binnen. Nadat ze de voordeur weer had gesloten, ging ze Cathy voor de woonkamer. Zowel in de gang als in de woonkamer had Cathy al haar behendigheid nodig om het op de grond rondslingerend speelgoed te ontwijken.

In de woonkamer slingerde ook kledingstukken, tijdschriften en half geleegde bekers rond.

Het was een eenvoudige kamer met veel licht. De meubels waren strak, simpel en bedekt met bruine vingerafdrukken. Het tafelblad van de grenen salontafel had een kunstig patroon van plakkerige cirkels en creatieve vlekken, voor zover het blad zichtbaar was onder de bekers en bordjes. De televisie stond nog aan en een getekende beer vluchtte onder een vrolijk deuntje voor een jager met een dik rood hoofd en een geweer dat drie keer zo groot was als hijzelf.

'Ik heb nog niet opgeruimd,' mompelde Mindy. Ze veegde haar handen aan haar broek af en zette de televisie uit. Opeens was het heel stil en keken de twee vrouwen elkaar wat onzeker aan.

'Goh ...' begon Cathy wat onhandig. 'Getrouwd ... drie kinderen ...'

Mindy glimlachte. 'Niet met Ernie en ik ben niet rijk ... maar we kunnen tenminste samen koffie drinken en volgens mij heb ik nog ergens bonbons staan. Als de jongens die tenminste niet hebben gevonden.'

'Je weet het nog,' reageerde Cathy verrast.

'Onze gesprekken op het bouwterrein, voordat die witte kast er stond? Natuurlijk. Ik denk er nog regelmatig aan.'

'Ik vrees dat ik ook niet rijk ben,' zei Cathy. Ze schoof wat tijdschriften aan de kant en ging op de bank zitten.

'En niet getrouwd met Jasper.'

'Ik zei toen al dat dat niet zou gebeuren. We waren alleen vrienden.'

'Ja?' Mindy trok heel even haar wenkbrauwen op. 'Kom ...ik ga eerst eens koffie zetten. Dadelijk is het alweer tijd om die snotapen uit school te halen en dan hebben we nog niet eens kunnen kletsen.'

Ze liep haastig weg en Cathy keek onwennig om zich heen. Nee, het zag er niet naar uit dat Mindy rijk was geworden. Maar dat was niet waar het om ging. Cathy vroeg zich af of ze gelukkig was. En hoe het met Jasper was. Mindy leek de enige link naar Jasper.

Mindy kwam enkele tellen later weer de huiskamer binnen. Ze gooide een paar kinderboeken uit een fauteuil en ging zitten.

'De koffie staat aan en de bonbons kan ik niet vinden. De jongens zullen mij voor zijn geweest. Of Albert. Maar ik heb nog wat koekjes. Niets bijzonders, maar het is tenminste zoet. Ik pak ze zo meteen wel.'

'Het hoeft niet hoor.'

'Oh jawel. Je drinkt geen koffie zonder iets erbij.' Mindy haalde een pakje sigaretten uit haar zak en bood Cathy er een aan.

Toen Cathy weigerde, trok ze even haar schouders op en stak er een op.

'Rook je nog?' vroeg Cathy wat verwonderd.

'Als een ketter. Jij niet meer?'

'Nee. Het is bij onze geheime sigaretten op de bouwplaats gebleven. Ik vond ze niet eens lekker. Het was vooral omdat het niet mocht.'

'Ik denk dat het voor mij daar ook mee is begonnen. Maar helaas heb ik de smaak te pakken gekregen.'

'Dat schijnt nogal eens te gebeuren.'

'Drink je ook niet?'

'Oh jawel. Geen enorme hoeveelheden, maar toch ...'

'Gelukkig. Ik kreeg bijna het gevoel dat je een heilige was geworden. Dat past niet bij je.'

'Nee. Dat denk ik ook niet.' Cathy glimlachte voorzichtig.

'Ben je getrouwd?' vroeg Mindy.

Cathy schudde haar hoofd. 'Ik heb een vriend.'

'Oh. Ook een carrière?'

'Niet echt. Ik heb een aardig baantje bij een reclamebureau. Webdesign. Maar een echte carrière zou ik het niet willen noemen.'

'Geen enorme salarissen.'

'Geen woning in die witte kast.'

'Nee. Waar woon je nu?'

'In Amsterdam.'

'Hip. Mooi appartement?'

'Simpel flatje.'

'Oké. Ik geloof niet dat ik daar zou kunnen wonen.' Mindy blies de rook in kleine wolkjes uit en staarde voor zich uit.

'Ach ...'

'Heb je daar altijd gezeten? Vanaf de dag dat je vertrok? Ben je toen naar Amsterdam gegaan?'

'Nee. Ik ben toen eerst naar Duitsland gegaan, waar ik als kindermeisje werkte bij een rijk loeder en twee etters van kinderen. Het was een slecht betaalde rotbaan, maar ik kon ervan leven. Van daaruit ben ik naar Denemarken gegaan, heb een tijd in Kopenhagen gewerkt, ben daarna in dienst geweest bij een Rederij, heb in Stockholm gewoond en gewerkt, heb nog een tijdje in Parijs gezeten, ben weer naar België vertrokken en uiteindelijk weer in Nederland terecht gekomen.'

'Jee.'

'Ja.'

'Je hebt veel gezien van de wereld. Veel gedaan.'

'Veel gevlucht.'

Mindy keek Cathy wat onderzoekend aan. 'Doe je dat nog steeds? Vluchten?'

'Soms.'

'Waarom?'

'Geen idee. Misschien heeft het met de roddels te maken. Wat waren het precies voor roddels?'

'Gewoon roddels. Ik ga even de koffie halen.'

Mindy stond op en verdween naar de keuken. Kort daarna was ze terug met twee mokken koffie en een trommel kruimelige koekjes.

'Het is niet veel ...'

'Het is goed. Vertel eens over die roddels ...'

Mindy zuchtte diep. 'Het waren echt roddels. Over je vader. Dat hij jou en je moeder sloeg en zo. Rare dingen.'

'Rare dingen?'

'Misbruik.'

'Ze dachten dat mijn vader mij misbruikte?' vroeg Cathy verbaasd.

Mindy knikte en duwde haar sigaret uit.

'Jee ... hoe komen ze erbij? Om mij te misbruiken, zou hij mij aan moeten raken. Ik geloof niet dat mijn vader mij ooit aanraakte.'

'Ik geloofde er ook niets van. Ik had het er met Jasper over. Hij zei dat het niet waar was. Dat er wel problemen waren tussen jou en je vader, maar niet die problemen.'

'Nee. Ik geloof ook niet dat je kunt zeggen dat mijn vader mij mishandelde. In elk geval niet lichamelijk.'

'Geestelijk?'

'Misschien zelfs dat niet. Ik weet het eigenlijk niet. Wat is geestelijke mishandeling?'

'Ik denk dat hij dat wel deed. Tenminste …aan de hand van de dingen die ik heb gehoord. Over hoe hij jou behandelde. Misschien niet met opzet, maar toch …'

'Ik weet het niet. Ik weet alleen wat hij in elk geval deed. Maar dat had niet meteen met mij te maken. Tot een jaar voor mijn vertrek dan …'

'Ja. Dat weet volgens mij iedereen.'

'Weet ook iedereen waarom mijn moeder stierf?'

'Ze hing zich toch op? Als dat is wat je bedoelt …'

'Ze hing zich op. Maar weet iedereen hoe het kwam?'

'Zoals ik al zei … daarover doen de wildste geruchten de ronde. Maar ik neem aan dat het met die Rilana te maken had. En met het feit dat je moeder ziek was.'

'En dat ik mijn mond niet kon houden.'

'Hoe bedoel je?'

'Laat maar.'

'Heb je iets tegen haar gezegd?'

'Ja.'

'Wat?'

'Dingen die ik wist. We hadden ruzie. Nou ja … eigenlijk wil ik er liever niet over praten.'

'Nee. Ik kan het mij voorstellen. Onder deze omstandigheden … Hoe is het met je vader?'

'Slecht. Hij heeft veel pijn. Als het te erg wordt, wil hij er een eind aan maken.'

'Ik kan het mij voorstellen.'

'Ik ook. Ik denk niet dat het nog lang duurt.'

'Misschien is het ook maar beter voor hem als het niet meer te lang duurt.'

'Misschien wel.'

'En beter voor jou. Het zal niet meevallen om hier nu weer te zijn. Niet nadat je had besloten om definitief overal mee te breken.' Er zat weer een lichte beschuldiging in haar stem.

'Ik had contact met je moeten opnemen,' zei Cathy schuldbewust.

Maar Mindy schudde haar hoofd. 'Je moest helemaal niets. Ik had er moeite mee, maar ik denk dat ik het wel begrijp.'

'Ik niet. Althans niet altijd.'

Mindy glimlachte en nam een slok koffie, terwijl ze Cathy bleef aankijken. 'Ben je gelukkig?' vroeg ze toen.

Cathy knikte. 'Ik heb een leuke flat, een aardige baan en een toffe vriend.'

'Goed van je.'

'En jij?'

Mindy lachte kort. 'Of ik gelukkig ben?' vroeg ze. Ze staarde even voor zich uit. 'Ik heb drie gezonde kinderen, een man die alles voor mij doet, een leuk huis en geen geldgebrek.'

'Dus?'

'Ik weet niet of het geluk is. Soms denk ik van wel. Soms twijfel ik. Onze eerste kwam nogal onverwacht. Ik denk dat het condoom kapot was gegaan. Ik was gewoon opeens in verwachting. Ik ging toen al met Albert en die vond het maar het beste als we meteen gingen trouwen. Dat hebben we toen gedaan. De tweede kwam nadat ik tijdens een flinke kater had overgegeven en de derde omdat ik de pil was vergeten. Albert heeft zich nu laten steriliseren. Drie is genoeg. Maar het ging dus allemaal heel erg snel en soms denk ik dat het te snel ging. Ik heb niet de tijd gehad om van de dingen te genieten. Om gewoon jong te zijn, een baan te hebben en uit te gaan. Ik was al vroeg moeder. Tweeëntwintig. Geen kind meer, maar toch nog vroeg. Het heeft beslist zijn voordelen, maar vaak heb ik het gevoel dat ik iets heb gemist. Ik heb niet gereisd en veel landen gezien zoals jij.'

'Je bent niet op de vlucht geweest, zoals ik,' verbeterde Cathy haar. Ze dronk ook een beetje koffie. Het smaakte wat bitter.

'Was het alleen vluchten? Je hebt vast ook veel gedaan. Veel gezien.'

'Ja. Ik heb heel veel gedaan en gezien en er waren zeker leuke momenten. Maar altijd raakte ik weer in een of andere verhouding verzeild en kreeg ik het spaans benauwd. Dan ging ik weer.'

'Ga je bij je huidige vriend ook vertrekken? Als het te serieus wordt?'

Cathy schudde haar hoofd. 'Het is al serieus. Met Ronald is het anders.'

Is dat zo? Vroeg ze zich af. Was het werkelijk anders met Ronald?

Natuurlijk. Ze hield toch van hem.

'Ronald heet hij?' Mindy stak alweer een sigaret op. 'Klinkt deftig. Is hij deftig?'

'Nee hoor. Nou ja … hij is advocaat. Maar niet deftig.'

'Advocaat. Toe maar. Dus er ligt een bruiloft in het verschiet.'

'Nou …'

'Kom op. Trouwen, kinderen krijgen …'

'Ik weet het niet.'

'Je hebt de tijd.'

'Ja.'

Cathy dronk opnieuw van haar koffie. Er was nog een vraag die ze wilde stellen. Een vraag die op haar lippen lag, maar die ze nauwelijks durfde te stellen. Ze deed het toch toen ze haar mok weer op de tafel zette.

'Spreek je Jasper nog wel eens?' Ze stelde de vraag zo luchtig mogelijk.

Mindy glimlachte op die speciale manier van haar. ' Ja. Hij woont nog altijd in Olme.'

'Dat vertelde je.'

'Hij woont in dat kleine boerderijtje op het Oude Pad. Daar waar vroeger Trien Thijssen heeft gewoond.'

'Daar? In dat kleine, oude ding? Ik wist niet eens dat die boerderij er nog stond.'

'Het is ook niet veel meer, maar Jasper schijnt het er naar zijn zin te hebben. Hij is natuurlijk ook maar alleen met die kat van hem.'

'Is hij nooit getrouwd?' Cathy probeerde verwonderd te klinken. Mindy hoefde niet te weten dat ze met Sjef ook al over Jasper had gepraat. Ze zou weer haar eigen conclusies gaan trekken. Dat had ze vroeger altijd al gedaan en het zou Cathy niet bepaald verbazen als ze dat nu nog steeds deed.

'Jasper getrouwd? Nee. Hij heeft een tijd een vriendin gehad. Zo'n vaag figuur met zwarte haren. Ze dacht dat ze heks was of zoiets. Weet ik het. Ze is op een dag opeens vertrokken. Jasper schijnt patent te hebben op vrouwen die opeens vertrekken.'

'Wat ellendig voor hem.'

'Ik geloof niet dat hij er bijzonder mee zat. Niet met haar.'

'Was hij niet gek op haar?'

'In de eerste instantie wel, denk ik. Maar tegen de tijd dat ze vertrok had hij niet meer zoveel met haar. Dat merkte je. Maar Jasper was niet goed in het afwijzen van mensen.'

'Jasper is altijd vrij zacht geweest.'

'Een softie, zeg maar gerust,' lachte Mindy. 'Dat is hij nog steeds.'

'Gaat het verder goed met hem?'

'Ja. Hij schrijft. Zijn boeken schijnen goed te verkopen. Hij loopt de helft van de tijd met zijn hoofd in de wolken, maar dat heeft hij altijd al gedaan. Verder ziet hij er goed uit. Hij is wat dikker geworden. Maar dat zijn wij allemaal.'

'Ja.'

'Hij praatte in het begin nog wel eens over je.'

'Was hij kwaad op mij?'

'Nee. Nee, ik geloof niet dat hij echt kwaad was. Maar hij verwachtte toen nog dat je iets van je zou laten horen. Je had hem niets beloofd, maar hij verwachtte het toch. Later praatte hij er niet meer over.'

'Ik had contact met hem moeten opnemen.'

'Misschien. Maar dat zou het niet gemakkelijker gemaakt hebben. Je weet toch dat hij gek op je was?'

'We waren hele goede vrienden. Jaren ...'

'Hou op Cathy. Hij was gek op jou. Niet gewoon als een vriend ... Is er iets tussen jullie gebeurd? Vlak voordat je ging?'

Cathy overwoog een ontkenning. Maar ze deed het toch maar niet. Ze knikte alleen maar.

'Ik wist het,' riep Mindy uit.

'Het was niet de bedoeling,' verdedigde Cathy zich zwak.

'Natuurlijk niet. Maar het is toch gebeurd. Geen wonder ...'

'Het was ook niet de bedoeling dat hij gek op mij zou worden.'

'Zoiets heb je niet in de hand. Hij was al heel lang gek op je. Lang voor die laatste avond.'

'Nee. We waren alleen maar vrienden.'

'Cathy,' verzuchtte Mindy. 'Hoe blind kun je zijn?' Ze pakte een koekje en begon eraan te knabbelen. 'Jasper was al heel erg lang gek op je.' Ze sprak met volle mond en de kruimels stoven alle kanten uit.

'Nee ...'

'Echt wel. Iedereen wist het. Ik durf te wedden dat je het zelf ook wel wist. Je wilde het alleen niet weten. Dat is altijd met zulke dingen. Bang om de vriendschap te verstoren en die flauwekul. Jullie hadden gewoon een paar moeten vormen.'

'Het was nooit iets geworden.'

Mindy zuchtte opnieuw diep. 'Misschien niet nee. Niet onder die omstandigheden. Maar het was toch jammer.'

'Het zal wel zo hebben moeten zijn.'

'Wat een onzin. Waarom zoek je hem niet op?'

'Ik denk niet dat het een goed idee is.'

'Waarom niet?'

'Ik denk dat hij niet zo blij is mij weer te zien. Na alles wat er is gebeurd.'

'Ik weet het niet. Volgens mij wil hij je best wel weer zien. Al zal hij het misschien niet zeggen. Het zou mij niets verbazen als hij nog altijd gek op je is.'

' Des te meer reden om niet naar hem toe te gaan,'

'Dat ben ik niet met je eens.' Mindy stak opnieuw een sigaret op.

'Ik heb een fijne vriend.'

'Je hebt ook een verleden. Je kunt zeggen wat je wilt, maar ik weet zeker dat het nog een rol speelt in je leven. Je hebt zelf al gezegd dat je je hele leven al vlucht. Hoe weet je dan zeker dat een relatie, of misschien uiteindelijk, een huwelijk met die Ronald, uiteindelijk geen vlucht is?'

'Natuurlijk niet. Ik hou van Ronald.'

'Is dat zo?'

'Ja, dat is zo.'

'En aan Jasper denk je nooit meer?'

'Jasper was mijn maatje. Dat weet jij net zo goed als ik. Natuurlijk denk ik nog wel eens aan hem ...'

'En wil je weten of hij nog kwaad op je is.'

'Omdat hij mijn maatje was. Omdat we ...omdat we ...'

'Gek op elkaar waren.'

'Niet op die manier.'

'Nee?'

'Nee. Gewoon als vrienden. Precies zoals ik steeds zeg.'
'Denk er toch maar eens goed over na. Je wilt geen ander leven opbouwen vanuit een vlucht. Ik denk dat je daarom jezelf moet confronteren met het verleden en met Jasper. En daarna kun je je beslissing nemen. Maar je moet dat niet doen als je Jasper en daarmee bepaalde gevoelens ontwijkt. Je kunt dan niet zeker zijn ...'
'Je lijkt wel een psycholoog.'
'Weet ik. Ik ben er vaak genoeg naartoe geweest.'
'Jij?'
Mindy glimlachte breed. 'Dat had je niet verwacht hè.'
'Niet echt.'
'Het lijkt allemaal vanzelfsprekend. Albert leren kennen, trouwen, kinderen ... nou ja ... niet helemaal in die volgorde. Wouter was tenslotte al op komst toen we trouwden. Maar goed ... Dat heb ik allemaal al verteld. En ik heb je ook gezegd dat ik in feite niet mag klagen. Al heb ik nog mijn onzekerheden ... Ik heb enigszins rust. Dat is heel anders geweest. Alles ging te snel voor mij. Ik dreigde een beetje door te draaien. Daar kwamen de psychologen dus in beeld. Ik heb er heel wat gezien.'
'Maar je hebt er baat bij gehad?'
'Soms. Er waren van die figuren die tegenover je zaten en van tijd tot tijd een hum geluid maakte om te laten merken dat ze naar je luisterden. Zoals je dat in conversatietraining leert. Maar meer dan dat deden ze niet. Ze luisteren en vroegen van tijd tot tijd 'hoe denk je er zelf over?' Alle sinten op een rij ... Waarom dachten ze dat ik bij hen kwam? Als ik zelf had geweten hoe ik erover dacht, had ik hen toch niet nodig gehad.'
Cathy glimlachte. 'Alle sinten op een rij ... dat zij je vroeger ook altijd.'
'Omdat ik niet mocht vloeken. En dat doe ik nog steeds niet. Ik zou wel willen, maar uit mijn mond klinkt het als een betoog uit een slecht toneelstuk.'

'Dan kun je het beter laten.'

'Precies. Zonder overtuiging heeft het geen enkele zin om te vloeken.'

'Waren er ook goede psychologen?'

'Ja. Maar die kwamen pas later in beeld. Nadat ik mijzelf had rondgegeten uit pure frustratie en een rookgewoonte had eigengemaakt, waar een fabrieksschoorsteen nog jaloers op zou zijn.'

'Maar ze kwamen wel.'

'Eentje vooral. Erik. Ik spreek af en toe nog met hem. In de eerste instantie had ik een hekel aan hem. Hij was confronterend. Ik haatte het als hij dingen zei die ik niet wilde horen. Als hij mij wees op mijn eigen verantwoordelijkheid. Wie wil nu horen zelf schuldig te zijn aan een hoop ellende op een moment waarop je het enorm met jezelf te doen hebt? Het was allemaal nog niet zo erg geweest, als hij ongelijk had gehad. Maar dat had hij niet. Er zat iets in de dingen die hij zei en op een bepaald moment ben ik daar iets mee gaan doen. Ik eet nog steeds te veel en rook als een ketter, maar ergens begint een rustpunt te komen.'

'En hij leert je dat soort dingen die je nu tegen mij zegt.'

'Yep.'

'Misschien zou ik ook eens met hem moeten praten.'

'Waarschijnlijk zou je dat goed doen, maar gezien het feit dat je dat toch niet doet en maar tijdelijk hier denkt te blijven ...'

'Tot na mijn vaders begrafenis. Dan ga ik weer.'

Mindy trok haar wenkbrauwen weer op. 'Gezien je instelling ...is het wellicht al voldoende om met mij en Jasper te praten. En met je vader.'

'Waar heb ik dat meer gehoord?'

Mindy glimlachte. 'Vast niet zonder reden. En nu vertel je eens iets over Kopenhagen, Stockholm en Parijs.'

Cathy kwam tegen twaalf uur weer in haar vaders huis. Het was net alsof de hal een beetje begon te krimpen en of haar stem weer beter zijn weg vond in de hoge ruimte. Alsof het verleden weer een klein beetje deel uitmaakte van haar leven.

Erna kwam net de trap af met een dienblad in haar handen.

'Oh Cathy. Fijn dat je net thuiskomt. Je vader vroeg naar je.'

Cathy knikte en liep langs Erna de trap op. Dit keer zag ze minder op tegen de ontmoeting met haar vader.

Toen ze de kamer binnenliep, constateerde ze dat de wasbeurt geen enorm verschil had uitgemaakt. Ze rook haar vader nog steeds. Ze geloofde niet dat het nog zou veranderen.

De gordijnen waren gesloten en in het schemerdonker hoorde ze de snelle, oppervlakkige en onregelmatige ademhaling van haar vader.

'Cathy?' Zijn stem kraakte en klonk zwakker dan de voorgaande keren.

Cathy liep naar hem toe. Ze schoof ook nu weer een stoel dichterbij en ging zitten. 'Je wilde mij spreken?'

'Ja. Er zijn nog een paar dingen …'

'Dat weet ik.' Cathy voelde hoe de spanning in haar lijf toenam. Nu zou hij erover beginnen …

'Na de koffietafel …'

'Het gaat over de begrafenis.'

'Natuurlijk. Wat had je dan verwacht? We hadden toch afge-
sproken dat jij de dingen zou regelen.'
'Jij hebt dat bepaald ...'
'Cathy ... we hebben het erover gehad. Ik ben te moe om nog
in discussies te gaan ...'
'Ik wil geen discussie. Ik wil gewoon ...'.
'Wat?'
'Laat maar.'
'Je bent nooit erg duidelijk geweest.'
'Nee.'
Rinus zuchtte diep. 'Dus na die koffietafel ...'
'Waarom had je een ander?'
'Wat?'
'Toen je nog met mama was. Waarom Rilana?'
'Was dat niet duidelijk?'
'Nee. Mama had je nodig.'
'Ik was er toch ook.'
'Je was er zelden.'
'Misschien. Maar ik was er.'
'Je had een ander.'
'Rilana. Rilana was niet de enige. Er waren er meer. Voor
Rilana.'
'Verdorie Rinus ... op die details zit ik niet te wachten.'
'Je wilt toch antwoorden. Is dat niet waar een sterfbed voor
dient?'
'Niet iedereen hoeft op sterven te liggen om duidelijkheid te
geven.'
'Het hoeft niet, maar zo gebeurt het wel vaak.'
'Waarom?'
'Rilana was gewoon een van de vrouwen. Je moeder was ziek,
Cat. Er was niets meer met haar te beleven. Geen leuke dingen.
Geen dingen om samen te doen. Geen lol. Geen seks.'
'Zoals je al zei: mijn moeder was ziek. Ze had je steun nodig.'

'Die gaf ik ook, voor zover ik dat kon opbrengen. Dat was waarschijnlijk niet genoeg, maar het was niet anders.'

'Dat met Rilana heeft haar kapotgemaakt. Het laatste stukje wil ontnomen.'

'Dat met Rilana had niets te betekenen gehad als ze het niet had geweten.'

Ons geheim.

'Dus uiteindelijk is het toch mijn schuld,' merkte Cathy sarcastisch op.

'Je had het nooit tegen haar mogen zeggen. Ik had je gewaarschuwd.'

'Dan had je ervoor moeten zorgen dat ik je nooit met Rilana had gezien. Op de keukentafel, notabene. Je wist dat ik thuis kon komen.'

'Met jou wist je dat nooit. En het was niet de bedoeling om het daar te doen. Rilana kwam onverwacht langs en toen gebeurde het opeens. Je had er geen drama van moeten maken.'

'Op de keukentafel, terwijl mijn moeder boven in bed lag. Wat had ik dan moeten doen?'

'Je mond moeten houden.'

'Juist.' Cathy stond op en liep weg.

Ze hoorde haar vader nog haar naam roepen toen ze de kamer uitliep, maar ze reageerde niet. Ze rende naar beneden en naar buiten.

De bewolking was helemaal weggetrokken en de voorjaarszon bracht warmte mee, die niet in het tafereeltje thuishoorde.

Cathy vloekte zacht en begon te lopen. Opnieuw voelde ze zich weer jong. Heel jong. Ze voelde zich net zo opgelaten, gefrustreerd en machteloos als al de keren dat ze met haar vader in de clinch had gelegen. Maar toen had ze altijd iemand gehad om naar toe te gaan.

Nu was er niemand. Tenzij … Cathy schudde haar hoofd. Je kon het verleden niet simpel terughalen. Zeker niet na een abrupt vertrek. Ze kon niet gewoon, net als vroeger, naar Jasper rennen en bij hem uithuilen. Jasper was niet meer de Jasper van vroeger en hij was haar maatje niet meer. Niet meer nadat zij zo opeens was vertrokken en nooit meer iets van zich had laten horen.

Toch liep ze naar het Oude Pad. Het eerste huis aan de linkerkant kende ze het beste. Jasper had hier vroeger gewoond. Het was een oude boerderij en er was nooit iets aan gerenoveerd. Ook van binnen was alles altijd oud geweest. De muren en vloeren, de kachel in de keuken en zelfs de meubels. Cathy vroeg zich af of Jaspers ouders hier nog woonden. Ze moesten inmiddels toch ook al ergens achter in de vijftig zijn. De boerderij zag er aan de buitenkant in elk geval nog precies zo uit als ze zich herinnerde. Hoge gewassen in de voortuin maakte het vrijwel onmogelijk om binnen te kijken. Hier en daar staken de eerste wilde bloemen al hun kopje boven de grond. Over een paar weken zou de tuin overwoekerd zijn door wilde bloemen, varens en onkruid. De klimop bedekte inmiddels de hele muur van de boerderij. Alleen de ramen waren op onhandige wijze vrij gemaakt. Ze meende klassieke muziek binnen te horen en bleef even staan. Ze zag Jaspers moeder voor zich. Haar roodblonde haar in een slordige knoet op haar hoofd gebonden en haar gezicht, kleding, armen en handen bedekt met witte vegen. In gedachten verzonken gleden haar handen over een wit beeld. Een engel dit keer. Het was alsof ze de engel streelde, maar dat was niet zo. Ze vormde hem. De klassieke muziek sloot ieder ander geluid uit. Ze wilde niet gestoord worden. Boven zou Jaspers vader zitten. Een man met een bruine wilde haardos en een wilde baard. Hij zou met een bedenkelijk gezicht de verfkwasten over het doek laten gaan om zijn creatie te scheppen. Hij hield niet van klassieke muziek, maar er was geen ontkomen aan. Van ergernis schilderde hij getergde figuren die kapitalen opbrachten.

110

Op die manier herinnerde Cathy zich Jaspers ouders. Niet anders. Niet als zorgzame vader en moeder en niet als gewone man en vrouw. Alleen als kunstenaars, levend in hun eigen wereld. Maar het was natuurlijk niet altijd zo geweest. Ze hadden van Jasper gehouden en natuurlijk had hij wel zijn aandacht gehad. Het was alleen iets wat haar niet zo was bijgebleven. Ze glimlachte even en liep door.

Bij de kleine oude boerderij van Trien Thijssen bleef ze staan. Jasper had zich net zo min als zijn ouders met renoveringen bezig gehouden en het zou Cathy niet verbazen als zelfs de oude meubels van Trien er nog in stonden.

Ze vroeg zich af hoe het zou zijn als Jasper nu opeens naar buiten zou komen en haar zou zien staan. Wat zou hij doen?

Ze kon natuurlijk aanbellen, maar wat moest ze dan zeggen? 'Hallo, hier ben ik weer? Hoe is het? En mag ik even bij je uithuilen?'

Ze schudde haar hoofd. Het was belachelijk om hierheen te lopen. Ze zuchtte diep en liep door. Heel even hoopte ze dat ze opeens zijn stem achter zich zou horen. Dat hij naar buiten was gekomen en haar had gezien, en dat hij haar zou roepen. Maar dat gebeurde niet. Het bleef doodstil in de boerderij. Cathy liep met vlugge passen het Oude Pad uit tot aan de Hoofdstraat. Van daaruit liep ze naar het plein aan de Vaart. Misschien kon ze Sjef nog een keer zo ver krijgen dat hij een kop koffie voor haar maakte. Misschien moest ze zelfs maar eens een borrel nemen.

Op het pleintje liepen wat jonge moeders met kinderen. Een moeder stond op de kade van de Vaart en keek toe hoe haar twee kinderen kruimels in het water gooiden voor de eenden. Cathy kon zich niet herinneren dat zij ooit de eenden was gaan voeren met haar moeder. Of haar vader. Het kwam haar opeens allemaal zo oneerlijk voor. Ze slikte een brok weg en liep met haastige passen dwars over het plein naar het café. Ze overwoog even om buiten te gaan zitten. De zon scheen en het was niet koud. Maar uiteindelijk besloot ze dat een zonnig terras niet bij haar stemming paste en dat ze geen zin had in rondwandelende mensen die haar herkenden en een praatje met haar wilde maken. Daarom vluchtte ze de duisternis van de kroeg in.

Ze schonk de gebogen ruggen aan de bar geen blik waardig. Het waren waarschijnlijk altijd dezelfde mannen die er zaten en ze had geen behoefte aan een gesprek met hen.

Ze ging aan hetzelfde tafeltje zitten als een dag eerder, met de rug naar de kroegbezoekers toe. Ze staarde door het vuile raam naar buiten en keek naar een dame met rollator. Ze had een hoed op met bloemetjes. Het gaf haar iets frivools.

'Dorst?' Sjefs stem klonk opeens achter haar.

Cathy schrok. Ze had hem nog niet aan haar tafel verwacht. Voorzover ze al had verwacht dat hij naar haar toe zou komen. Ze herstelde zich snel en onopvallend en knikte. 'Heb je toevallig koffie?'

'Nee, toevallig niet.'

'Oh …' reageerde Cathy wat uit het veld geslagen.

'Maar ik kan het wel maken. Als het moet …'

'Ik zou wel graag koffie willen.'

'Oh goed,' reageerde Sjef wat vermoeid. 'Hoe is het met je pa?'

'Hetzelfde.'

'Zeker nog geen zin om naar het hiernamaals te gaan.' Hij grinnikte even.

'Blijkbaar niet.'

'Natuurlijk bang dat de vrouw daar op hem wacht.'

'Ik hoop dat ze op hem wacht en hem met een deegroller op zijn kop slaat,,' flapte Cathy eruit.

Sjef floot even tussen zijn tenen. 'Blijkbaar is hij zelfs nu nog niet echt aardig.'

'Hij weet niet eens hoe het moet.'

'Hij had wat vaker een borrel moeten komen drinken. Dat had hem goed gedaan.' Rinus was nooit klant geweest bij Sjef. Iets wat Sjef blijkbaar zelfs nu nog dwars zat. En dat terwijl hij eigenlijk helemaal niet veel klanten wilde. Het was waarschijnlijk meer het idee dat telde.

'Ik weet niet of een borrel voor hem nog iets had uitgehaald,' mompelde Cathy.

'Een borrel haalt voor iedereen wat uit,' meende Sjef. 'Misschien kan jij ook wel een borrel gebruiken.'

'Nee, dank je. Dat lust ik niet. Maar koffie ...'

'Koffie haalt niets uit. Maar als je het beslist wilt hebben.'

'Ik zou het wel lekker vinden.'

' Oh goed.' Hij draaide zich om en wilde weglopen, toen Cathy hem terugriep.

'Heb je misschien toevallig iets van likeur?'

' Likeur?' Sjefs voorhoofd rimpelde samen. 'Dat is meer een vrouwendrank. Zoveel vrouwen komen hier niet.'

'Nee. Ik dacht maar ...'

'Maar iets van dat spul heb ik volgens mij nog wel staan. Kersenlikeur, geloof ik. Misschien was het ook koffielikeur. Of nog iets anders ...'

'Maakt niet uit. Als je iets van likeur hebt, wil ik wel een glaasje.'

'Zeker dat je niet liever een gewone borrel hebt?'

'Zeker.'

'Oh goed.' Met die woorden sjokte de kroegeigenaar weer weg.

Cathy keek weer naar buiten. De dame met rollator was op een bankje gaan zitten en keek uit over de Vaart. De moeder met de kinderen stond nog op de kade en er liepen nog wat moeders met kleine kinderen en kinderwagens over het plein. Twee mannen in pak haastten zich met belangrijke gezichten richting het gemeentehuis. Een jongetje met krullen holde met een onooglijk hondje over de kinderkopjes.

'Koffie en likeur?' klonk het opeens achter haar.

Cathy voelde haar gezicht rood worden. Het was niet Sjefs stem die ze hoorde. Maar het was wel een bekende stem. Zwaarder dan ze zich herinnerde, maar onmiskenbaar Jaspers stem.

Met een ruk draaide ze zich om en keek recht in het gezicht van een kerel van haar leeftijd met wild rood piekhaar.

'Jasper!'

Jasper zette de koffie en likeur voor haar neer. 'Je weet nog wie ik ben,' mompelde hij.

Cathy beet op haar lip. 'Spreekt dat niet vanzelf?'

'Ik zou denken van niet.'

'Omdat ik nooit meer iets van me heb laten horen?'

Jasper streek door zijn haren. 'Ik neem aan dat ik het moet begrijpen. Ik bedoel … als er iemand is die het moet weten …'

'Nee,' zei Cathy meteen. 'Je hoeft het niet te begrijpen. Het was gewoon lafheid van mij.'

'Waarom?'

'Weet ik niet.' Ze staarde een paar tellen voor zich uit. 'De herinneringen waren pijnlijk. Het gemis was pijnlijk. Met je praten … schrijven zelfs, had het allemaal moeilijker gemaakt. Ik ben niet erg goed in het hanteren van moeilijke situaties. Ik ren liever weg. En dat heb ik de laatste dertien jaar ook gedaan. Weggerend. Zodra iets pijnlijk werd … maakte ik gewoon dat ik weg kwam.'

'Lijkt me nogal vermoeiend,' meende Jasper.

Cathy glimlachte. 'Ja.' Ze aarzelde even. 'Wil je niet even bij mij komen zitten,' vroeg ze toen. En meteen haastig erachter aan: 'Ik begrijp het goed als je dat liever niet doet. Ik kan mij voorstellen dat je boos op mij bent. Of teleurgesteld in mij. En daar heb je alle reden voor. Maar …'

'Ik haal even mijn drankje,' onderbrak Jasper haar.

Cathy knikte.

Ze keek hoe Jasper wegliep, een paar woorden wisselde met wat mannen aan de bar, zijn glas bier pakte en weer naar haar terugkwam.

Ze voelde een vreemde kriebeling in haar buik. Zenuwen misschien. Maar niet alleen maar zenuwen. Al zou ze zich dat zelf nog zo graag wijsmaken.

Jasper ging recht tegenover haar zitten. Zijn ogen waren precies dezelfde als voorheen. Hij keek haar recht aan. 'Je bent niet zo heel veel veranderd,' merkte hij op.

'Ik ben minstens vijftien kilo zwaarder geworden en een eeuwigheid ouder.'

'Misschien. Maar je ogen, je haren, je mond, je gezichtsuitdrukking … alles is nog precies hetzelfde. Zelfs je manier van bewegen.'

'In die zin ben je zelf ook niet veranderd.'

'Ik hoop van niet. Ik heb er altijd al problemen mee gehad om volwassen te worden.'

'Wie niet.' Ze glimlachte even. Ze geloofde niet dat zij ooit werkelijk volwassen was geworden. Ergens was ze in haar ontwikkeling blijven steken en op dit moment voelde ze dat op zijn sterkst.

'Ik dacht al dat je zou komen,' zei Jasper. 'Nu je vader ziek is …'

'Echt? Ik bedoel … je weet dat ik een hekel aan hem had. En toch verwachtte je dat ik zou komen.'

'Ja. Ik ken je.'

'Ik had helemaal niet willen komen. Maar er waren mensen die vonden dat ik het moest doen. Om mijn verleden af te sluiten.'

'Je hele verleden?'

'Met mijn vader.' Dat was niet helemaal gelogen. Uiteindelijk had Ronald niets geweten van Jasper.

'Met je vader … ja. Ik denk dat je toch wel was gekomen.'

'Ik denk het niet.'

Jasper glimlachte alleen maar.

'Nou ja … misschien heb je ook gelijk,' gaf Cathy toe. 'Maar het is toch eigenlijk idioot.'

'Is het dat?'

'Natuurlijk. Ik mag Rinus niet eens.'

'Het is je vader.'

'Nou en? Hij heeft zich er nooit naar gedragen.'

'Misschien op zijn eigen manier.'

'Zelfs dat niet. Zelfs nu niet.'

'Volgens mij ben je nog steeds kwaad op hem.'

'Nog steeds … weer.'

'Iets voorgevallen?'

'Hij gaf mij de schuld van mama's zelfmoord. Hij zei dat zijn gedoe met Rilana geen probleem was geweest als ik er niets over had gezegd. De rotzak. Hij was degene die met Rilana rommelde. Notabene op de keukentafel toen ik thuiskwam. En toen …'

'Rinus heeft zelf nooit erg veel verantwoordelijkheid genomen.'

'Het is een rotzak.'

'Had je dat niet verwacht toen je hierheen kwam? Dit soort confrontaties?'

'Nee. Ja … weet ik niet. Hij ligt verdorie op sterven.'

'Dat hoeft niet noodzakelijkerwijs iemand te veranderen.'

'Worden mensen die op sterven liggen niet geacht om vergeving te zoeken? Kijken ze niet terug op hun leven en proberen op hun sterfbed nog dingen recht te trekken?'

'Nee. Zelden. Had je verwacht dat Rinus dat zou doen?' Dit keer klonk het echt ongelovig. Hij keek haar zelfs verbaasd aan.

'Stom hè,' mompelde ze.

116

'Nou ja ... een beetje naïef misschien.'

Cathy haalde diep adem. 'Misschien kan ik beter gewoon weer naar huis gaan.'

'En opnieuw wegrennen?'

Cathy keek Jasper aan. 'Dat doe ik dan hè? Wegrennen ...'

'Ja.'

'Maar wat moet ik anders?'

'De confrontatie aangaan. Hem zeggen hoe je erover denkt.'

'Zal dat de dingen veranderen? Zal het Rinus veranderen?'

Jasper begon te lachen. Ze herkende die lach zo goed dat ze er kippenvel van kreeg. 'Natuurlijk niet.'

'Maar wat heeft het dan voor zin?'

'Het heeft voor jou zin. Je verleden afsluiten, zoals je het noemde. Stoppen met wegrennen.'

Cathy haalde even haar schouders op. Toen knikte ze voorzichtig. 'Misschien.'

'Misschien? Ik heb altijd gelijk. Weet je dat niet meer?'

Nu kon zelfs Cathy lachen. Jasper had dat altijd beweerd. Geheel zonder reden. Maar ze had het altijd grappig gevonden. Vooral de manier waarop hij dat altijd had gezegd.

'Ik was het bijna vergeten,' zei ze.

'Stom.'

'Ja. Hoe gaat het met je? Ik hoorde dat je schreef ...'

'Ja. Niet eens zo slecht, geloof ik. Al begrijp ik het af en toe nog niet ...'

'Nou ja.. zo gek is het niet dat je een creatief beroep hebt gekozen. Gezien je ouders ...'

'Ik heb het eigenlijk niet echt gekozen. Ik ben erin gerold en ik was te lui om daar verandering in te brengen.'

'Vind je het dan jammer?'

'Soms. Meestal niet. Ik kan lekker doen wat ik wil en wanneer ik wil, zolang ik maar zorg dat van tijd tot tijd er een boek klaar is. Maar zelfs dat is mij af en toe te veel.'

'Het zal ook niet altijd meevallen. Altijd een nieuw verhaal verzinnen …'

'Ben je gek? Het verzinnen is geen enkel probleem. Het opschrijven is mij gewoon vaak te veel werk. En soms is het ook saai. Altijd alleen aan het werk, geen collegae en zo.'

'Zou je liever een gewone negen tot vijf baan hebben?'

'Soms. Ongeveer 5 procent van de tijd. Maar ik zou het niet kunnen.' Hij grijnsde. 'Ik moet er niet aan denken dat ik geen vrij kan nemen wanneer ik wil, niet naar buiten kan lopen als ik even de frisse lucht in wil en niet midden op de dag een pilsje kan pakken bij Sjef. Om nog maar te zwijgen van het feit dat ik niet hou van mensen die mij zeggen wat ik moet doen.'

'Misschien omdat je het niet gewend bent. Zelfs je ouders lieten je alles zelf bepalen.'

'Ja. Maar dat was gemakzucht van hun kant. Zij waren met andere dingen bezig.'

'Ze hielden van je.'

'Natuurlijk. Maar het moest niet te veel gedoe met zich meebrengen.'

'Hoe gaat het nu met hen?'

'Goed. Ze werken allebei nog en dat zullen ze ook wel blijven doen totdat ze sterven. Als ze de hele dag met elkaar moesten doorbrengen, zouden ze stapelgek worden. Hun werk geeft ieder de gelegenheid om zich in hun eigen wereld terug te trekken. In zekere zin doe ik dat ook.'

'Doen niet heel veel mensen dat?'

'Waarschijnlijk wel, maar bij de meeste valt het niet zo op. Hoe gaat het met jou? Je ziet er goed uit.'

'Dank je. Goed. Nou ja, naar omstandigheden dan. Niet dat ik nu direct in de rouw ben … Ik weet het eigenlijk niet. Ik heb altijd een hekel aan Rinus gehad, maar om hem te zien sterven … Ik weet het niet. En toch heb ik nog steeds een hekel aan hem. In elk geval op dit moment.'

'Je bent kwaad op hem. Dat is niet helemaal hetzelfde.'

'Ik haat hem.'

'Wat heb je de afgelopen dertien jaar gedaan?'

'Weggerend.' Ze glimlachte weer. 'Ik ben zo'n beetje overal geweest en heb overal gewerkt. Duitsland, Kopenhagen, Stockholm, Parijs, België ... noem maar op. Op dit moment woon ik in Amsterdam.'

'Gedver.'

'Het valt best mee. Ik ben ook geen stadsmens, maar zelfs Amsterdam heeft zijn rustige buurten.'

'Maar het blijft een grote stad.'

'Ja. Dat wel. Maar alles heeft zijn charme.'

'Echt?'

'Als je ervan houdt.'

'Dan misschien wel. Maar je hebt dus heel wat gezien. Maar je bent nergens gebleven?'

'Ik kon mijn draai nergens vinden.' Ze had ook kunnen zeggen dat ze op de vlucht sloeg iedere keer als mensen om haar begonnen te geven. Als ze werkelijk een sociaal leven dreigde te krijgen. Maar dat deed ze niet.

'Maar in Amsterdam wel?' Het klonk zo ongelovig.

'Ik heb daar een heel aardig appartement en een leuke baan.'

'Wat doe je?'

'Webdesign bij een reclamebureau.'

'Dat kan leuk zijn, denk ik.'

'Ja.'

'Getrouwd?' Hij vroeg het zo nonchalant mogelijk, maar Cathy hoorde die bepaalde ondertoon.

Ze schudde haar hoofd. Verloofd, had ze kunnen zeggen. Maar dat deed ze niet. Het deed er niet toe, probeerde ze zich voor te houden. Maar dat was niet de reden dat ze over Ronald niets zei. In zeker zin schaamde ze zich ervoor. Alsof ze iets had gedaan wat niet kon. Niet mocht.

119

'Oh.' Dat klonk opgelucht. 'Hoe breng je de dagen nu door? Ik bedoel ... je kunt moeilijk de hele dag aan Rinus' sterfbed zitten.'

'Hij kan niets meer, maar in dat geval zou hij toch proberen om mij eruit te gooien.'

'Voor zover ik hem ken, kan ik mij daar wel iets bij voorstellen.'

'Ik praat af en toe met hem, klets met Erna, de verpleegster die hem verzorgt, en ontwijk Janine waar mogelijk.'

'Janine ... die naam heb ik gehoord. Is dat niet zijn vriendin?'

'Ja.'

'Het schijnt nogal een feeks te zijn.'

'Zwak uitgedrukt.'

'Maar dan past ze wel bij je vader.'

'Perfect.'

'En verder?'

'Wat zwemmen en wat rondwandelen in het dorp.'

'Oude herinneringen ophalen?'

'Dat probeer ik te vermijden.'

'Dat lijkt mij nogal onmogelijk.'

'Ja.'

'Bovendien wil ik liever een opgehaalde herinnering zijn.'

'Dat ben je altijd al geweest.' Dat was waar. Ze had dertien jaar geprobeerd om dat te ontkennen, maar nu wist ze dat het waar was.

'Oh.'

'Ik heb Mindy nog ontmoet.'

'Dan zul je wel geschrokken zijn.'

'Ze is wat dikker geworden ...'

'Ze is moeder van drie kinderen. Nu al. En niet zomaar drie kinderen. Volgens mij zijn ze nu al de schrik van het dorp.'

'Dat kunnen ze nauwelijks van Albert hebben,' meende Cathy.

'Van Albert ... jee, nee ... die vond al dat hij ver ging als hij zijn schoenen niet strikte. Maar Mindy ...'

Hij lachte en Cathy lachte mee. Heel even was het alsof ze teruggingen in de tijd. Zij en Jasper. Ze schudde dat idee meteen weer van zich af.

'Maar ik geloof dat ze het wel naar haar zin heeft,' meende ze.

'Ja ... ik geloof dat het nu wel gaat. Ze heeft het een tijd moeilijk gehad. Het ging allemaal sneller dan de bedoeling was, maar dat is dan ook weer typisch Mindy. Maar ik geloof dat het nu inderdaad echt beter gaat.'

'Ja. Ik ben vanmorgen bij haar op bezoek geweest. Het was wel gezellig.'

'Ja. Mindy is altijd wel gezellig geweest.'

Jasper keek haar recht aan en zij beantwoordde zijn blik. Heel even was het alsof er niets anders was dan alleen zij en Jasper. Geen kroeg, geen dorpsbewoners aan de bar. Geen dreigende dood van haar vader. Geen verloofde. Cathy voelde opnieuw die vreemde vlindering in haar buik. Ze kreeg kippenvel.

Jasper slikte moeizaam en stond met een ruk op. 'Ik moet gaan,' zei hij.

Cathy knikte alleen maar.

'Kom een keer langs. Ik woon in die oude boerderij van Trien Thijssen'

'Weet ik.'

'Oh. Oh ja ... Mindy.'

'Ja.'

'Tot ziens, Cathy ...'

Hij draaide zich om en liep naar de deur. Daar bleef hij staan, aarzelde even en draaide zich weer naar haar om. 'Ik meende het toen ik zei dat je op bezoek moest komen.'

Cathy glimlachte. Ze was ervan uitgegaan dat hij het uit beleefdheid had gezegd en zoals vanouds had Jasper haar door gehad.

'Dat zal ik doen,' beloofde ze.

'Goed. Als je weer verdwijnt zonder iets te zeggen word ik echt boos.' Hij zwaaide wat onhandig en liep naar buiten.

Met grote passen stak hij het plein over. Hij keek niet meer om. Cathy dronk haar koffie en likeur en vertrok vlak na Jasper. Ze was eindelijk een beetje warm van binnen en haar frustratie was minder. Niet weg, maar minder.

Ze stak het plein over en liep terug naar de woning van haar vader. Haar ouderlijk huis. Zo werd het huis genoemd waar je opgroeide. Zo zou ze dat huis ook moeten noemen. Ware het niet zo dat die benaming iets opriep wat ze niet voelde.

'Och Cathy, je vader vroeg naar je,' zei Erna meteen toen Cathy de hal binnenliep. Erna was blijkbaar in de keuken bezig geweest en had haar binnen horen komen.

'Dat zal wel,' mompelde Cathy.

'Is er iets gebeurd?' vroeg Erna. Ze keek Cathy onderzoekend aan.

'Meer iets gezegd.'

'Rinus weer ...'

'Hij zegt wat hij denkt.'

'Hij is lomp.'

'Ja. Ook dat.'

'Laat hem niet over je heen walsen. Dat heb je niet verdiend. En het is niet aan Rinus besteed.'

'Dat weet ik, maar ...' Cathy haperde. Op weg naar huis was ze ervan overtuigd dat ze naar boven kon gaan en Rinus kon zeggen hoe ze erover dacht, maar nu twijfelde ze weer. Misschien was het ook haar fout geweest ...'

'Kom.' Erna pakte Cathy aan haar arm vast en trok haar mee de keuken in.

'Ga zitten.'

Ze rommelde aan het aanrecht, zette melk in de magnetron en

122

haalde een fles koffielikeur uit de kamer.

Cathy keek toe hoe de verpleegster warme chocolademelk maakte en er een flinke scheut koffielikeur in deed.

'Ik heb al een likeurtje gehad …' protesteerde Cathy zwak.

'Dan zal je dat nodig hebben gehad.'

'Ja. Maar om er nu weer een te nemen …'

'Onder deze omstandigheden mag dat. Misschien heb je wel een hele fles nodig om tegen Rinus op te kunnen, maar we zullen hiermee beginnen.'

'Ik weet niet …'

'Je hoeft niet meer te rijden.'

'Nee. Dat niet.' Ze nam een voorzichtig slokje van het warme goedje en voelde hoe haar lichaam van binnen smeulde. Het was aangenaam.

'Oh gezellig. Theekransje?' Janine kwam de keuken binnen. Ze droeg een witte, elastische broek met een witte blouse en had een sweatshirt over haar schouders gedrapeerd. Waarschijnlijk ging ze sporten. Misschien had ze dat al gedaan. Cathy kon zich haar niet transpirerend voorstellen.

Janine keek met opgetrokken neus even in de mokken. 'Is dat niet iets voor kinderen?' vroeg ze. Ze wachtte niet op antwoord, maar ging de kamer in en kwam kort daarna terug met een glas sherry. Blijkbaar had ze al gesport. Ze ging bij Erna en Cathy aan tafel zitten en keek hen uitdagend aan. 'Iets interessants te bespreken?'

'Niet echt,' zei Cathy.

'Hoe is dat nu met die begrafenis?' vroeg Janine. Ze nam met pruilende lippen een slokje sherry en keek Cathy weer aan.

'Hoe bedoel je?' vroeg Cathy onnozel.

'Wat gaat er gebeuren? Wordt het een officiële gebeurtenis of heeft Rien weer een of ander typisch idee over het hele gebeuren?'

'Je kunt het hem het beste zelf vragen,' zei Cathy.

Janine perste even haar lippen op elkaar. Een klein gebaar van misnoegen. 'Je weet hoe hij is.'

'Dan zal hij het liever voor zichzelf houden,' meende Erna.

'Iemand moet de zaken toch regelen.'

'Cathy,' zei Erna.

'Ja. Nou.'

Cathy zag dat Janine's handen ook nu een beetje trilde. 'Ik had het ook kunnen doen,' zei ze.

'Rinus wilde dat Cathy het deed.'

'Hij dacht dat ik het niet aankon.'

'Had hij het mis?'

Janine gaf geen antwoord, maar dronk de sherry haastig leeg. Zonder verder een woord te zeggen, stond ze op, haalde een nieuwe sherry en bleef dit keer met het glas in haar handen staan.

'Het klopt niet,' mompelde ze.

'Het is zijn wens.'

'Wanneer gaat het gebeuren?' Ze wendde zich tot Erna.

'Je bedoelt wanneer hij er een eind aan maakt?'

'Natuurlijk bedoel ik dat.'

'Dat weet ik niet. Dat beslist hij zelf.'

'Verdorie. Ik word hier bloednerveus van.'

'Hoezo? Gaat het niet snel genoeg?' vroeg Cathy. Haar woorden waren eruit voordat ze er erg in had. Het speet haar meteen.

Janine keek haar woedend aan. Ze vloekte en smeet haar half-vol glas in de wasbak van het aanrecht. 'Je snapt er geen moer van,' zei ze. Ze liep gejaagd weg.

'Ik had dat niet moeten zeggen,' zei Cathy.

Erna glimlachte mild. 'Waarom niet?'

'Het was hatelijk.'

'In zekere zin is het waar. Ze wil dat het snel eindigt. Maar vooral omdat ze de situatie niet aankan. In dat opzicht had

Rinus gelijk. Janine is niet half zo sterk als ze zich voordoet. Niet onder deze omstandigheden.'

'Ze geven waarschijnlijk meer om elkaar dan ik dacht.'

'Ze gaven meer om elkaar dan je dacht en dat alleen voor zover mogelijk.'

'Sorry?'

'Ze gaven meer om elkaar dan je dacht, voor zover ze daartoe in staat waren. 'Houden van' is niet de sterkste kant van hun allebei. Maar op hun manier hadden ze heel graag met elkaar te doen. Maar nu niet meer. Rinus sluit zich voor haar af sinds hij ziek is en beklaagt zich vervolgens over dat ze hem in de steek laat. Nou ja, hij beklaagt zich misschien niet letterlijk, maar hij laat merken dat het hem niet zint. Janine op haar beurt kan niet omgaan met de ziekte en heeft in feite al afscheid van hem genomen. En het is moeilijk omgaan met iemand in huis waarvan je al afscheid hebt genomen.'

'Ze slapen toch nog op dezelfde kamer.'

'Nee, de laatste weken niet meer. Officieel is het andere bed op Rinus' kamer nog steeds van Janine, maar ze slaapt de laatste tijd alleen nog maar in de logeerkamer ernaast. Janine gaat laat naar bed, als Rinus allang slaapt. Met de medicijnen en slaaptabletten die hij krijgt, kan ze er zeker van zijn dat hij haar niet naar boven hoort komen. Op die manier hoeft ze zich daarover niet schuldig te voelen. Ze kijkt televisie, rookt, drinkt en probeert wat te slapen. Soms is ze alweer weg voordat hij wakker wordt.'

'Is ze alcoholist?' vroeg Cathy.

Erna grinnikte. 'Nee, niet echt. Ze heeft altijd graag een glaasje gedronken, maar echt alcoholist ... Tenminste, tot voor kort niet. Op dit moment ligt het anders. Maar misschien kun je haar dat niet eens kwalijk nemen.'

'Ik weet het niet ...'

'Kom. Drink je chocolademelk.'

'Moet ik daarna naar Rinus?' Ze voelde zich een klein kind, vlak voordat ze met tegenzin naar school moest.

'Nee,' zei Erna. 'Dat bepaal je zelf.'

'Maar Rinus …'

'Wanneer leer je dat je zelf dingen kunt bepalen? Natuurlijk kun je naar hem toegaan als hij naar je vraagt. Maar het moet niet.'

'Nee. Het moet niet.' Cathy dronk haar chocolademelk op en stond op.

De likeur zorgde ervoor dat ze zich van binnen warm en een beetje zweverig voelde.

'Maar ik zal het toch maar doen. Ik weet tenslotte niet hoeveel tijd hij nog heeft.'

'Nee. Dat weten we allemaal niet.'

Cathy strekte haar rug en ging de keuken uit, de hal door en met de trap naar boven. Ze aarzelde even voordat ze de kamer binnenliep.

Maar toen deed ze het toch.

Ze stapte de gebruikelijke schemering van de kamer binnen en keek recht in het gezicht van Janine. Janine zat naast het bed van Rinus. Niet heel dicht bij hem en ze hield zijn hand niet vast, zoals je vaak zag bij stellen waarvan de een op sterven lag. Maar ze zat er wel en keek Cathy enigszins geïrriteerd aan. Op de een of andere manier verbaasde het Cathy om Janine daar te zien. Het zou haar misschien niet moeten verbazen, maar dat deed het wel.

'Ik kom later wel terug,' zei ze wat zwak.

Het was Rinus die reageerde. 'Nee … Cat. Je rent niet weer weg.'

'Ik rende niet weg.'

'Dat deed je wel. Net als vroeger. Net als altijd.'

'Laat haar,' zei Janine. 'Wij waren aan het praten.'

'Nee. Wij waren niet aan het praten. Jij was bezig met een verhoor,' zei Rinus. 'Kom later maar terug.'

Janine stond met een woedend gebaar op, keek Cathy nijdig aan en liep langs haar de kamer uit.

Cathy bleef aarzelend staan.

'Kom hier,' beval haar vader. Zijn stem klonk zwak, maar de scherpte was er niet uit verdwenen.

'Dat moet ik zelf weten,' zei Cathy. Prachtig. Ze had zich voorgenomen om niet meer met zich te laten sollen en nu reageerde ze als een klein kind.

'Stel je niet aan,' reageerde Rinus. Hij behandelde haar als een klein kind. Natuurlijk.

Cathy overwoog heel even om zich om te draaien en weg te lopen, maar ze deed het niet. Ze zou hem wel eens zeggen hoe ze erover dacht.

Ze haalde diep adem en liep naar het bed toe. Het gezicht van haar vader was zo mogelijk nog grauwer geworden en de huid had iets weg van broos perkament.

'Cat ... doe de gordijnen nog eens even open.'

'Ik dacht dat je niet van zonlicht hield.'

'Niet bijzonder, maar ik ben de schemering ook spuugzat.'

'Waarom lig je dan in de schemering?'

'Om er charmanter uit te zien.' Het klonk wat spottend. 'Janine gaat over haar nek als ze mij te goed ziet,' zei hij toen. Er klonk geen bitterheid in zijn stem.

Cathy liep naar het raam en opende de gordijnen. Opnieuw werd ze getroffen door de rust van de tuin. Heel even wilde ze dat ze zelf zo'n tuin had. Ze was altijd graag in de tuin geweest. Toen ze klein was had ze onder die struiken haar hutten gebouwd en daarmee een eigen fantasiewereld waarin ze kon vluchten.

Want ook toen al vluchtte ze. Later had ze denkbeeldige theepartijtjes gehouden in de tuin met denkbeeldige gasten en denkbeeldige ouders. Ze had daar een muizenfamilie geadopteerd omdat ze zelf geen huisdieren mocht houden en ze had de vogels verzorgd. Ze had er gezeten, gelegen, gelezen, gehuild en gescholden. Het was haar tuin geweest. En een beetje van de tuinman die het bijhield, de aardige oude Teun.

'Leeft Teun nog?' vroeg ze, voordat ze zich naar haar vader omdraaide.

'Nee. Vorig jaar gestorven. Hij was drieënnegentig, maar pookte nog dagelijks in de tuin.'

'Waarom liet je hem zo lang werken?'

'Hij wilde niet anders.'

'En nu?'

'Nu heb ik al drie knapen gehad die de boel moeten bijhouden, maar ze weten niet eens hoe ze een heggenschaar moeten vasthouden.'

'Jij ook niet.'

'Nee. Maar ik heb het geld om het anderen te laten doen.'

'Dat klopt. Je hebt altijd het geld gehad om anderen voor je te laten werken.' Cathy liep naar hem toe en keek op hem neer. Het wit van zijn ogen was geel geworden en nu pas vielen de donkere kringen onder zijn weggezonken ogen op.

Zijn huid was in een ellendigere staat dan ze aanvankelijk had gedacht en de armen, die naast hem op de dekens lagen waren dun en rimpelig. Ieder bot in zijn lichaam was herkenbaar. Alleen zijn buik was als een ballon zichtbaar onder de dekens.

'Hebben ze geen vocht meer afgetapt?'

'Jawel. Maar behalve een helse pijn levert het niets meer op.'

Cathy knikte even. Eigenlijk zag haar vader eruit alsof hij al dood was. Ze besefte meer dan eens dat het niet meer lang kon duren. En dat de dingen die gezegd moesten worden niet meer konden wachten.

'Je had mij nooit met je geheim moeten opzadelen,' begon ze nu.

'Je bedoelt dat met Rilana.'

'Dat ja. Ik betrapte jullie en jij verlangde van mij dat ik mijn mond hield. Ik was veertien. Je had dat niet van mij mogen verlangen.'

'Waarom niet? Je was geen baby.'

'Nee. Maar nog wel een kind.'

'Als jij niets had gezegd ...'

'Dan had ze het toch wel een keer ontdekt. Je deed het verdorie in ons huis met Rilana. Dacht je soms dat ze achterlijk was?'

'Ze was niet bepaald helder.'

'Maar ze wist echt wel waarmee jij je bezig hield.'

'Zei ze dat toen je het haar vertelde? Dat van Rilana?' Zijn stem was niet meer dan een fluistering, maar evengoed met een uitdaging erin.

'Ik had ruzie met mam. Ik was kwaad op haar omdat ze zo met zich liet sollen. Omdat ze niet eens een keer van zich afbeet. Omdat ze alles van je pikte. Ik was woedend ...'

'Waarom? Het was niet jouw probleem.'

'Het maakte mij woedend om te zien hoe je met haar omging. Je trok je niets van haar aan. Nee ... zo was het niet. Dan was het misschien nog niet zo erg geweest. Maar je vernederde haar. Je liet haar zo goed voelen dat ze niets waard was ...'

'Ze was altijd ziek. Haar mankeerde altijd iets.'

'Als je haar serieus had genomen ... als je van haar had gehouden, dan had je daar iets aan gedaan. Dan had je haar geholpen.'

'Ze wilde niet eens beter worden. Ze wilde zielig rondhangen en medelijden krijgen.'

'Ze was depressief. Wat verwachtte je? Ze had gewoon hulp nodig.'

'Ik heb haar gezegd dat ze naar een psychiater moest gaan. Ze wilde niet.'

'Ik kan mij wel voorstellen hoe jij dat gezegd hebt,' zei Cathy nijdig. 'Je hebt nooit iets gedaan om haar werkelijk te helpen. Je hebt haar alleen de grond ingeboord en haar met andere vrouwen bedrogen.'

'Ik heb al gezegd dat ik ook mijn behoeftes had.'

'Dan had je daar eerlijk in moeten zijn.'

'Hoe? Van haar scheiden? En dan? Dan had ze niets meer gehad.' Cathy slikte een brok weg. Wat haar het meest irriteerde was dat Rinus daarin gelijk had.

'Je had moeten zorgen dat ze hulp kreeg.'

'Ze wilde geen hulp. Ze wilde in bed liggen, ellendige romannetjes lezen en medelijden met zichzelf hebben. Ze wilde niet beter worden.'

'Omdat ze ziek was. Omdat ze niet beter wist.'

'Omdat ze niet beter wilde.'

'Als ze gelukkig was geweest met het leven dat ze leidde, had ze er geen eind aan gemaakt.'

'Ze heeft er een eind aan gemaakt omdat ze wist dat ik een ander had. Omdat ze bang was alles te verliezen.'

'Omdat ze er niet tegen kon dat je een ander had.'

'Nee. Omdat ze het idee niet verdroeg dat ik misschien van haar af zou gaan en ze niet meer dat kon doen wat ze wilde doen; slapen, lezen en klagen.'

'Misschien wilde je wel gewoon dat ze het ontdekte.'

'Nee. Dan had ik jou niet gevraagd om je mond te houden. Er was weinig leuks meer te beleven met haar, maar ik wilde haar niet dood. Als ik dat had gewild ...'

'Je had het recht niet om mij te vragen het geheim te houden. Ik was te jong en ik was je kind. Je had het recht niet om mij ermee op te zadelen.'

'Onzin.'

'En je hebt het recht niet om mij de schuld te geven van haar zelfmoord.'

'Ik was kwaad.'

'Je begon er daarstraks ook over.'

'Misschien zit het mij nog steeds dwars.'

'Waarom zit het je dan niet dwars dat je iets met Rilana bent begonnen.'

'Omdat dat een logisch iets was. Naar de omstandigheden ...'

'Dan had je diskreet moeten zijn. Ervoor moeten zorgen dat ik het niet zag. Dat niemand het zag. Als het persé nodig was. Maar dat was het nog niet eens. Het is belachelijk om vreemd te gaan.'

'Jij zou zeker nooit zoiets doen.'

'Nee.'

'Dat is nog maar de vraag.'

'Ik ben niet als jij.'

'Ik betwijfel het.'

'Je had het nooit van mij mogen verlangen. Je had nooit van mij mogen vragen om te zwijgen. Maar je had mij vooral nooit de schuld moeten geven van haar dood. Je had mij nooit moeten behandelen zoals je hebt gedaan.'

'Krijgen we nu dat?'

'Ja.'

'Ik heb je nooit iets aangedaan.'

'Je bent nooit een vader geweest. Toen mijn moeder er niet meer was om te vernederen, deed je het bij mij. Hoe vaak heb ik moeten horen dat ik mijn mond niet kon houden? Dat het allemaal mijn schuld was? En dat was het enige wat ik van jou te horen kreeg. Voor de rest moest ik altijd alles zelf uitzoeken. Niets deed je voor mij. Je raakte mij niet aan en je ondernam niets met mij. Je behandelde mij als je bediende. Of erger.'

'Het heeft je zelfstandig gemaakt.'

'Het heeft mij ellendig gemaakt.'

'Je bent altijd al overgevoelig geweest.'

'Ik betwijfel het. En al was dat zo ... dan had je daar rekening mee moeten houden.'

'Dat kon ik niet.'

'Nee. Dat kon je niet.'

'Goed. Zijn we daar nu klaar mee?'

Cathy staarde hem aan.

'Na de koffietafel, wil ik dat jij, Erna, Van der Velde en Janine met de notaris hier in huis bij elkaar komen. Jaque Ruffor heet hij. Fransman van orgine en een afschuwelijk accent.'

'Van der Velde? Pastoor van der Velde?'

'Wie anders? Ik heb nog iets te regelen met die ouwe bok.'

'Van der Velde ...'

'Ruffor zal het testament voorlezen.'

'Je testament,' herhaalde Cathy wat verdoofd. Ze kon zich niet voorstellen dat alles nu gewoon was gezegd. Dat hij zo gemakkelijk over haar beschuldigingen heen stapte.

'Uiteraard laat ik jou ook iets na. Ik zou het misschien niet hebben gedaan als je niet was gekomen, maar dat heb je wel gedaan.'

'Ik hoef niets van jou,' zei Cathy. Ze ontwaakte langzaam uit haar verdoving en ontdekte dat ze haar boosheid nog niet kwijt was.

'Dat zou heel dom zijn,' meende Rinus.

'Misschien ben ik wel dom,' reageerde Cathy sarcastisch.

'Misschien wel,' gaf Rinus toe. Hij begon te hoesten en Cathy zag dat er wat bloed meekwam. Zonder erbij na te denken, pakte ze een tissue uit de doos op het nachtkastje en veegde het weg.

'Ik word gek van die ellendige pijn in mijn rug,' gromde Rinus.

'Komt het van het liggen?'

'Nee. Van de kanker. Uitzaaiingen.'

'Wil je nog pijnstillers?'

'Later. Nu wil ik slapen. Ik ben moe. Ik ben zo verdraaid moe.'

Hij sloot zijn ogen en viel in slaap. Zomaar.

Cathy stond op en liep de kamer uit. Ze keek nog heel even

naar haar vader, voordat ze de deur dichttrok. Zonnestralen drongen door het raam heen en richtte hun licht op de oude, zieke man in zijn bed. Een tafereel dat niet bij Rinus Schols paste. En haar misschien juist daarom iets deed.

Ze trok zacht de deur dicht en ging naar haar eigen kamer.

Ze zou badkleding aantrekken en gaan zwemmen. Zwemmen tot al haar spieren pijn deden.

HOOFDSTUK 9

'Mis je mij al?'
Cathy drukte de telefoon tegen haar oor, terwijl ze naar boven liep. Ze had net gegeten en vond in Ronalds telefoontje een goede aanleiding om de eetkamer te verlaten. Erna had nauwelijks de tijd genomen om haar enigszins aangebrande kotelet en droge aardappelen naar binnen te werken. Ze had een afwezige indruk gemaakt en iets gemompeld over de de verzorging van Rinus en was vertrokken voordat Janine en Cathy zover waren.

Janine zou waarschijnlijk nooit zover komen, want veel meer dan prikken in de aardappelen deed ze niet. De kotelet vond ze blijkbaar zelfs geen prikje waard. Ze had er alleen even met een vies gezicht naar gekeken.

Kortom ... het was noch een gezellige, noch een smakelijke maaltijd geweest en Cathy was blij te kunnen ontsnappen.

'Natuurlijk mis ik je,' beantwoordde ze de vraag van Ronald. Het was, wat je zou kunnen noemen, een leugentje om bestwil. Als ze eerlijk was, moest ze toegeven dat ze nauwelijks meer aan Ronald had gedacht. Maar het leek haar niet erg tactvol om dat tegen haar verloofde te zeggen.

'Goed. Ik mis je ook. Ik kan 's avonds nergens meer naar toe en het is zo stil zonder jou.'

'Je kunt toch uit gaan ... vrienden treffen ...'

'Zoveel vrienden heb ik niet en die hebben allemaal een eigen leven.'

'Jij niet dan?'

'Nee. Ik heb jou al.'

'Dat weet ik.' Ze grinnikte even. 'Maar hoe zit dat dan met Bart en Gerald?'

'Druk. En ik ben al een keer alleen wezen eten, maar daar is ook niets aan.'

'Nou ja ... dat is alleen maar goed. Dan ben je straks ook heel blij als ik terug kom.'

'Dat ben ik toch wel. Hoe is het daar?'

'Niet direct een feeststemming.'

'Nee, dat begrijp ik. Gaat het erg slecht met je vader?'

'Ja.'

'Heb je nog met hem gepraat?'

'Min of meer. Ik heb hem mijn mening gezegd. Met hem valt niet zo goed te praten.'

'Zelfs nu niet?'

'Volgens mij zelfs niet in het hiernamaals. Ik had vroeger een juffrouw op school die ons vertelde dat iedereen die dood ging, een engel werd. Nou ... ik weet nu wel zeker dat dat niet waar is. Mijn vader wordt zeker nooit een engel. Eerder een duiveltje.'

'Dus echt verenigd zijn jullie niet?'

'Dat zal ook niet gebeuren.'

'Misschien hoeft dat ook niet. Als je maar zegt wat je op je lever hebt. De dingen uitspreekt. Misschien kun je dan later gewoon over je verleden praten.'

'Daar is niet erg veel over te praten.'

'Wel voor mensen die meer over je willen weten. Ik bijvoorbeeld.'

'Och ...'

'Ik wil met je trouwen, Cathy. Ik wil minstens tien kinderen met je krijgen en dan moet ik toch iets meer van je weten.'

'Minstens tien?'

'Minstens.'

'Zooooo …' Ze grinnikte weer even.

'Heb je nog bekenden getroffen?' vroeg Ronald toen.

'Nou … ik ben nog even in de kroeg van Sjef geweest en ik heb Elsa van de supermarkt gezien. Niet gesproken. Ik kon net op tijd wegkomen. Elsa vraagt iedereen het hemd van het lijf om daarna het verhaal in opgesierde, aangedikte vorm door te vertellen aan de volgende klant.'

'Een echte dorpsvrouw …'

'Een beetje een extreme uitvoering van een echte dorpsvrouw.'

'Maar ik bedoelde eigenlijk vooral vrienden van vroeger.'

'Oh.'

'Heb je die nog getroffen?'

'Oh … uh … ja Mindy. Ze was vroeger heel dun, maar nu een en al ronde vorm en moederlijkheid, zowel figuurlijk als letterlijk. Ze is behoorlijk aangekomen en heeft drie kinderen van de nerd van de school.'

'Was Mindy je vriendin?'

'Uh ja …'

'Je hebt nooit over haar verteld.'

'Nee …'

'Heb je geen contact met haar gehouden toen je uit Olme vertrok? Als ze toch je vriendin was …'

'We zijn elkaar uit het oog verloren. Zo gaat dat,' zei Cathy haastig. 'Hoe is het verder met jou?'

'Behalve eenzaam?'

'Behalve eenzaam.'

'Druk. Zoals gewoonlijk. Ik werk aan een zaak waarbij overvallers van een kleine buurtwinkel een aanklacht hebben ingediend tegen de winkelier die ze overvielen. Hij had hen met zijn wandelstok neergeslagen. Het was al de derde keer dat hij werd overvallen.'

'Jee … en dan dienen ze een aanklacht tegen hem in?' vroeg

Cathy ongelovig en vooral blij dat ze van onderwerp waren veranderd.

'Zo gaat dat tegenwoordig.'

'Je wint die zaak toch hè?'

'Hé, wat denk je?'

'Tuurlijk.'

'Precies. Maar als je graag wilt dat ik naar jou toe kom ...'

'Ik heb al gezegd dat dat niet nodig is. Ik red mij wel. Misschien is het beter zo. Zo moet ik wel met mijn vader praten en mijn spoken uit het verleden ontmoeten, zoals je dat zelf noemde.' Onwillekeurig dacht ze aan Jasper.

'Goed. Goed ... het is misschien inderdaad beter zo.' Het klonk meer alsof hij zichzelf wilde overtuigen.

'Ja, ik denk van wel. Ik verwacht trouwens niet dat het allemaal nog heel erg lang gaat duren. Het gaat echt heel erg slecht met Rinus en hij heeft gezegd dat hij er zelf een eind aan wil maken als het zover is. Erna, de verpleegster, was vanavond aan tafel zo afwezig. En het eten was mislukt ... Het zou mij niet verbazen als hij erover is begonnen.'

'Ben je blij als het achter de rug is?'

'In zekere zin wel. Dan kunnen we verder. Aan de andere kant heb ik het gevoel dat er nog dingen besproken moeten worden. Dat er nog dingen gezegd moeten worden. En het idee dat hij er een eind aan maakt zonder het tegen mij te zeggen ... nou ja, dat is natuurlijk ook weer stom om daarover in te zitten. Uiteindelijk zijn we bepaald niet gek op elkaar. Maar het is gewoon het idee.'

'Ik begrijp het wel. Daarom moet je misschien extra ervoor zorgen dat je de dingen die je wil zeggen of vragen zo snel mogelijk zegt of vraagt. Er zijn wel meer mensen die in alle rust willen sterven.'

'Ja. Je hebt natuurlijk gelijk. Het stomme is alleen dat ik niet weet wat ik precies wil zeggen of vragen.'

'Ik denk dat het wel vanzelf bij je opkomt.'

'Ik weet het niet.'

'Ik denk het wel.'

Heel even waren ze allebei stil.

'Bel je mij als hij dood is?' vroeg Ronald toen.

'Ja.'

'Goed. Als je terug bent ...'

'Ja?'

'Misschien moeten we dan maar eens gaan praten over samenwonen. Trouwen misschien zelfs.'

'We hebben het er wel eens over gehad ...'

'Ja. Maar niet echt serieus. We hebben geen datums vastgesteld. Afspraken gemaakt.'

'Wil je dat nu gaan doen?' Cathy hoopte dat ze niet zo nerveus klonk als ze zich opeens voelde.

'Is dat een slecht idee? Ik heb misschien een slecht moment gekozen ... net nu je bij je vader bent die op sterven ligt. Maar ik heb zoveel tijd om na te denken nu je er niet bent. Je wilt toch ...'

'Ja natuurlijk,' zei Cathy vlug. 'Zodra ik terug ben.'

'Goed. Afgesproken. Dan zal ik je verder met rust laten.'

'Ik hou van je,' zei Cathy.

'Ik ook van jou.'

Ronald verbrak de verbinding en Cathy bleef met de telefoon in haar handen zitten. De gesprekken die ze met Ronald op dit moment had, waren kort voor haar doen. Ze had geen behoefte aan het beschrijven van alles wat er gebeurde en Ronald scheen het te begrijpen.

Maar er was meer ... op de een of andere manier had ze niet eens zoveel zin om met Ronald te praten. Het leek alsof Ronald niet meer was dan een schim uit een hele andere wereld, heel ver van haar vandaan. Het zat haar dwars dat ze het zo voelde, want ze hield van Ronald. Ronald zag er aardig uit, was leuk, voorkomend, attent en intelligent en lief. Wat was er dan om niet van te houden? Maar waarom was ze dan zo geschrokken van zijn voornemen om te trouwen?

'Vluchten,' mompelde ze in zichzelf. Het was natuurlijk weer haar neiging om te vluchten. Nog altijd was ze er vandoor gegaan als iemand werkelijk om haar begon te geven. Behalve bij Ronald. Bij hem was ze gebleven. Maar nu hij over een werkelijke binding begon, kreeg ze het Spaans benauwd. Bindingsangst. Noemden ze het niet zo?

Ze besloot dat ze er niet meer te veel over wilde nadenken.

Ze stond op en liep naar de gang. Ze overwoog of ze haar vader nog een keer zou bezoeken. De dingen zeggen die nog gezegd moesten worden, voordat het te laat was. Het feit dat Erna zo afwezig was geweest zat haar werkelijk niet lekker. Maar ze wist ook niet wat ze dan nog wilde zeggen. Ze wist alleen maar dat ze nog dingen wilde zeggen. Maar misschien zou ze dat gevoel ook wel gewoon houden.

Precies op dat moment kwam Erna de slaapkamer van haar vader uit. Ze leek even te schrikken toen ze Cathy zag staan.

'Cathy?'

'Ik vroeg me af of ik nog even naar Rinus ...'

'Rinus slaapt. Hij is heel erg moe, Cathy. Heel erg moe. Ik denk niet dat je vanavond nog met hem kunt praten.'

'Krijg ik nog de kans om met hem te praten?' vroeg Cathy toen.

Erna keek haar een paar tellen aan en knikte toen. 'Natuurlijk.' Ze schraapte even haar keel. 'Morgen.'

Cathy knikte en ging terug naar haar kamer. Ze pakte een boek en begon te lezen. Maar ze zou niet kunnen navertellen wat ze precies las.

HOOFDSTUK 10

Zoals steeds was ze ook de volgende morgen vroeg op. Niet vroeg genoeg om Erna nog te treffen, maar wel om de nog warme thee te kunnen drinken, die Erna had klaargezet. Er stonden ook verse broodjes in een mandje en zelfs een paar pas gekookte eieren.

Cathy wist dat Erna bij haar vader was. Ze had haar de kamer binnen horen gaan toen ze zich zelf nog aan het aankleden was en ze had de stemmen gehoord. Het had haar gerustgesteld dat ze ook de stem van haar vader had gehoord. Diep binnenin had ze verwacht dat hij er nu opeens niet meer zou zijn. Dat hij er tussenuit was gepiept zonder iemand een woord te zeggen. Helemaal alleen. Maar dat had hij blijkbaar toch niet gedaan. Misschien was Erna wat afwezig geweest om een hele andere reden.

Cathy ging zitten en pakte de krant die op de tafel lag. Ze kon de tijd nemen om te ontbijten. Janine zou voorlopig nog niet naar beneden komen. Janine kwam meestal pas erg laat naar beneden. Als ze tenminste niet voor dag en dauw was vertrokken. Zoals Erna al had aangegeven, scheen Janine het tijdstip waarop Rinus wakker was en verzorgd werd, zorgvuldig te vermijden.

Cathy trof Erna ruim een uur later op de gang, toen ze op weg was naar haar slaapkamer om haar tanden te poetsen.

'Hoe is het met hem?' vroeg Cathy.

'Slecht. Hij heeft veel pijn en hij is zo verschrikkelijk moe.'

'Denk je ... denk je dat ...' Cathy stamelde een beetje. Ze wist niet goed hoe ze de vraag moest stellen.

Erna wist echter goed waar Cathy naar toe wilde. 'Of het nu snel gedaan is?'

'Ja. Hij zei dat hij er een eind aan wilde maken als het teveel werd ...'

'Ja.'

'Heeft hij al iets gezegd?'

'Hij heeft erover gepraat ...'

'Ik bedoel ... heeft hij al een dag in gedachte? Een tijd?'

'Hij heeft gezegd dat hij jou vanmiddag nog een keer wilde spreken.'

'Oh ...'

'Je moet er niet meer al te veel van verwachten. Zoals ik al zei, is hij erg moe en heeft hij veel pijn. Ik weet niet hoeveel medicijnen hij vandaag nodig heeft ...'

'Ik zal het hem niet moeilijk maken ...'

'Dat bedoel ik eigenlijk niet. Als er dingen zijn die je wilt zeggen, moet je dat doen.'

'Bedoel je dat ik daar anders niet meer de kans voor krijg?'

Erna klemde heel even haar kaken op elkaar. 'Ik bedoel dat je dingen niet moet uitstellen.'

'Nee. Daar heb je gelijk in.'

'Ik weet niet of hij nog enigszins helder blijft met de hoeveelheid morfine ...'

'Ik begrijp het.'

Erna keek Cathy heel even aan met een wat onbestemde blik. 'Ik moet een ontbijt voor hem klaarmaken,' zei ze toen. 'Hij heeft opeens zin in een croissant met roomboter.'

'Houdt hij zoiets binnen?'

'Nee.' Ze glimlachte even wat aarzelend naar Cathy en liep toen haastig weg. Cathy keek een paar tellen naar de gesloten deur van haar vaders kamer en ging toen haar eigen kamer binnen.

Ze voelde zich onrustig en kil vanbinnen toen ze zich waste en haar tanden poetste. Ze was ook moe. Nog steeds. En nog steeds had ze geen idee waar ze zo moe van kon zijn, maar het was nu eenmaal zo.

Ze zag er zelfs moe uit.

Toen ze haar slaapkamer weer inliep en de gordijnen opentrok, zag ze dat de zon weer doorbrak. Het gouden licht weerkaatste op de bladeren van de struiken en bomen en de eerste bloemknoppen opende zich aarzelend.

Cathy trok gymschoenen aan en ging naar buiten. Ze had behoefte aan frisse lucht en zonlicht. Ze wist nog niet waar ze naartoe zou gaan. Misschien gewoon een stuk wandelen. Ze liep naar de Hoofdstraat en sloeg daar linksaf, richting het plein. Op de Vaart, rechts van haar, dobberde slechts één bootje rond. Het was een pleziervaartuig en de eigenaar stond achter het stuurwiel met een witte kapiteinspet op. Het plein was vrijwel leeg. Een oude man schuifelde richting een bankje met een zak broodkruimels in zijn hand. De deur van Sjefs kroeg stond open en Cathy hoorde een discussie van de mannen die al aan de bar zaten. Ze ging er nu niet naartoe. Ze liep langs de kroeg door naar de Brugstraat en ging daar weer linksaf. Ze keek naar het enorme appartementsgebouw dat na haar vertrek de grond uit was gestampt. In blauwe letters prijkte de naam 'Het Klooster' boven de entree. Vroeger had er ooit een echt klooster op die plek gestaan en dat moest dan ook de reden zijn dat ze het moderne gebouw zo hadden genoemd. Het leek verder in geen enkel opzicht op een klooster. Het was een hoog wit gebouw met nette balkons en enorme ramen. De ramen van de bovenste etage waren nog groter en halfrond. Het gebouw was eigenlijk te modern voor Olme, maar het was zeker geen lelijk gebouw. Via de Brugstraat kwam Cathy weer op de Hoogstraat, waar ze rechtsaf liep. Ze keek naar de kerk, die in geen enkel opzicht was veranderd, en naar het kerkhof, waar hier en daar, nauwelijks zichtbaar door de zon, een kaarsje brandde. Ook het kerkhof was in die dertien jaar niet veranderd. Hooguit voller geworden.

Cathy ging linksaf, de Stationsstraat in, stak het Tegelveld over en liep later weer linksaf, de Doornstraat in. Ze bewonderde de enorme villa's die de tijd zo eervol doorstonden. De meeste villa's kende ze nog wel. Sommigen waren enigszins opgeknapt, anderen waren niets veranderd. Er waren twee nieuwe villa's bijgekomen, waarschijnlijk tot ergernis van de oude garde van villabewoners, die daardoor een stukje van hun immense tuinen kwijtraakten. Een ervan was een lelijk, plat ding in een wat grauwwitte kleur. Het had grote ramen en aluminium kozijnen en deuren. Ongetwijfeld een modern stuk architectuur, maar wat Cathy betrof evengoed erg lelijk. De andere was mooier en had wat weg van een Oudhollands pand. Het had luiken, die het knus maakten en een tuin vol met bloeiende struiken, wilde bloemen en twee appelbomen.

Vanuit de Doornstraat kwam Cathy weer in de Rozenstraat. Bij de afslag naar de Klaverweg aarzelde ze even. Een paar meter verderop lag de afslag naar de Beekweg, waar haar ouderlijk huis lag. Maar ze wist niet wat ze daar nu moest gaan doen. Janine zou rond deze tijd waarschijnlijk met een chagrijnig gezicht achter een kop koffie in de keuken zitten en Erna had het altijd erg druk 's morgens. Ze zou natuurlijk kunnen gaan zwemmen, maar dat kon ze nog altijd. De Klaverweg lokte. Het was een landweg die eindeloos de verte in liep. Behalve als je linksaf het Oude Pad nam.

Ze kon natuurlijk die kant uitgaan. Het Oude Pad nemen en misschien zelfs Jasper bezoeken. Hij had haar uiteindelijk uitgenodigd. Maar ze wist niet zeker of het een goed idee was. Het idee Jasper te bezoeken bezorgde haar vlinders in haar buik. En er was nog iets. Het onbestemde gevoel dat het niet zo verstandig was om dat te doen. Maar gehoor geven aan haar verstand was iets wat haar nooit erg goed was afgegaan. Haar vader had dat vaak genoeg beweerd en daar waarschijnlijk gelijk in gehad.

Daarom liep ze de Klaverweg op en daarna linksaf, het Oude Pad op.

In het huis van de ouders van Jasper was het nog stil. Het verbaasde Cathy niets. Jaspers ouders waren nooit vroege vogels geweest. Daarentegen hadden ze de gewoonte tot laat in de nacht door te werken. In het begin had Cathy wel eens het idee gehad dat ze nooit sliepen, maar ze had al snel geleerd dat ze zich daarin vergiste. Ze sliepen vooral in de ochtend en gezien de vredige rust die het huis uitstraalde, was daar nog niets aan veranderd.

Bij de boerderij waar Jasper nu woonde, bleef ze staan. Het vlinderachtige gevoel in haar buik was heftiger geworden en ergens, diep binnenin, riep een slimme stem dat ze door moest lopen. Eigenlijk wilde ze ook doorlopen, maar haar voeten deden niet mee. Die wandelden richting de voordeur.

'Ik kan toch gewoon even hallo gaan zeggen. Een kop koffie nemen en even een beetje kletsen over vroeger. Niet over die laatste avond natuurlijk, maar over de hutten die ze hadden gebouwd en dat soort dingen. Veilige dingen.' Uiteindelijk waren ze toch maatjes geweest vroeger. Het moest toch mogelijk zijn om een normaal gesprek te voeren zonder ...

Cathy haalde diep adem en belde aan. Heel even wenste ze dat hij niet thuis was. Haar hele lichaam leek op springen te staan. Het was gewoon idioot. Belachelijk.

Op het moment dat ze begon te denken dat hij er werkelijk niet was en een klein moment van opluchting meteen werd vervangen door teleurstelling ging de deur open en stond Jasper tegenover haar.

Hij droeg een oude, kapotte jeans die zeker niet zo was gekocht in een trendy winkel maar simpelweg was versleten en een sweatshirt in een redelijk te grote maat. Zijn haar zat door de war, alsof hij net uit bed kwam.

'Cathy?' reageerde hij verbaasd.

'Heb ik je wakker gemaakt? Ik heb er niet bij nagedacht maar ...'

'Welnee. Ik zie er altijd zo uit. Ik was aan het werk.'

'Oh. Gelukkig. Ik dacht dat je misschien nog lag te slapen. Je ouders werkten altijd tot laat en gezien jij nu schrijft ...'

'Ja, maar niet 's nachts.' Hij grijnsde en deed de deur verder open. 'Kom binnen.'

Cathy liep de smalle gang in. Ze geloofde niet dat hij er iets in had veranderd. De muren waren bekleed met een ouderwets bloemetjesbehang en de vloer was bedekt met oude tegels, waar hier en daar een stukje ontbrak. Oud, maar niet lelijk. Het had wel iets, vond Cathy.

'Het is een oude zooi ...' zei Jasper enigszins verontschuldigend.

'Ik hou van oude zooi.'

'Dan zit je hier goed. Loop maar door naar de kamer. Eerste deur links.'

Cathy opende de afgetakelde houten deur aan haar linkerkant en kwam in de kamer. Het vertrek had een laag, wit plafond, stenen muren met balken erin en een oude houten vloer, vol met krassen en beschadigingen. De meubels die erin stonden konden goed van de vorige eigenaar afkomstig zijn.

Een bank met een vaal streepjesdessin, een leren fauteuil vol met kreukels en kleine scheurtjes en een kist als salontafel. De lamp leek een beetje op een omgekeerde fruitmand. Aan de muur hingen twee schilderijen. Eentje van een boom in de mist, met een roodachtige achtergrond en lange kale takken die als skeletarmen werden uitgespreid en het andere doek vertoonde de contouren van een bos en een V-vormige formatie ganzen, die als wat dreigende schaduwen over de bosrand vlogen.

Het waren aparte schilderijen en vrijwel zeker gemaakt door Jaspers vader.

'Mooi werk,' merkte Cathy op.

'Hmja ...hij wilde ze eigenlijk niet afgeven.'

'Maar je hebt hem toch zover gekregen?'

'Mijn moeder heeft hem zover gekregen. Hij wil de meeste schilderijen niet afgeven, maar de muren hangen vol.'

'Dan heeft je moeder nog gelijk als ze hem ertoe aanzet om schilderijen weg te doen.'

'Misschien. Maar de tuin staat bomvol met beelden van haarzelf.'

'Dat herinner ik mij nog,' zei Cathy. Ze had er nooit meer bij stilgestaan, maar nu Jasper het noemde, zag ze de tuin weer voor zich. Een met struiken, planten en onkruid overwoekerende tuin, volgeplant met alle mogelijke beelden; statige heren en dames, dieren, moderne sculpturen en zelfs een engel. Ze was met Jasper een paar keer in de tuin geweest en had zich steeds opnieuw verbaasd over de beelden die ze onder het groen aantrof. Het was heel even een soort spel geweest om steeds de nieuwe beelden te ontdekken, maar ze hadden het niet zo heel lang gedaan. Meestal hadden ze in de velden en bossen bij de Klaverweg rondgehangen, waar ze hun eigen hut hadden gebouwd, waar alleen Mindy altijd welkom was geweest.

'Ik denk dat het nu helemaal een kunst zal zijn om de beelden te vinden,' merkte Jasper op. 'Ze hebben nooit meer iets in die tuin gedaan. Het wordt nog spannend voor een nieuwe bewoner als ze er ooit niet meer zijn.'

'Ga jij er dan niet wonen?'

'In die oude vochtige tent?'

Cathy keek wat vragend om zich heen.

'Oké,' gaf Jasper toe. Dit is ook een oude vochtige tent, maar het is klein genoeg om een renovering haalbaar te maken.

Financieel en tijdsmatig. Ik ben er alleen nog niet toe gekomen om dat te doen.'

'Woon je hier nog niet lang?'

'Zes jaar. Ik neem het mij ook al zes jaar voor. Nou ja ... vier jaar. De eerste twee jaar had ik geen rode cent en Sheila wilde niet renoveren.'

'Sheila?'

'Ik heb een poosje met haar samengewoond. Een beetje maf, maar wel leuk.'

'Waarom is het dan op niets uitgelopen?'

'Ze had geen rust in d'r kont. Ze wilde de wereld ontdekken. Werken in boomgaarden en op schepen. Dat soort gedoe. Foto's maken van plekken waar nooit iemand kwam. Ze was fotografe. Onder andere. Nou ja, dat is ze waarschijnlijk nog steeds. Maar ik zag dat allemaal niet zo zitten en toen is ze vertrokken.'

'Rot voor je.'

'Valt wel mee. Ze was aardig en je kon met haar lachen, maar ze was ook erg vermoeiend.'

Cathy glimlachte even.

'En jij? Oh nee ... wacht ... ik zal eerst eens voor koffie zorgen en dan gaan we zitten en dan mag je alles over jezelf vertellen.'

'Zoveel valt er niet te vertellen.'

'Ik wil het toch horen. Gezien je mij nooit hebt geschreven ...'

Hij gaf haar niet de kans om te reageren, maar liep door een even afgeleefde deur als die van de woonkamer naar de keuken. Cathy kon net de zwartwit tegeltjes op de grond zien en het simpele witte keukenblok. Ze zag ook een klein stukje van zijn rug. Hij rommelde ergens mee, maar ze kon niet precies zien wat hij deed. Haar blik gleed nog een keer door de woonkamer. Ze zag nu pas het redelijk moderne televisietoestel op een lage tafel, die zijn beste tijd lang geleden had gehad, en de oude secretaire, waarbij hier en daar wat papieren tussen de gesloten klep doorpiepten.

Ze ging op de bank zitten. Hij was verrassend comfortabel. Ze luisterde naar de keukengeluiden en voelde dat de spanning voor een groot deel uit haar lichaam was verdwenen. En waarom ook niet? Waarom zou ze nerveus moeten zijn bij Jasper. Uiteindelijk kende ze Jasper al zo lang. En nu ze wist dat hij niet boos was …

'Nu vertel maar,' zei Jasper. Hij was weer terug in de kamer, zette de mokken met koffie op de tafel en ging zelf in de fauteuil zitten.

'Er is niet veel te vertellen. Ik heb wat rondgetrokken, zoals ik al heb verteld, en mij uiteindelijk gesetteld in Amsterdam.

'Definitief gesetteld?'

'Ik heb een leuk appartement en een baan …'

'Je zou er de rest van je leven kunnen wonen?' Hij vroeg het met zoveel ongeloof, dat Cathy onwillekeurig glimlachte. 'Ik denk het.'

'Ik geloof er niets van,' besloot Jasper. Hij keek haar uitdagend aan.

'Waarom niet?'

'Je bent een dorpsmeisje. Je deed niets liever dan door de velden struinen en in de bossen rondhangen. Je moest niets van drukte hebben.'

'Dingen kunnen veranderen als je ouder wordt,' meende Cathy. Ze pakte haar mok op, wilde eraan drinken, maar stokte in haar beweging toen ze de mok goed bekeek. Het was een oude mok. Veertien jaar om precies te zijn. Een gele mok met het gezicht van een maf kijkende koe erop.

'Die heb ik gekocht,' riep ze uit. 'Vlak voordat mam …' Ze maakte de zin niet af.

'Voor in de hut,' vulde Jasper aan. 'De hut is er nog.'

'Hoe kan dat nu? Het is meer dan veertien jaar geleden dat we hem bouwden …'

'We hebben hem degelijk gebouwd.'

'En niemand heeft hem gesloopt?'

'Ik betwijfel of iemand hem ooit heeft gevonden.'

'We hadden hem wel goed verstopt hè?'

'Beter dan de eerste. Die hebben we zeker zes keer opnieuw moeten bouwen voordat we besloten die laatste te maken. De vorige werd iedere keer gesloopt, weet je nog?'

'Ja … dat weet ik nog.'

'We zijn er veel geweest. Jij en ik. Soms ook Mindy.'

'Mindy en haar sekt. Het laatste jaar sleepte ze die altijd mee.'

'Ja. Die rommel smaakte van geen kant.'

'Maar we dronken hem wel altijd.'

'Natuurlijk. Omdat het niet mocht.'

'Net als roken.'

' Ik moet iets toegeven …' zei Jasper.

'Wat dan?'

'Ik rookte niet echt. Althans niet over de longen. Ik vond het smerig. Ik hield de rook heel even in mijn mond en blies hem toen weer snel uit.'

'Ik inhaleerde ook niet echt,' gaf Cathy toe. 'Ik werd er misselijk van.'

'Mindy niet.'

'Nee. Mindy rookt nog steeds als een schoorsteen.'

'Is je dat ook opgevallen?'

'Dat kan moeilijk anders. Ik vind het wel jammer.'

'Ja. Dat wel. Ik mag haar wel. Ik heb haar altijd graag gemogen.'

'Natuurlijk. We waren een drie-eenheid. Jij, Mindy en ik.'

Jasper glimlachte even. Net als Cathy wist hij dat het niet helemaal waar was. Hij had Mindy altijd graag gemogen, maar hij en Cathy hadden die speciale band gehad. Hij en Cathy waren altijd bij elkaar geweest en hij was degene waar Cathy altijd naartoe was gerend als er weer iets aan de hand was. Ze had natuurlijk ook wel met Mindy gepraat, maar niet in dezelfde mate. En niet over dezelfde dingen. Het had Mindy nooit zoveel uitgemaakt. Mindy had in die tijd veel met haar gezondheid gesukkeld ...een hele serie allergieën en gebrek aan eetlust, wat haar erg bevattelijk maakte. Ze had er nooit zo van gehouden als er teveel beslag op haar werd gelegd. Ze had de vriendschap met Cathy en later met Jasper gewoon genomen zoals het was.

Cathy dronk wat koffie. 'Weet je nog dat we vroeger altijd op het veldje gingen liggen om naar de wolken te kijken. En soms ook naar de sterren?'

'Hoe kan ik dat vergeten? Ik ben er regelmatig half bevroren. Volgens mij heb ik daar mijn stijve rug aan overgehouden.'

'Heb je een stijve rug?'

'Sommige dagen wel. Hoe is het nu met Rinus?'

'Beroerd. Hij heeft veel pijn en is verschrikkelijk moe. Ik denk ...' Cathy twijfelde even. 'Ik heb het gevoel dat het niet meer lang duurt. Dat het dadelijk opeens over is. Ik weet niet ... Erna is zo afwezig.'

'Wil hij euthanasie plegen als hij teveel pijn krijgt?'

'Ja. Rinus heeft altijd al alle beslissingen zelf willen nemen.'

'Ja. Het past wel bij hem. En ik kan het mij ook wel voorstellen.'

'Ja. Ik ook. Hij ziet er ellendig uit.'

'Kun je een beetje met hem praten? Over vroeger? Is dat niet wat mensen aan een sterfbed doen? Uitpraten wat er is geweest.'

'Je kent mijn vader.'

'Hij had gelijk.'

'Natuurlijk.'

'Voor hem zal dat ook wel zo zijn geweest.'

'Dan was het tenminste voor iemand zo.'

'Maar ik denk wel dat je zelf nog de dingen moet zeggen die je kwijt wilt. Vragen moet stellen. Zelfs als je geen fatsoenlijk antwoord krijgt ...'

'Ja. Dat is ook iets wat mensen doen aan een sterfbed. En je bent bepaald niet de eerste die het zegt. Ik hoor niets anders..'

'Dan zal het wel waar zijn.'

Cathy haalde haar schouders op.

'Maar we hoeven niet over je vader te praten. Weet je wat ... we kunnen dadelijk naar de hut gaan.'

'Naar de hut?'

'Ik heb toch al gezegd dat hij er nog staat. Ik wandel er vaker heen. Ik ben nu eenmaal een beetje sentimenteel. Zal wel erger worden nu ik ouder word.'

Cathy glimlachte. 'Ik denk het.'

'En?'

'Wat?'

'De hut?' Hij keek haar verwachtingsvol aan. Heel even leek hij weer de jonge Jasper. Vol leven, vol fantasie. Vol vriendschap. Bij het uitblijven van een direct antwoord, betrok zijn gezicht een beetje. 'Als je liever niet wilt ... Je hebt natuurlijk al genoeg problemen aan je hoofd. En we zijn geen kinderen meer ...'

'Natuurlijk wil ik gaan kijken,' viel Cathy hem in de rede. Ze probeerde enthousiast te klinken, maar iets in haar verzette zich ertegen. Ze wist niet wat het was. Misschien hetzelfde wat haar altijd al had aangezet om te vluchten.

'Goed ... zodra we de koffie op hebben. Weet je nog dat Bouwers ons altijd zocht ...'

Het gesprek ging verder over gezamenlijke leraren en vijanden. Vrienden hadden ze allebei niet erg veel gehad. Vanwege hun rode haren en hun thuissituatie.. Ze waren buitenbeentjes geweest, net als de toen zo dunne Mindy. En dat had hun band zo sterk gemaakt.

Tegen de tijd dat Jasper en Cathy over het Oude Pad richting de Klaverweg liepen, was van Cathy's korte inwendige verzet niets meer te merken. Ze liepen in de zon, kletsten over vroeger en gaven hun commentaar op de huizen. Jasper en zij waren weer jong en ze waren weer vriendjes.

Cathy kreeg zelfs bijna de neiging om te huppelen toen ze linksaf de Klaverweg opliepen en bij de velden en bossen kwamen, waar ze vroeger zo vaak waren geweest. Het voelde duizend keer meer als thuiskomen dan haar aankomst in het ouderlijk huis. Opeens begreep ze niet meer waarom ze dit zo lang had willen ontwijken. Ze wilde nu alleen maar het veld in rennen, door de bossen struinen en natuurlijk de hut verwelkomen.

'Kom.' Jasper liep voorop door het veld, richting de bosrand. Hij liep niet naar het pad dat in het bos verdween, maar naar een donkere, dicht beboste hoek, wat Cathy herkende. De struiken waren hoger geworden en het was groener dan ze zich herinnerde, maar het was onmiskenbaar de plek waar ze zo vaak door de struiken waren gekropen.

Jasper verdween voor haar als eerste in de struiken. Cathy kon er nauwelijks lopen. De grond was hobbelig door de kuilen en boomwortels en de struiken en dennen stonden zo dicht op elkaar dat ze aan haar kleding trokken. Maar het maakte niet uit. Een opgewonden gevoel maakte zich van haar meester, alsof ze op weg was om een verborgen schat te ontdekken. De weg tussen de struiken door leek eindeloos lang, maar opeens kwamen ze op een open plek met oude, dikke loofbomen op een met mos bedekte bodem. En rechts, een beetje verscholen, stond de hut.

'Hij is er echt nog,' riep Cathy verheugd uit. Ze rende Jasper voorbij, en bleef hollen tot aan de hut. Ze liet haar handen over het ruwe hout glijden en keek door het scheve raampje naar binnen. De drie stoelen die ze destijds van een boer hadden gekregen stonden er nog steeds. Ze waren enigszins aangevreten door de tand des tijds en enkele knaagdieren, maar ze stonden nog. Datzelfde gold ook voor het kistje dat ze als tafeltje hadden gebruikt.

De deur stond half open. De scharnieren die ze destijds zelf hadden aangebracht hadden nooit goed gefunctioneerd, maar waren nu helemaal roestig. Cathy liep erheen en wurmde zich door de stugge deur. Of wat daarvan over was.

Ze kon nauwelijks staan in de hut. Was hij altijd zo klein geweest? Ze herinnerde de hut als een enorme ruimte, maar veel groter dan vier vierkante meter was het niet. Op de grond waren nog de resten zichtbaar van het tapijt wat ze er destijds in hadden gelegd. Het leek nu op te gaan in de donkere grond. Het dak boven haar zag er niet erg stabiel uit, maar het had al zolang stand gehouden, dat het niet uitgerekend nu in elkaar zou storten.

Cathy ging op een van de stoelen zitten. Voorzichtig, want de stoelen waren oud en zij was een stuk zwaarder dan vroeger. Jasper kwam nu ook de hut binnen en ging op de andere stoel zitten.

'Ik hoop dat ze ons nog houden,' zei hij grinnikend.

'Ben je hier nog vaak geweest?'

'Vaker dan ik wil toegeven. Daarom wist ik dat hij er nog was.'

'Te gek. Weet je nog dat we hele ladingen frisdrank mee hierheen sleepten en koekjes en cakejes en weet ik veel wat nog meer ...'

'De droge cake van mevrouw Manders ...'

'Oh jee ja.. Die stofte gewoon als je erin beet. Maar de mussen en muizen waren er blij mee. Bakt ze nog steeds van die cakes?'

'Ze leeft niet meer. Vijf jaar geleden kreeg ze een hartstilstand. Onder het bakken.'

'Oh jee.'

'Ze was al ver in de zeventig.'

'Ze was aardig. Ze kon niet bakken, maar ze was heel aardig.'

'Dat was ze, ja. Ik ben naar haar begrafenis geweest. De kerk zat bomvol. Tijdens de koffietafel werden er nog wat grapjes gemaakt over haar bakkunst. Maar iedereen vond het erg dat ze dood was.'

'Ze hoorde bij Olme.'

'Ja.'

Het was een paar tellen stil. Cathy snoof de vertrouwde geur van zand, hout en bos op. 'Ik geloof dat ik dit toch gemist heb,' zei ze toen.

'Ik hoop dat je dit gemist hebt,' zei Jasper.

Cathy glimlachte.

'En mij?' vroeg Jasper. Hij kleurde een beetje. 'Ik weet wel dat je mij niet hebt geschreven en misschien is het een stomme vraag. Je had het druk en na alles wat er is gebeurd ...'

'Ik heb jou ook gemist,' onderbrak Cathy hem. 'Je was mijn maatje.'

'Je maatje?'

'Mijn allerbeste vriend.'

'Ik moet eerlijk zijn. Die laatste avond ...'

Cathy legde haar vinger op zijn mond. 'Niet zeggen,' smeekte ze.

Jasper zweeg en staarde een paar tellen voor zich uit.

'Hoe is dat uiteindelijk afgelopen met Rilana?'

'Ze zijn weer uit elkaar gegaan. Rinus zegt dat het niets voorstelde.'

'Heeft hij spijt van het hele gebeuren?'

'Nee. Ik geloof niet dat Rinus weet wat 'spijt hebben' is. Het zal niet in zijn woordenboek staan.'

'Maar de manier waarop hij jou behandelde ...'

'Hij heeft zelden mensen goed behandeld ...'

'Maar hij gaf jou toen de schuld.'

'Ja. Dat deed hij.'

'Nog steeds?'

'Ja.' Opeens begon Cathy te huilen. Het gebeurde totaal onverwacht en ze vond dat er niet eens een geldige aanleiding toe was. Het hele gesprek met Rinus had ze al naar de achtergrond geschoven voor haar gevoel en de man kon haar niet meer raken. Zelfs niet als hij dat zou willen. Dat dacht ze tenminste. Waarom voelde ze zich dan opeens zo intens zielig. Beelden uit het verleden schoten voorbij. Haar vader met zijn beschuldigingen, zijn koude manier van doen en zijn hatelijke opmerking. Haar moeder, die alleen met zichzelf bezig was en aandacht opeiste. Zichzelf. Helemaal alleen in haar kamer. Koud en eenzaam. Haar moeder, een levenloos wit lichaam, bungelend aan de trekkabel die aan het plafond van de garage was bevestigd, de omgevallen stoel en de zon die op de bleke huid weerkaatste. Opnieuw de beschuldigingen. Zijn kilte. Zijn afwezigheid. Haar verdriet. Haar vlucht naar de hut. Naar Jasper. En uiteindelijk de ultieme vlucht. En nog meer eenzaamheid.

Jasper bewoog wat onrustig in zijn stoel. Toen schoof hij dicht bij haar, pakte haar vast en drukte haar tegen zich aan. Hij rook nog hetzelfde als vroeger. Ze begroef haar gezicht in zijn shirt en huilde door. Hij hield haar alleen vast en liet haar huilen. Precies zoals hij vroeger had gedaan.

Ze wist niet hoe lang ze was blijven huilen, maar op een bepaald moment was het voorbij. Nog steeds voelde ze zich koud en rillerig, maar de tranenvloed stopte. Ze kwam weer een beetje overeind en keek Jasper aan. Hun gezichten waren dicht bij elkaar. Geen van beiden zei iets.

Totdat ze zich naar elkaar toe bogen en hun lippen elkaar raakten.

Ze kuste hem en hij beantwoordde haar kus hongerig. Zijn handen gleden door haar haren en over haar rug. De wereld vervaagde om hen heen. Alleen zij twee. Verder was er niets en niemand meer. En ze waren weer jong.

In elk geval voor een paar minuten. Toen ze los van elkaar

kwamen, keek Cathy in het gezicht van een bijna dertiger. Van iemand uit haar verleden. Van iemand die ze veel pijn had gedaan. En ze dacht aan Ronald. De man die van haar hield. Ze kon dit niet doen. Ze kon Jasper niet opnieuw pijn doen. Ze kon Ronald geen pijn doen. Haar verleden lag achter haar. Ze kon er niet in terugkeren. Nooit meer. Dat was net zo goed een vlucht. Een vlucht in een fantasiewereld. Jasper en zij waren geen kinderen meer. Jasper was Jasper. Een vriend van vroeger. Ronald was haar toekomst.

Ze schudde haar hoofd. 'Ik kan dit niet,' mompelde ze. Ze stond op. 'Sorry.'

Jasper legde zijn vinger op haar mond. 'Zeg alsjeblieft niet dat het je spijt. Dat zou ik pas echt erg vinden.'

'Maar ...'

'Ik begrijp je wel. Maar zeg niet dat het je spijt.'

Cathy gaf geen antwoord.

'Kom,' zei Jasper. 'Misschien kunnen we beter gaan.'

Cathy knikte. Ze liepen zwijgend terug over het veld en volgden de Klaverstraat tot aan het Oude Pad. Cathy ging niet mee het Oude Pad op. Ze nam onhandig afscheid van Jasper. 'Ik moet weer terug ...'

'Ja. Ik weet het.'

Cathy wilde weglopen, maar Jasper riep haar terug.

'Verdwijn alsjeblieft niet opnieuw opeens.'

'Nee.' Cathy zwaaide even naar hem en slaagde er zelfs in een glimlach te produceren. Maar ze wist niet of ze haar belofte waar kon maken.

In feite zou ze niets liever doen dan haar spullen pakken en gaan. Want ze was bang.

HOOFDSTUK 11

Cathy kwam de kamer van Rinus binnen. Voor het eerst was het gordijn open toen ze binnenkwam. Ze had kunnen denken dat Rinus' huid geel gekleurd was door het zonlicht als ze niet beter had geweten. Maar dat deed ze wel. Ze wist dat de lever er de brui aan gaf. De kringen onder de diepliggende ogen waren intenser van kleur geworden en de geur die de oude man verspreidde pijnlijk doordringend. Zijn perkamentachtige huid sloot strak om de zichtbare schedelbeenderen en de magere schouders staken nog net boven de dekens uit. Het lichaam was nauwelijks meer zichtbaar onder de dekens, op de buik na.

Zo zag de dood er dus uit.

Maar Rinus was nog niet dood. Hij haalde snel en oppervlakkig adem en keek Cathy aan toen ze bij het bed ging zitten.

'Niet zo mooi meer hè,' zei Rinus. Zijn stem was zacht. Niet meer dan een fluistering.

'Wat?' vroeg Cathy.

'Ik.'

Cathy gaf geen antwoord. Het was een paar tellen stil.

Rinus maakte een wat vreemd, rochelend geluid.

'Is er iets ... wat ik kan doen?'

'Waar was je?'

'Buiten.'

'Buiten?'

'Ja.'

'Met wie?'

Cathy aarzelde even. 'Jasper.'

'Jasper? Die rooie?'

'Ja.'

'Ik wist wel dat je daar weer naartoe zou gaan. Oude herinneringen opgehaald?' Hij wilde grinniken, maar het klonk meer als hoesten. Hij had moeite met zijn ademhaling.

'Ja.'

'Je had daar vroeger iets mee ...'

'We waren vrienden. Hele goede vrienden.'

'Er was meer.'

'Nee.'

'Er is nog steeds meer. Anders werd je niet zo rood. Ik zie het aan je.' Hij wilde opnieuw grinniken, maar eindigde weer in hoesten en snakken naar adem.

'We zijn gewoon vrienden. Verder niets.'

'Weet je verloofde van Jasper?'

'Er valt niets te weten.'

Haar vader gaf geen antwoord. Zijn oogleden zakten dicht. Heel even leek hij in slaap te vallen.

'Rinus?' zei Cathy voorzichtig.

'Wat is het voor een dag vandaag?' vroeg hij opeens.

'Dinsdag.'

'Dinsdag. Oh goed. Dinsdag.' Hij sloot weer zijn ogen. Zijn ademhaling versnelde.

Cathy wist niet goed wat ze moest doen. Ze schoof wat onhandig over haar stoel.

'Ik hield niet van haar,' zei Rinus opeens.

Cathy keek hem verbaasd aan.

'Van wie?'

Rinus deed zijn ogen weer open. 'Rilana. Ik had iemand nodig. Je moeder leefde haar eigen leven. Rilana was bij de hand. Rilana was niet de enige.'

'Je hield het toch twee jaar met haar uit en haalde haar in huis.'

'Gemakzucht. Ze is niet langer dan twee maanden gebleven. Je had dus niet hoeven gaan.'

'Ik ging niet alleen vanwege Rilana. Rilana was alleen de zogenaamde druppel die mijn emmer deed overlopen. Rilana kwam na alle beschuldigingen, vernederingen en verwaarlozingen van jouw kant.'

'Beschuldigingen?'

'Over het feit dat ik het tegen mijn moeder had gezegd ...'

'Dat was ook zo.'

'Je gaf mij de schuld ...'

'Rilana was het helemaal niet waard.'

'Ze was het blijkbaar wel waard om in de keuken te rotzooien zodat ik het zag. Ze was het blijkbaar waard om mij op te zadelen met een geheim, wat ik niet wilde. Maar waarom zeg ik dit? Het haalt niets uit.'

'Nee.'

Weer was het een paar tellen stil.

'Waarom heb je mij altijd zo behandeld, Rinus? Waarom viel je altijd tegen mij uit als ik weer eens iets fout deed in je ogen, wat nogal eens het geval was. Waarom negeerde je mij zo vaak? Waarom was je zo koud tegen mij? Zo afstandelijk? Waarom was je niet gewoon een vader voor mij? Had je zo'n hekel aan mij? Omdat ik het had gezegd?'

'Omdat je het had gezegd? Ik was kwaad op je omdat je het had gezegd, maar ik was niet anders ...'

Cathy wist dat het waar was. Rinus was nooit anders geweest tegen haar. Noch tegen haar moeder. Typisch dat ze zich dat nu pas realiseerde. Ze was ervan uitgegaan dat hij zo had gedaan omdat ze het tegen haar moeder had gezegd en zij daarna zelfmoord pleegde. Maar hij was nooit anders geweest. En eigenlijk had ze dat ook wel geweten. Maar niet bij stil willen staan. Het was makkelijker om een reden te hebben.

'Ik heb altijd de dingen gezegd die in mij opkwamen,' zei Rinus. 'Dat doe ik nog steeds.'

'Maar waarom zei je nooit goede dingen? Dingen die ik goed deed.'

'Waarom? Die gingen toch goed?'

Zijn stem stierf weg. Opnieuw sloot hij zijn ogen. 'Ik ben zo verdraaid moe,' mompelde hij.

'Ik kan later terugkomen ...'

Ze kreeg geen antwoord en stond voorzichtig op.

'Waarom is Rens er niet?' zei haar vader opeens. 'Hij moet die staten nog inleveren?'

Cathy keek hem verbaasd aan. Zijn ogen waren nog gesloten. Zijn ademhaling nam toe in frequentie.

'Wat zeg je, Rinus?'

'Zondag is dat feest. Maar ik ga er niet heen.'

'Rinus?'

'Waarom doet ze dat.' Zijn stem was nauwelijks meer een fluistering. Hij leek iets te ontspannen en zakte weg. Zijn ademhaling werd weer rustiger. Hij sliep.

Cathy liep zacht de kamer uit.

In de gang stond Erna, alsof ze op Cathy wachtte.

'Het gaat niet goed met hem,' zei Cathy.

Erna knikte. 'Ik weet het.'

'Op het laatst zei hij zulke rare dingen ...'

'Hij heeft een extra dosis morfine gehad vlak voordat je kwam. Eerder wilde hij het niet. Hij wilde helder blijven. Maar de morfine is waarschijnlijk sneller gaan werken dan zijn bedoeling was. De lever breekt niets meer af.'

'Nee.' Cathy aarzelde even. 'Heeft hij iets gezegd? Je weet wel ... over die euthanasie?'

'Hij doet het als de tijd er rijp voor is,' zei Erna. 'Maar ik moet naar hem toe.'

'Hij slaapt.'

'Dat weet ik. Maar hij heeft medicijnen nodig.'
'Waarom?'
Erna gaf geen antwoord. Ze verdween in de slaapkamer.
Cathy ging naar haar eigen kamer en deed haar badpak aan.
Ze zou gaan zwemmen. Zwemmen gaf haar het gevoel dat ze
alles van zich af kon spoelen. Haar angst, frustratie en ver-
warring van zich af kon bewegen. Het was waarschijnlijk maar
een illusie, maar als het voor even hielp, was het dat al waard.

Janine en Cathy stonden in de keuken. Het was tijd voor het
avondeten en op het aanrecht stonden twee diepvriesmagne-
tronmaaltijden voor hen klaar. Erna was bij Rinus. Ze zou
samen met hem eten.
Janine duwde met een vies gezicht tegen de magnetronmaal-
tijd. 'Ze verwacht toch niet dat ik die rommel ga eten,' zei ze
met een misnoegd gezicht. Ze stak een sigaret op en begon
door de keuken te ijsberen.
'Je zou het kunnen opwarmen,' zei Cathy. Ze zette haar eigen
maaltijd in de magnetron en draaide aan de schakelaar.
'Erg grappig.' Ze keek Cathy nijdig aan. 'Ze had best iets kun-
nen maken. Daarvoor is ze toch in huis?'
'Ze is niet in huis om voor ons te zorgen maar om voor Rinus
te zorgen. En daar is ze nu bij.'
'Ja. Ze ging met hem eten, zei ze. Hij walgt van eten. Hij
spuugt het meteen uit.'
'Hij had zin in een biefstuk.'
'Wat heeft het voor zin. Het komt toch meteen eruit.'
'Nou en? Denk je dat het nu nog iets uitmaakt?'
'Het heeft geen zin.'
Cathy zuchtte diep.
'Ze is hier trouwens ook voor het huishouden.'
'Ze doet het hoognodige omdat Rinus niet meer mensen in
huis wilde. Het is haar werk niet.'

'Nee. Haar werk is bij Rinus zitten.'

'Jaloers?'

'Wat is dat weer voor een belachelijke opmerking.'

'Volgens mij ben je jaloers op Erna en zit je dat dwars.'

'Waarom zou ik jaloers op haar zijn? Ze ziet er niet uit en ze kleedt zich ellendig.'

'Maar ze is wel degene die Rinus nu bij zich wil hebben.'

'Florence Nightengale.'

'Misschien.'

'Ik kan hier niet meer tegen. Die ziekte, het wachten ... dat hele gedoe. Verdorie.'

Ze duwde nog een keer woedend tegen de diepvriesmaaltijd alsof het zijn schuld was en stampte de deur uit. Kort daarna sloeg de voordeur met een klap dicht.

Het belletje van de magnetron ging en Cathy haalde haar maaltijd eruit.

Toen ze ging zitten en begon te eten, dwaalden haar gedachten alweer af. Jasper, haar vader; schreeuwend, ziek. Ronald.

Ze zou achteraf niet kunnen zeggen hoe de maaltijd had gesmaakt. Ze at het op zonder zich ervan bewust te zijn.

Na het eten wilde ze in een eerste impuls naar haar kamer gaan, maar ze veranderde van gedachte. In plaats van de trap op te lopen, ging ze de bibliotheek in. De bibliotheek had iets rustgevends, vond ze. De grote stellages tegen de wanden met de eindeloze hoeveelheid boeken. De open haard met de twee fauteuils en het kleine notenhouten tafeltje. De Perzische tapijten op de vloer. De haard brandde niet, maar leek toch een soort warmte te verspreiden. Ze voelde de behoefte om bij die haard te gaan zitten, zoals ze dat vroeger vaak had gedaan. Cathy liep langs de boeken en liet haar vinger over de kaften glijden. Ze koos uiteindelijk een boek over de streek en ging ermee in een fauteuil zitten. Ze sloeg het boek open en keek naar de platen erin, zonder dat ze tot haar doordrongen.

Ze merkte nauwelijks dat Erna op een bepaald moment de bibliotheek binnenkwam. Het drong pas tot haar door toen Erna naast haar stond.

'Erna?'

Erna ging zitten in de andere fauteuil.

'Het is voorbij,' zei ze. Ze keek Cathy aan.

'Hoe bedoel je? Wat bedoel je?' Zinloze vragen want ze wist wat Erna bedoelde. Ze kon het alleen niet bevatten.

'Hij is dood.' Erna legde haar hand op Cathy's arm.

Cathy kreeg het opeens heel koud en werd misselijk. Wat gebeurde er? Dit zou ze niet moeten voelen. Ze wist wat haar hier te wachten stond. Het had haar niet uitgemaakt. Waarom voelde het dan zo?

Hulpeloos keek ze naar Erna.

'Maar hoe … Hij zou toch euthanasie plegen? Zelf de beslissing nemen. Kreeg hij de kans niet?'

'Oh jawel. Hij heeft gisteren al de beslissing genomen. Dat was de reden waarom ik misschien wat afwezig was. Ik weet dat het mijn werk is en mensen denken dat je eraan gewend raakt … in zekere zin is dat ook zo, maar het is nooit zo dat het je niets doet.'

'Maar hoe … ik bedoel … wanneer? Waarom heeft hij niets gezegd?'

'Hij heeft het vanavond gedaan. Meteen na het eten. Ik wil het doen voordat die bief er weer uitkomt, zei hij.' Erna glimlachte even. 'De dokter was er al om vier uur … De notaris is ook nog even geweest, maar die moest alleen nog iets opnemen. Hij was binnen een kwartier weer weg.'

'Maar ik wist nergens van.'

'Nee. Jij niet, Janine niet. Niemand. Het was zijn uitdrukkelijke wens. Hij wilde niet onder toezicht sterven, zei hij. Je weet hoe hij was.'

'Dus alleen jij en de dokter …'

'We hebben nog rustig gepraat en wat gegeten. Rinus was op. Hij wilde niet meer. Hij was blij dat hij eindelijk kon vertrekken.'

'Maar moeten we Janine dan niet bellen? Ze heeft vast een mobiel bij zich. Of misschien weet iemand waar ze is.' Cathy wist dat ze te vlug en nerveus praatte. Ze had al die tijd geweten dat dit moment zou komen, maar nu het zover was, had ze het gevoel dat alles in haar lichaam op hol sprong en haar hersens door elkaar werden geklutst.

Erna kneep even in haar arm.

'Het kan wachten. Janine heeft geen telefoon bij zich, maar ze komt vanzelf wel weer terug en dan is er nog tijd genoeg.'

'Maar er moeten dingen gebeuren ...'

'Als ik het goed heb begrepen heeft Rinus jou gezegd wat er moet gebeuren.'

'Hij wilde opgebaard worden in de woonkamer. Hij wilde zelfs zijn laatste minuten voor de crematie hier in huis doorbrengen. En de crematie moest eenvoudig. Geen mis, geen lang verhaal. Een kort afscheidswoord en dan ...'

'Typisch Rinus.'

'En de koffietafel moest uitgebreid zijn. Feestelijk. Niet in het crematorium maar bij Kronenburg.'

Erna glimlachte. 'Ik neem aan dat jij dat regelt?'

'Maar de crematie ...'

'Ik bel de uitvaartmaatschappij. Ze zullen Rinus klaar maken voor de opbaring en met hen kun je dan de rest regelen. Zodra je het tijdstip van de crematie weet, kun je de zaken met Kronenburg regelen.'

'Ik moest ook met de notaris spreken. Hij wilde dat die meteen na de koffietafel hierheen kwam. Hij moest hier het testament voorlezen. Jij, Janine en ik moesten erbij zijn. Misschien dat hij hem daarom nog even heeft gesproken.'

'Hmmm.. Ik heb zo het gevoel dat Rinus nog wel iets in petto heeft. Dat zou echt iets voor hem zijn. Hij wilde altijd al het laatste woord hebben.'

'Ja. Wat denk je ...'

'Geen idee. We zullen moeten afwachten. Maar ik zal eerst de uitvaartmaatschappij bellen en de poetsvrouw. Ik heb de laatste weken weinig gedaan. Ik had er geen tijd voor en het is eigenlijk mijn werk niet. Ik deed het alleen voor Rinus. Maar voor de opbaring zal hier eens flink met de bezem rondgezwaaid moeten worden. Er zullen mensen komen kijken ...'

'Rinus zei dat hij niet veel vrienden had.'

'Ik ben geneigd dat te geloven. Maar er zullen toch nog wel genoeg mensen komen. Oude zakenrelaties en bekenden. En natuurlijk een hoop nieuwsgierigen uit het dorp. En reken maar dat die het zien als het niet schoon is.'

'Maar ga jij dan weg?' vroeg Cathy angstig. Het idee om alleen met Janine en de dode Rinus in huis te zitten, was niet bepaald aantrekkelijk.

Maar Erna schudde haar hoofd. 'Ik ben natuurlijk nog zoveel mogelijk hier totdat alles achter de rug is.'

Cathy haalde opgelucht adem.

'Ik geloof niet dat Janine weet dat Rinus in de kamer wordt opgebaard, is het wel?' vroeg Erna toen.

Cathy schudde haar hoofd.

'Dat kan dan nog wel eens een drama worden.'

'Waarschijnlijk wel.'

'Gezien ze denkt dat ze al de vrouw des huizes is ...'

'Zal ze een scène schoppen,' vulde Cathy aan.

'Tja ... Helaas voor haar heeft Rinus het laatste woord.'

'Dat zou ze moeten weten.'

'Je laat je toch niet door haar overhalen om het anders te doen ...' vroeg Erna opeens wat bezorgd. 'Rinus was geen gemakkelijke man en waarschijnlijk ook geen beminnelijke man, maar hij was zoals hij was en ik vind dat hij recht heeft op de vervulling van zijn laatste wensen.'

'Die zullen ook uitkomen. Ik laat mij niet overhalen. Ik ben tenslotte de dochter van Rinus.' Ze glimlachte voorzichtig.

Erna glimlachte terug. 'Ik geloof ook niet dat je dat zult doen. Zullen we dan maar eens aan het werk gaan en de uitvaartmaatschappij bellen?'

Cathy knikte. De ergste kou trok alweer weg. De echte Rinus was waarschijnlijk al lang geleden vertrokken. De oude schaduw van hem die in dat bed had geleden, was alleen maar blij geweest dat hij erachteraan kon. Ziek zijn was nooit iets voor Rinus geweest.

Ze keek naar de open haard, terwijl Erna belde.

Ze zag opeens Rinus voor zich. Lachend. Vreemd, ze kon zich niet meer herinneren hem ooit lachend te hebben gezien. En toch wist ze precies hoe het eruit zag.

HOOFDSTUK 12

Het was bijna middernacht. Cathy en Erna zaten bij de open haard in de bibliotheek. Erna had de haard aangestoken en het vuur verspreidde een gezellige warmte. Beide vrouwen hadden een glas likeur in hun hand en staarden naar de vlammen.

'Ik ben blij dat die begrafenisondernemers weg zijn,' zei Erna. 'Ik dacht dat ze nooit meer zouden vertrekken.'

'Nee. Al helemaal niet toen ze eenmaal de smaak van de borrels te pakken hadden.'

'Misschien is het een beroepsdeformatie,' meende Erna. 'Ze zullen wel overal een borrel krijgen. Gezien de omstandigheden ...'

'Zou kunnen. Het waren wel echt mannen die in dat werk thuis hoorden,' vond Cathy. 'Echt van die begrafenisgezichten.'

Erna knikte. 'Dat wel.'

'Dat je de uitnodigingen voor de uitvaart al klaar had liggen ...' merkte Cathy op.

'Al twee weken. Ik heb ze samen met Rinus gemaakt. Nou ja.. ik heb ze gemaakt en hij deelde de commando's uit.'

'Precies Rinus.'

'Ja. Maar hij had een goed excuus. Het schrijven lukte nauwelijks meer.'

'Zonder excuus had hij het ook zo gedaan.'

'Waarschijnlijk wel.'

'Maar ik geloof niet dat ik het had gekund. Kaarten maken voor mijn eigen uitvaart ...'

'Rinus was altijd nogal nuchter. En hij wilde altijd alles zelf regelen.'

'Ja. Zo was hij wel.'

'Hij heeft op het laatst nog wat wijzigingen aangebracht ...'

'Wel?'

'Hij heeft die notaris nog uitgenodigd. En Jasper.' Erna keek Cathy onderzoekend aan.

'Jasper?' vroeg Cathy verbaasd. 'Waarom? Ik bedoel ... hij kende hem nauwelijks. Hij had niets met hem.'

' "Voor Cat," zei hij.'

'Wat haalde hij zich weer in zijn hoofd?'

Erna glimlachte. Heel even stokte ze daarna. Ook Cathy bleef doodstil zitten. Ze meenden iets te horen in de hal.

'Zou het Janine zijn?' vroeg Erna zich hardop af.

'Zou kunnen. Moeten we dan niet ...'

Ze kon haar zin niet afmaken. Vanuit de woonkamer klonk een afschuwelijke kreet.

'Oh jee,' zei Erna. Ze stond haastig op en liep de bibliotheek uit, op de voet gevolgd door Cathy.

Op datzelfde moment kwam Janine de kamer uit. Lijkbleek.

'Hij is in de kamer,' wist ze er hortend en stotend uit te brengen.

'Dat weten we,' zei Erna sussend.

'Maar hij is dood!'

'Ja. Dat weten we ook.'

'Dood. Niemand heeft mij iets gezegd. Dood. Dood! Hij staat in de kamer en is zomaar dood.' Ze begon op en neer te lopen in de hal en bewoog heftig met haar handen.

'Hij is vlak na het avondeten gestorven. We wisten niet waar je was ...'

'Jullie hadden mij moeten zoeken. Verdorie ...'

'We wisten niet waar. Bovendien was er niets meer wat je kon doen.'

'Reken er maar op dat ik iets kon doen. Ik kon voorkomen dat jullie hem in de kamer lieten neerzetten. In de woonkamer nog wel. Hoe halen jullie het in je hoofd.' Ze stak een sigaret op. Haar vingers trilden.

'Het was zijn wens,' zei Cathy. 'Het was zijn wens om in de woonkamer opgebaard te worden.'

'Wat is dat voor iets. Hoe ... waarom ... verdorie hij is dood!'

'Kom,' zei Erna. 'Kom maar mee naar de bibliotheek en neem een likeurtje. Volgens mij heb je het nodig.'

Janine liet zich meevoeren naar de bibliotheek. Ze ging op een van de fauteuils zitten en stond toe dat Erna een likeur in haar handen duwde.

'Hij is dood. Hij staat zomaar in de kamer,' mompelde Janine.

'De begrafenisondernemers zijn vanavond geweest. Ze hebben hem gewassen, wat opgemaakt – gelukkig heeft hij dat niet meer meegekregen- aangekleed en in die kist gelegd. Ze regelen de kaarten en de uitvaart.'

'Ik had hier moeten zijn. De dingen moeten regelen. Waar is het telefoonnummer? Ik moet hen bellen. Dit kan niet. Hij kan niet zomaar dood daar in de kamer blijven staan.'

'Hij zal in elk geval niet uit zichzelf weglopen,' merkte Cathy droog op.

Janine keek haar woedend aan. 'Iemand moet de dingen goed regelen. Iemand met verstand van zaken.'

'Ja. Ik,' zei Cathy. 'Het was zijn wens dat ik dat zou doen. Vandaar die opbaring in de woonkamer, precies zoals hij het wilde, en een simpele uitvaart in het crematorium ...'

'De kerkdienst ... hoe zit het daar mee?' vroeg Janine nerveus. Ze nam haastig een paar slokken van de likeur.

'Er komt geen kerkdienst. Rinus was bepaald niet gelovig en

voor zover ik heb begrepen ben jij ook geen vaste kerkganger. Hij wilde geen kerkdienst. Hij wilde niets anders dan een paar simpele woorden van afscheid in het crematorium en dan een uitbundige koffietafel.'

'Dat kan niet. Er moet een behoorlijke uitvaart komen. Iemand als Rinus, met zijn positie ...'

'Hij wilde het niet,' onderbrak Cathy haar. 'Dus doe ik het niet.'

'Ik denk niet dat jij dat allemaal in je eentje beslist. Ik woonde met hem samen. Ik was zijn partner. Ik ben vanaf nu degene die hier alles regelt. Die het voor het zeggen heeft.'

'Ik ben zijn dochter en ik heb de taak van hem gekregen om alles rondom zijn begrafenis te regelen en ik ben van plan om dat ook te doen. Hoe je daarna je zaken regelt is jouw zaak.'

Janine snoof woedend. 'En toch ...' haar stem brak. 'Hij is zomaar dood.'

'Ja.'

'Maar hoe ... hij wilde euthanasie ... hoe kan het ...'

'Hij heeft euthanasie gepleegd, toen hij alleen was met Erna en de dokter.'

'Waarom niet met mij? Waarom heeft hij mij niet de kans gegeven om ... om afscheid te nemen.'

'Misschien had hij dat al gedaan.'

'Verdorie.' Janine dronk gejaagd de rest van haar glas leeg. Ze drukte haar sigaret uit en stak een nieuwe op. Haar handen trilden nog steeds.

'In de kamer ...' mompelde ze. 'In de kamer. Hij staat in de kamer.'

Erna zuchtte diep en dronk ook haar glas leeg. 'Ik denk dat ik maar naar huis ga. Morgenvroeg moet ik weer op tijd hier zijn.'

Cathy knikte. 'Ik ga ook naar bed. Het was een nogal ...nogal roerige dag.'

Janine maakte geen aanstalte om op te staan. Ze had zichzelf een nieuwe likeur ingeschonken en staarde naar het vuur.

'Gaat het?' vroeg Erna aan haar.

'Nee. In de kamer. Waarom toch?'

Erna gaf geen antwoord.

Ze keek alleen even naar Cathy en liep toen de bibliotheek uit. Cathy volgde haar en nam kort afscheid in de hal.

Toen Erna de voordeur was uitgegaan, twijfelde Cathy even. Toen ging ze toch de woonkamer binnen.

Ze liep naar de schuinstaande kist toe, waar Rinus lag opgebaard. Hij zag er tevreden uit. Veel te mager natuurlijk, maar met een tevreden trek rond zijn mond. Zijn ogen waren gesloten. Hij zou kunnen slapen als ze niet beter had geweten.

'Dat was het dan,' mompelde ze tegen hem. Het voelde nog een beetje vreemd om tegen hem te praten. Alsof ze tegen een pop praatte. In zekere zin was het ook een beetje eng. Ze was nog nooit met een dode in een kamer geweest. Laat staan dat ze ooit met een dode had gepraat.

'Misschien zit je daarboven wel ergens te grinniken om Janine's reactie,' zei ze zacht. 'Het zou mij niet verbazen als je hiervoor hebt gekozen om haar een beetje te plagen. Omdat ze het niet kon opbrengen om voor je te zorgen toen je zo ziek was. Maar dat is moeilijk te zeggen met jou.'

Cathy keek naar het stille gezicht. 'Vreemd,' zei ze. 'Om van jou geen commentaar te krijgen.' Ze glimlachte even voorzichtig en ging toen de woonkamer weer uit. Ze wilde naar bed. Ze geloofde niet dat ze makkelijk in slaap zou vallen, maar ze kon altijd rusten en lezen.

Gewoontegetrouw keek ze op haar mobiel. Ze had eerder die avond een berichtje naar Ronald gestuurd, maar nog niets terug ontvangen. Ook nu was er nog geen bericht van hem binnen. Ze constateerde het simpelweg. Het was niet iets wat haar dwarszat.

Ze kleedde zich uit en ging in bed liggen met een boek. De likeur zorgde ervoor dat ze zich toch wat soezerig voelde, maar ze geloofde niet dat ze moe genoeg was om werkelijk te slapen. Niemand zou kunnen slapen onder deze omstandigheden. Er was teveel gebeurd. Beelden van een dode Rinus en een zeer levende Jasper schoten door haar brein.

En haar oogleden zakten dicht.

Toen haar mobieltje overging schrok ze wakker. Het was een half uur geleden dat ze in bed was gaan liggen, maar het voelde alsof slechts vijf minuten waren verstreken. Blijkbaar was ze toch in slaap gevallen.

Haar mobieltje ging opnieuw over.

Cathy kreunde en nam hem op.

Het was Ronalds stem die ze hoorde en die zich meteen uitputte in verontschuldigingen.

'Het spijt met zo dat ik er niet was toen je het berichtje stuurde. Ik had mijn mobiel thuisgelaten. Zoiets stoms gezien de situatie. Toen ik je berichtje las ...' Hij stopte opeens. 'Je sliep toch niet al?' vroeg hij toen bezorgd.

'Eerlijk gezegd wel.'

'Oh geweldig. Nu heb ik je ook nog wakker gemaakt ...'

'Het maakt niet uit.'

'Ik was op stap toen je het berichtje stuurde. Ik heb die zaak van die winkelier gewonnen. Zelfverdediging. Absoluut bewezen. De schooiers die de overval hadden gepleegd en de aanklacht hadden ingediend, zijn nu zelf aangeklaagd voor poging tot doodslag. Ik hoop dat ze de rest van hun leven achter de tralies doorbrengen. Maar dat zal met ons sociale rechtssysteem helaas niet gebeuren.'

'Die kans is klein.'

'Ja. Maar ik heb in elk geval de zaak gewonnen en toen nodigde de winkelier mij uit om de avond met hem en zijn gezin door te brengen. Een etentje, een borrel ... je weet hoe dat gaat.'

'Was het gezellig?'

'Ja. Maar het was stom dat ik mijn mobiel niet bij mij had.'

'Je hebt hem 's avonds meestal niet bij je. Al helemaal niet als je ergens op bezoek gaat.'

'Nee. Maar gezien de omstandigheden ...'

'Rinus is dood. Maar dat viel te verwachten. Er was niets wat je kon doen.'

'Hoe is het met jou?'

'Goed. Naar omstandigheden. Rinus en ik hadden geen goede band. Maar het is toch vreemd.'

'Natuurlijk is het vreemd. Het is je vader.'

'Ja. Maar ik had verwacht dat het mij niets zou doen. Maar dat is niet zo. Ik ben niet echt van streek, maar het voelt toch vreemd. Leeg.'

'Natuurlijk doet het je iets. Alleen al vanwege het feit dat je weer bent geconfronteerd met het verleden dat je al dertien jaar wegduwt. Maar natuurlijk ook vanwege hem.'

'Hem?'

'Rinus.'

'Oh ja ... Rinus.'

'Wat gaat er nu gebeuren?'

'Rinus staat opgebaard in de woonkamer. Tot grote ellende van zijn vriendin. Maar het was zijn wens. De uitvaartmaatschappij wil proberen om de crematie voor vrijdag te regelen. Anders moet hij het hele weekend in de kamer blijven staan. Dat lijkt mij geen goed idee.'

'Nee. Waarschijnlijk niet.'

'Dus als het goed is, wordt hij vrijdag gecremeerd en hebben we de koffietafel. Daarna komt een notaris naar het huis. Daar moet ik dan ook nog bij aanwezig zijn. Ik weet niet waarom, maar goed ... Ik heb geen idee hoe laat het wordt, dus ik denk dat ik zaterdag dan pas naar huis kom. Misschien zondag als ik nog dingen moet regelen. Ik kan het niet precies zeggen.'

'Je zult zijn persoonlijke bezittingen nog moeten nakijken.'

'Ik denk dat Janine dat doet.'

'Misschien.' Ronald aarzelde even.

'Ik kom daarheen,' zei hij toen.

'Wat?'

'Ik kom naar jou toe. Morgenvroeg.'

'Ronald ... dat hoeft niet. Ik red mij wel ...'

'Ongetwijfeld, maar ik kom toch. Het is een deel van jou. Je afkomst, je jeugd ... ik wil dat leren kennen. Bovendien hoor ik nu bij jou te zijn.'

'Natuurlijk niet, Ronald. Je hebt het hartstikke druk en er is niets wat je hier kunt doen. Je kende Rinus niet eens.'

'Vind je het niet prettig als ik kom?'

'Natuurlijk wel. Ik wil alleen niet dat je je een hoop moeilijkheden op de hals haalt.'

'Ik haal mij geen moeilijkheden op de hals. Ze kunnen mij hier goed een halve week missen. Zeker gezien de omstandigheden.'

'Maar ...'

'Als je niet wilt dat ik kom ...' Er klonk iets van teleurstelling en misschien wantrouwen in zijn stem.

'Doe niet zo raar. Ik hou van je, mafkees.'

'Ik ook van jou en morgen ben ik er. Ik weet niet hoe laat, maar je ziet mij wel verschijnen.'

'Het lag niet in mijn bedoeling om ergens heen te gaan.'

'Nee, dat dacht ik al. Morgen zullen wel veel mensen naar Rinus komen kijken. Bij wijze van afscheid.'

'Ja. Voornamelijk voormalige zakenrelaties, mensen die zeker willen weten of hij dood is en dorpsbewoners die gewoon het huis eens van binnen willen zien, denk ik ...'

'Hebben die allemaal een uitnodiging gekregen?'

'Natuurlijk niet. Maar het is hier een dorp, Ronald. Mensen hebben geen brieven nodig om te weten wat er gebeurt. Die hebben voldoende aan kennissen zoals Elsa van de Super.'

'Oh … Oké. Wat is het adres? Het zal misschien niet voldoende zijn als ik in Olme vraag naar het huis van Rinus.'

'Het zou mij niet verbazen als veel mensen je dan de weg kunnen wijzen, maar ook Olme heeft nieuwe wijken en nieuwe bewoners. Die zullen je waarschijnlijk wat verbaasd aankijken. Het is Beekweg negen.'

'Beekweg negen. Dat kan ik wel vinden. Tot morgen.'

'Tot morgen.'

Cathy verbrak de verbinding en liet zich weer in de kussens zakken. Ze staarde naar het plafond. Had ze het eigenlijk niet heel prettig moeten vinden dat Ronald kwam? Het was normaal geweest als ze het heel prettig had gevonden. Maar het was niet zo. Het was vooral verwarrend. Morgen zou Jasper er ook zijn. Ze had Ronald nooit iets verteld over haar vroegere vriendje. En ze had Jasper niets gezegd over Ronald.

Ze had natuurlijk niets met Jasper dus ze was hem ook geen uitleg schuldig. Maar ze had het toch moeten zeggen. Zeker omdat ze had Jasper gekust. Al probeerde ze dat nog zo hardnekkig te vergeten. Ze had hem gekust. En het was niet de eerste keer geweest.

HOOFDSTUK 13

Het was rond de middag de volgende dag, toen Cathy de tijd nam om zich even in de keuken terug te trekken om een boterham te eten. Er waren al verschillende mensen naar Rinus komen kijken. Vooral mensen uit het dorp. De dorpsgenoten hadden van de gelegenheid maar meteen gebruik gemaakt en ook maar de hal, de keuken en de bibliotheek bekeken en als ze ertoe de kans hadden gekregen, waren ze ook nog even naar het zwembad gelopen, maar de deur van de bijkeuken was gesloten.

'Om te voorkomen dat er kleine kinderen naar toe gaan, met al dat bezoek,' had Erna verschillende bezoekers uitgelegd. Het was niet de werkelijke reden, maar het klonk op zijn minst aannemelijk. Het had zo bot geklonken als ze had gezegd dat ze het niet nodig vond dat het hele dorp door het huis banjerde.

Maar het was in elk geval maar goed dat de poetsvrouw eerder die dag was geweest. Niets ontsnapte aan de kritische ogen van vooral de vrouwelijke dorpsbewoonsters.

Cathy vond het prettig om heel even aan Rinus' aanwezigheid te ontsnappen. Ze had vroeger altijd al moeite gehad met zijn aanwezigheid en dat was zelfs nu, nu zij volwassen was en Rinus dood, nog niet veranderd.

Bovendien was de woonkamer mistig vanwege de rook. Hoewel ook de bezoekers hier en daar nerveus een sigaret opstaken, schichtige blikken werpend op de dode Rinus, was de meeste rook afkomstig van Janine. In stemmig zwart schreed ze rond in de kamer, duidelijk in de rouw en duidelijk hoofdrolspeelster. Ze rookte de ene na de andere sigaret. Gezien de drank die ze al naar binnen had geslagen, geloofde Cathy niet dat er een erg groot risico was dat Janine in de keuken zou komen eten.

Erna kwam echter wel vlak na haar de keuken in.

'Er staan sandwiches in de koelkast,' liet ze weten.

'Heb jij die vanmorgen nog gemaakt?'

'Het leek mij een goed idee.'

'Nou ...' Cathy deed de koelkast open en pakte de schaal met sandwiches eruit en zette hem op tafel. 'Ik stik van de honger. Het is misschien niet passend, maar het is echt zo.'

'Waarom niet passend?' vroeg Erna.

'Vanwege Rinus ...hij is tenslotte pas gisteren gestorven.'

'Omdat hij gisteren wilde sterven. Als hij je opmerking van net zou hebben gehoord, zou hij zijn wenkbrauwen hebben opgetrokken en kribbig hebben opgemerkt dat het een belachelijke opmerking was.'

'Waarschijnlijk wel.'

Cathy pakte een broodje van de schaal en beet erin. Ze wist dat Erna gelijk had, maar ze voelde zich er toch schuldig over.

Erna ging tegenover Cathy zitten en nam zelf ook een broodje.

'Janine speelt haar rol wel met verve, hè,' merkte Erna op.

'Ja. Ik verdenk haar zelfs ervan dat ze ervan geniet.'

'Ze geniet van de aandacht. Van Rinus heeft ze al lang geleden afscheid genomen.'

'Eigenlijk lijkt dat niet eerlijk.'

'Ik geloof niet dat Janine daar erg mee bezig is. Ze is blij dat het eindelijk definitief achter de rug is en dat ze haar leven weer kan oppakken. Hoewel ik toch denk dat ze Rinus wel zal missen.'

'Misschien. Ze pasten eigenlijk wel bij elkaar.'

'Ja.'

'Cathy?'

Cathy herkende de mannenstem meteen en keek om. Ze voelde dat ze weer begon te blozen. Het irriteerde haar. Ze was tenslotte geen puber meer.

'Jasper ...'

Jasper glimlachte wat onzeker naar haar en Erna en liep de keuken binnen. 'Of is dit privé-gebied?' vroeg hij.

'Je bent de eerste uit het dorp die ervan uitgaat dat er ook maar iets in dit huis privé is,' zei Cathy. 'Kom binnen.'

Jasper liep door en wierp een hongerige blik op de schaal met sandwiches.

'Wil je er een?' vroeg Cathy.

'Ik heb nog niet gegeten. Niet bij stilgestaan ...'

'Neem er een,' zei ook Erna. 'En kom erbij zitten.'

'Als jullie het niet vervelend vinden ...'

'Zit,' commandeerde Cathy.

'Ik heb altijd al een zwak gehad voor dames die weten wat ze willen,' zei Jasper met een grinnik. Hij ging zitten en keek Cathy aan.

'Hoe is het met je?'

'Eigenlijk niet zo slecht. Gisteren voelde ik mij ellendig. Idioot genoeg, want ik had altijd de overtuiging dat het mij niet uit zou maken. Maar dat deed het wel. Ik weet niet precies waarom ...'

'Ik kan mij er wel iets bij voorstellen ...'

'Ja. Heb je hem gezien?'

'Je kunt er moeilijk omheen zoals hij in de kamer staat opgesteld.'

'Ja ...ze hebben hem wel heel duidelijk in het middelpunt gezet.'

'Hield je vader daar niet altijd al van?'

'Onder bepaalde omstandigheden.'

'Ik herkende hem niet meteen terug. Ik heb hem lang niet meer gezien. Hij is nu zo mager.'

'Hij was erg ziek. Ze hebben hem een beetje opgeknapt, want hij zag er echt vreselijk uit. Maar dat magere kunnen ze niet verhullen.'

'Nee. Het lijkt zelfs of hij kleiner is.'

'Misschien leek hij vroeger groter door zijn houding. Zijn air ...'

'Misschien wel. Ik weet nog wel dat ik vroeger een beetje bang voor hem was.'

'Volgens mij was iedereen bang voor hem.'

'Ik krijg zelfs nog de kriebels als ik hem daar zo zie staan.'

'Ik ook,' gaf Cathy toe.

'Ik ben niet naar hem toe gegaan,' bekende Jasper. 'Ik heb niets met het zogenaamde laatste afscheid. Mensen die dood zijn, zijn zo koud ... een leeg omhulsel. Bovendien had ik verder niets met hem.'

'Nee. Hij had niet met zoveel mensen iets.'

'Het verbaasde mij dat ik een uitnodiging kreeg ...'

'Een idee van Rinus.'

'Oh.' Jasper hield zijn broodje wat scheef. De kaas viel ervan af en de klevende boter liet een vetplek achter op zijn shirt. 'Oh..verdraait ...'

'Kom hier,' zei Cathy. Ze trok hem mee naar het aanrecht, liet warm water en wat zeep op een vaatdoekje lopen en begon de blouse schoon te schrobben. Ze stond dicht bij hem. Heel dicht bij. Het voelde vertrouwd. Hij keek naar haar.

'Oh, hier ben je.'

Cathy keek geschrokken om, recht in het gezicht van Ronald.

'Ronald?'

Ronald keek even onderzoekend naar Cathy en Jasper.

'Hij had een broodje met kaas op zijn shirt gekregen ...'

'Oh.'

'Ronald, dit is Jasper. We kennen elkaar van vroeger ... Jasper, dit is Ronald.'

Jasper keek Ronald met een wat onbestemde uitdrukking aan. 'Cathy en ik waren vroeger heel hecht. Maatjes. Minstens,' zei Jasper. Het klonk wat uitdagend.

Ronald knikte even. 'Leuk je te leren kennen,' zei hij toen op formele toon. 'Ik ben Ronald. De vriend van Cathy. Eigenlijk de verloofde. We willen gaan trouwen.' Alsof hij meteen wilde bewijzen dat hij niet blufte, liep hij naar Cathy toe en kuste haar op haar wang. 'Dag schat.'

Erna sloop de keuken uit.

Jasper keek eerst Ronald aan. Toen Cathy. Hij knikte even. 'Ik begrijp het,' zei hij. Hij week achteruit van Cathy, draaide zich om en liep toen de keuken uit.

'Je vriendje van vroeger?' vroeg Ronald.

Cathy knikte wat onzeker. 'Ja ... zoiets.'

'Je hebt niets over hem gezegd.'

'Wat had ik over hem moeten zeggen?'

'Dat hij bestond. Heb je hem ... ben je ... heb je weer contact met hem?'

'We hebben een keer gesproken.' Onwillekeurig dacht ze aan de hut. Ze bloosde. Ze wist dat Ronald het zag.

'Volgens mij is het maar goed dat ik ben gekomen,' zei hij.

'Ik ben blij dat je er bent. Maar er is niets aan de hand tussen Jasper en mij.'

'Hmm ... volgens mij is het toch concurrentie.'

'Onzin. Neem een broodje.'

Cathy ging weer aan tafel zitten en nam een tweede broodje. Ze had geen honger meer, maar wel het gevoel dat ze iets moest doen.

Ronald ging tegenover haar zitten en nam ook een broodje.

'Ik heb hem gezien,' zei hij toen.

'Wie?'

'Je vader natuurlijk.'

'Oh ja.'

'Hij is anders dan ik had verwacht.'

'Wat had je dan verwacht?'

'Een brede woeste man met snor en baard.'

Cathy grinnikte even. 'Nou ja ... woest was hij vroeger ooit wel.'

'Gaat het een beetje?'

Hij strekte zijn hand naar haar uit en pakte haar hand vast. Cathy knikte. 'Het is allemaal gewoon een beetje vreemd.'

'Dat kan ik mij voorstellen. Een goede week geleden was er niets aan de hand. Toen zat je in je appartement en lag Olme ergens weggedrukt in een donkere hoek van je geheugen. En nu opeens sta je weer midden in je verleden ...'

'En is Rinus dood.'

'Ja. Heb je nog met hem kunnen praten?'

'Ja.'

'Heb je de dingen nog kunnen uitpraten?'

'Ik heb gezegd wat mij dwars zat en hij heeft gezegd dat hij dat onzin vond. Niet met die woorden, maar daar kwam het wel op neer. Zoals gewoonlijk ging hij ervan uit dat hij altijd gelijk heeft gehad.'

'Maar je bent het wel kwijt.'

'Ja.'

'Misschien kun je dan straks gewoon verder.'

'Ja.' Cathy hoopte dat de twijfel er niet doorheen klonk. Want er was iets wat het moeilijk voor haar maakte om aan de toekomst te denken. Ze wist niet precies wat dat 'iets' was, maar als ze haar toekomst probeerde voor te stellen, was het alsof ze naar een zwaar storende zender keek en ze wist niet waar dat vandaan kwam.

'Waar is ze?' hoorde Cathy iemand roepen in de kamer.

'Mindy,' zei Cathy.

'Mindy?' vroeg Ronald verbaasd.

'Een vriendin van mij van vroeger. Eet maar rustig door.' Cathy sprong overeind en liep haastig naar de kamer.

Mindy stond in het midden van de kamer en had dit keer geen kinderen bij zich. Ze stond bij Rinus en keek met samengeknepen ogen naar hem.

Vanuit haar ooghoeken zag Cathy dat Jasper er ook nog was. Hij zat in een hoek van de kamer, bij twee dames die Cathy ooit had gezien, maar waarvan ze geen namen wist.

Cathy deed alsof ze het niet zag en liep meteen door naar Mindy.

'Je bent ook gekomen ... hoe wist je ...'

'Cathy ... iedereen weet het. Je weet toch nog wel hoe dat hier gaat. Dus nu is hij toch vertrokken ...'

'Ja.' Cathy stond naast Mindy en keek ook naar haar vader.

'Ik heb hem eigenlijk nooit zo goed gekend,' zei Mindy. 'Ik heb hem natuurlijk wel een paar keer gezien en ik heb hem wel eens horen bulderen, maar ik heb hem nooit echt goed gekend.'

'Ik denk dat er maar weinig mensen zijn die hem goed hebben gekend,' meende Cathy.

'Hij schijnt nogal apart te zijn geweest ja. Geen prettig mens. Iedereen zegt het en ik ... tja ... ik was je vriendin hè.'

'Ja.'

'Hij ziet er niet vriendelijk uit. Zoals hij hier staat.'

'Hij was niet bijzonder vriendelijk.'

'Nee. Ach ...Misschien bedoelde hij het niet zo.'

Cathy keek Mindy verbaasd aan.

Mindy haalde haar schouders op. 'Je moet toch altijd goed praten over de doden.'

'Ja?'

'Natuurlijk.'

'Hou het er dan maar op dat hij er gewoon niet goed

in was. In vriendelijk zijn. Dat komt dichter bij de waarheid.'
'Mij goed.' Mindy keek om zich heen. 'Oh daar heb je Jasper.
Heb je hem al gesproken?'
'Ja.'
'Kom, we gaan bij hem zitten.'
'Ik weet niet … er komen nog meer mensen en …'
'Doe niet zo moeilijk Cathy. Jasper is altijd je vriendje geweest.
En ik zoek een goed excuus om eens flink aan de borrel te
gaan. Ik ben eindelijk even kindloos en ik ben van plan om van
iedere minuut te genieten. Of stoot ik je nu erg voor je kop?
Het was tenslotte toch je vader …'
'Ja. Maar hij vond overgevoeligheid verspilde energie, dus daar
zal ik mij nu maar aan houden.'
'Goed. Altijd de woorden van de gestorvene in ere houden.
Kom.' Mindy zwaaide naar Jasper, trok Cathy mee naar de
zithoek waar Jasper zat en plofte neer op de rechter kant van
de bank. Jasper zat aan de linkerkant en de stoelen waren
bezet. Voor Cathy bleef er niets anders over dan naast Jasper
te gaan zitten.
Jasper snoof even toen ze ging zitten. Cathy wist niet of hij
gewoon snoof vanwege een kriebel in zijn neus of uit irritatie.
Ze probeerde hem niet aan te kijken.
'Hej Jasp,' zei Mindy. Jasper gromde een antwoord. Mindy stak een sigaret op en keek nog eens een keer rond.
'Die sjieke dame in het zwart … is dat de vriendin van Rinus?'
Mindy keek naar Janine, die met een man op leeftijd in een
stemmig pak stond te praten. Cathy kende hem vaag. Het was
een oude zakenrelatie van haar vader waar hij altijd een hekel
aan had gehad. Hij heette Beundijk, wist ze nog.
Beundijk leek nog in goede gezondheid te verkeren. Hij had
voor zijn leeftijd een redelijk figuur en een flinke bos wit haar,
wat hem wel stond. In zijn ene hand had hij een dikke sigaar
en in de andere hand een glaasje cognac. Hij luisterde geïnte-

resseerd naar hetgeen Janine hem vertelde. Wat dat dan ook mocht zijn.

'Dat is Janine,' zei Cathy tegen haar vriendin. 'Zijn vriendin van de laatste vijf jaar.'

'Ja ... dat dacht ik al. Ik heb haar een paar keer gezien en ik meende al van iemand te horen dat zij hier woonde. Het lijkt mij geen makkelijke tante.'

'Een feeks.'

'Ja ... zou kunnen.'

'Waar is je verloofde?' vroeg Jasper aan Cathy.

'Is je verloofde hier?' vroeg Mindy belangstellend. Er was nog niets veranderd. Mindy hoorde nog altijd alles.

'Nou ja ... verloofde ...'

'Volgens hem wel,' zei Jasper.

'We hebben al een tijd iets samen ...'

'Waar heb je hem verstopt?' vroeg Mindy.

'In de keuken. Hij eet sandwiches.'

'Dat hij er maar niet in stikt,' mompelde Jasper.

Cathy keek hem aan. 'Ik had het moeten zeggen,' zei ze toen.

'Ja. Weet ik niet. Heb ik gevraagd of je een vriend had?'

'Je hebt gevraagd of ik getrouwd was.'

'En dat was je niet.'

'Nee.'

'Nou ja ...'

'Maar toch ...'

'Maakt niet uit.'

'Dat meen je niet.'

'Nee.'

Heel even was het stil.

'Cathy,' begon Jasper weer.

'Ja?'

'Wanneer ga je weer naar huis?'

'Zaterdag of zondag.'

'Met hem?'

'Uh ja ...'

'Kun je voor die tijd niet nog een keer aankomen. Gewoon ... vanwege vroeger. Gewoon wat kletsen. Herinneringen ophalen.'

'Ik neem aan dat we ...'

'Jij.'

'Oh ik ...'

'Natuurlijk komt ze,' bemoeide Mindy zich ermee. Ze keek naar Cathy. 'Kom op. Jullie waren maatjes. Niemand was zo hecht als jullie twee. Toen je opeens vertrok, wist Jasper zich geen raad. Hij viel in een gat. Je kunt dat niet weer doen.'

'Nee ...ik ...'

'Oh, zit je hier.' Ronald stond opeens tegenover haar en keek Jasper een beetje nijdig aan.

'Ik was met Mindy en Jasper aan het praten.'

'Ja, dat zie ik.'

'Mindy.. Ronald. Ronald ...Mindy,' stelde Cathy de twee aan elkaar voor. Mindy gaf Ronald hartelijk een hand.

'Je had mij niet verteld dat het een lekker ding is,' zei Mindy. Cathy glimlachte. 'Ik kan moeilijk alles vertellen.'

'Kom Ronald.' Mindy trok Ronald op de bank, tussen haar en Cathy in, waardoor Cathy dichter tegen Jasper aan werd gedrukt.

Jasper grijnsde. Ronald keek wat ongelukkig.

Mindy begon tegen Ronald te praten. Ze vertelde hoe zij en Cathy elkaar hadden leren kennen.

'We botsten letterlijk tegen elkaar op. Zij was op de vlucht voor een stel etters. Je weet hoe dat gaat met rood haar. En ik rende weg voor de meester ... hij had gemerkt dat ik had gespijbeld ...'

Jasper keek naar Cathy. Zijn gezicht was dicht bij dat van haar. 'Ik heb ook heel wat afgerend op school,' merkte hij op.

'Je was ook een rooie.'

'Onder andere. Jij hielp mij altijd.'

'Buitenbeentjes moeten samenspannen.'

'Ja. Maar het was toch niet alleen dat. We ... lagen elkaar.'

'Ja.'

'Daarom hielp je mij.'

'En jij mij.'

'Die tijd ... ik denk er nog vaak aan.'

Ronald had zich los weten te rukken van de aandacht die Mindy opeiste en bemoeide zich nu in het gesprek tussen Jasper en Cathy.

'Cathy is niet meer zo bezig met het verleden,' zei hij. 'We denken meer aan de toekomst ...'

'Cathy is het verleden echt niet vergeten,' kaatste Jasper terug. 'We waren vrienden. Maatjes. Tot die laatste avond. Toen ze helemaal van streek bij mij kwam omdat Rilana was ingetrokken bij haar vader. Toen ...'

'We waren inderdaad goede vrienden,' zei Cathy snel.

'Wat gebeurde er toen?' vroeg Ronald, zonder zich iets van Cathy aan te trekken.

Cathy wierp Jasper een dodelijke blik toe. Jasper twijfelde even, maar gaf geen antwoord op Ronalds vraag.

'Het doet er ook niet toe,' zei Ronald toen. 'Als dit alles voorbij is, gaan we terug naar huis. Naar Amsterdam. We gaan trouwen, een gezin stichten ...'

'Cathy hoort niet thuis in Amsterdam,' zei Jasper. 'Cathy is een dorpsmeid.'

'Ze heeft het prima naar haar zin in Amsterdam. Ze heeft een leuke woning, een goede baan en ze heeft mij.'

'Cathy is geen stadsmens.'

'Cathy houdt van het leven in de stad. De levendigheid, de cultuur ...'

'Hoe lang ken je haar? Een jaar? Twee jaar misschien? Wat

weet je eigenlijk precies van haar af?'

'Ik weet dat ik van haar hou,' zei Ronald eenvoudig. 'Dat is alles wat ertoe doet.'

'Ik heb altijd van haar gehouden,' zei Jasper toen. Zijn gezicht kleurde bijna net zo rood als zijn haar.

'Jeeee ...het lijkt wel een film,' merkte Mindy op, die alles met grote interesse had gevolgd.

Jasper en Ronald keken elkaar strak aan.

Cathy had het opeens vreselijk benauwd. Ze had het gevoel dat ze niet eens meer adem kon halen. Alsof haar borstkas volkomen werd geplet. Haar ademhaling versnelde zich en ze voelde een lichte opkomende duizeligheid. Hyperventilatie. Het was lang geleden dat ze een dergelijke aanval had gehad. Ze sprong overeind en rende de kamer uit, de hal door en naar buiten.

Eenmaal buiten vormde ze met haar handen voor haar mond een kommetje waarin ze in en uit ademde. De duizeligheid verdween niet helemaal, maar haar ademhaling werd iets rustiger. Boven haar verborgen dikke pluizige wolken de zon. De wind was fris. Ze kon hier niet gewoon blijven staan. Heel even, slechts heel even, overwoog ze om terug naar binnen te gaan. Maar ze kon het niet. Ze stond nog steeds niet zo vast op haar benen en een opkomende hoofdpijn maakte het er niet beter op. Haar gedachten fladderden rond, zonder vastigheid te vinden. Jasper ... Ronald ... Rinus. Cathy durfde niet meer naar binnen.

Ze begon te lopen, zonder bewust een bepaalde richting te kiezen. Waar ze heen ging, wist ze pas toen ze over de Klaverweg liep.

Ze ging daarheen waar ze vroeger ook altijd heen was gegaan als het allemaal te veel werd. Ze voelde zich opnieuw een kind. Bang en verward. Ze stak de velden over en verdween in het bos, tussen de struiken en dennen. Tot ze de open plek met de hut bereikte.

Hij leek op haar te wachten.

Cathy ging naar binnen en nam plaats op een van de stoeltjes. De geur van bos, zand en vochtig hout drong haar neusgaten binnen en troostte haar. Waarom voelde ze dat wat ze voelde? Ze hield van Ronald. Jasper was altijd gewoon haar vriend geweest. Tot aan die laatste nacht. Of was het eerder begonnen? Cathy probeerde terug te gaan in haar herinneringen, maar het lukte niet. Alles liep door elkaar heen. Ze rilde even. Ze had het koud.

Totdat de oude deur verder openging en Jasper binnenkwam met een fles bessenjenever en een stapel sandwiches. Toen herinnerde ze zich al de keren dat ze hier had gezeten en Jasper hetzelfde had gedaan. Zij had dan de telefoon in zijn huis twee keer laten overgaan en hij was dan naar de hut gekomen. Altijd met eten en drinken. Hij was er altijd voor haar geweest. En op een dag was ze meer voor hem gaan voelen. Haar leven was alleen te gecompliceerd geweest om daaraan toe te geven. En het was toen nog niet eens zo gecompliceerd geweest als nu.

Jasper ging zwijgend zitten en zette de fles en sandwiches op tafel, zoals hij toen ook altijd had gedaan. Al zat er dit keer geen frisdrank in de fles.

'Ik kon de cola niet vinden,' zei hij verontschuldigend. 'En ik dacht dat je misschien ook wel iets sterkers zou kunnen gebruiken.'

'Hoe wist je dat ik hier was?'

'Je was altijd hier als je je rot voelde.'

'Ja ...'

'Ik zou willen zeggen dat het me spijt,' zei Jasper. Hij zweeg even. 'Maar dat is niet zo,' zei hij toen.

Cathy keek hem aan.

'Ik heb lang geleden, dertien jaar geleden om precies te zijn, nooit laten merken dat ik gek op je was. Ik dacht dat je het vanzelf wel een keer zou merken. Misschien schaamde ik mij ook gewoon of was ik bang om onze vriendschap stuk te maken. Maar het was stom. Na die laatste nacht was het te laat. Verdorie Cathy ... ik heb je nooit kunnen vergeten. Begrijp je dat dan niet?'

'Ik heb wel geprobeerd om het te vergeten. Ik heb het echt geprobeerd.'

'Waarom?'

'Omdat je een deel uitmaakte van mijn verleden. Een verleden waar ik niets meer mee te maken wilde hebben. Ik was op de vlucht, Jasper ...'

'Je kunt de dingen niet zomaar wissen. Je bent geen computer. Daar gaat dat wel bij. Ik heb meer dan eens per ongeluk een goed verhaal gewist. Maar bij ons werkt het niet zo.'

Hij rommelde onhandig met sandwiches en duwde een enigszins platgedrukte boterham in Cathy's handen. 'Eet.'

'Ik heb geen honger.'

'Dan doe je het maar voor de gezelligheid. Ik heb ook geen honger, maar ik eet uit frustratie.' Hij nam een hap, draaide de fles bessenjenever open, nam een slok en overhandigde hem aan Cathy.

Cathy nam hem dankbaar aan en nam ook een slok. Het verdreef de kou in haar lichaam een beetje.

'Ik heb een puinhoop van mijn leven gemaakt, Jasper. Ik trok van stad tot stad en zodra mensen om me begonnen te geven of ik enigszins vastigheid dreigde te krijgen, vertrok ik weer. Totdat ik in Amsterdam kwam en Ronald leerde kennen. Hij bracht structuur in mijn leven. Orde.'

'Wie wil er nu structuur?' mompelde Jasper. Hij nam een nieuwe slok.

Cathy nam ook nog een slok. 'Ik,' zei ze toen. 'Ik heb het nodig. Alles wordt anders een puinhoop bij mij.'

'Wat is daar mis mee?'

'Gewoon ... alles.'

'Er is iets mis met te veel orde.'

'Ik had rust nodig Jasper. Ronald gaf die. Hij gaf rust en liefde en dat doet hij nog steeds. Ik hou van hem.'

Jasper trok even geïrriteerd met zijn mond en nam een nieuwe slok jenever. 'Waarom weet hij dan niets over je verleden?'

Cathy trok de fles uit zijn handen en nam ook weer een slok. 'Gewoon ...'

'Je had het niet afgesloten. Je had te veel losse eindjes. Losse eindjes waar je niet aan wilde denken omdat het pijn deed. Omdat het je aan het twijfelen bracht. En misschien was ik wel een van die losse eindjes, die je aan het twijfelen brachten. Je orde verstoorde.'

'Jasper ... je bent altijd mijn maatje geweest. Natuurlijk vond ik het rot om je achter te laten ...'

'Waarom heb je nooit contact opgenomen?'

'Dat weet je. Ik moest breken met het verleden ...'

'Of was je bang voor je eigen gevoelens?'

'Nee.' Cathy keek even hoe Jasper weer gulzig aan de fles dronk, trok de fles weer uit zijn handen en dronk zelf van de jenever. Ze dronken te veel en ze wist het. Maar ze kon de verleiding niet weerstaan. Ze koesterde de heerlijke warmte die zich in haar lichaam verspreidde en de rust die nu over haar heen kwam; dat gevoel dat het allemaal niet zoveel uitmaakte. 'Dat Rinus nu ook zo nodig dood moest gaan ...'

'Misschien heeft hij het wel zo uitgekiend ...'

'Ik zie hem ervoor aan.'

'En toch geloof ik dat je hem hebt vergeven.'

'Nooit.' Ze dronk gulzig door. De duizeligheid die ze eerder had gevoeld werd weer erger. Maar het had dit keer niets met hyperventilatie te maken.

'Cathy ... ik ben nog steeds gek op je,' zei Jasper. De drank maakte hem dapper. 'Ik ben altijd gek op je geweest en dat is nooit veranderd. Ik dacht op een bepaald moment dat het over was, maar toen ik je weer zag ... Ik wil dat je hier blijft. In Olme. Je hoort thuis in Olme en bij mij.'

'Jasper ... doe niet zo raar. Ik heb een leven opgebouwd in Amsterdam. Een woning en een goede baan. En een verloofde. Een goede man met een goede baan. Ik heb eindelijk alles op een rijtje.'

'Cathy ... je hebt niet alles op een rijtje en dat zal ook nooit echt gebeuren. Je bent er het type niet voor.' Opeens pakte hij haar vast en drukte zijn lippen op die van haar.

Cathy wist dat ze hem weg moest duwen.

Ronald wachtte op haar. Ronald, haar toekomst. Haar rustpunt. En ze pakte Jasper vast en beantwoordde de kus hartstochtelijk.

Jaspers handen gleden door haar haren, streelden haar nek en kriebelden haar rug. Hij rook vertrouwd. Hij smaakte naar kaasbroodjes en bessenjenever. Ze wilde zich koesteren in zijn omarming en gewoon alles vergeten wat er om hen heen gebeurde.

Toen ze zich eindelijk los maakten van elkaar, schudde Jasper zijn hoofd. 'Dit kan zo niet,' mompelde hij.

'Kus me nog een keer,' zei Cathy en ze verbaasde zich over haar eigen woorden.

Jasper schudde echter nog steeds heftig zijn hoofd. 'Je bent dronken.'

'Jij ook.'

'Aangeschoten. Een beetje.'

'Jij begon,'

'Weet ik. En ik zou het het liefst weer doen. Maar niet op deze manier.'

'Kuste ik niet goed?' vroeg Cathy. Ze begon een beetje te giechelen. Ze voelde zich redelijk onnozel.

'Te goed. Maar daar gaat het niet om. Je moet beslissen wat je wilt.'

Hij stond op, nam nog een slok en liep weg, met twee sandwiches in zijn hand.

Cathy bleef alleen achter. Ze pakte de fles om nog een slok te nemen, maar bedacht zich. Ze had inderdaad al te veel gehad. Veel te veel.

Opeens dacht ze weer aan Ronald. Lieve Ronald. En aan Rinus. Aan hoe hij eruit had gezien de laatste keer dat ze hem had gesproken. Aan de dingen die hij had gezegd. Voor zover ze zich die dingen nog met haar enigszins benevelde brein kon herinneren.

En ze begon te huilen.

Hoe lang ze daar zat en huilde, wist ze niet. Ze wist alleen dat ze het op een bepaald moment koud kreeg en misselijk werd. Ze veegde haar gezicht en haar snotterende neus droog met de mouw van haar trui, stond op en liep de hut uit. De halflege fles en de sandwiches bleven liggen.

Toen ze haar ouderlijk huis binnenkwam, bleef ze in de hal staan. In de kamer klonken verschillende stemmen. Ronald zou waarschijnlijk ook in die kamer zijn. Ze had op dit moment geen zin om met hem te praten. Ze wilde met niemand praten. Stilletjes liep ze naar de keuken en opende de deur een beetje. Ze had geluk. Alleen Erna was er. Ze maakte koffie.

'Psst …pssst Erna,' fluisterde Cathy.

Erna keek verbaasd om, zag Cathy en kwam naar haar toe. Ze bekeek Cathy van top tot teen. 'Wat heb je toch gedaan, Cathy … je was opeens verdwenen en kijk nu toch eens hoe je eruit ziet. Heb je gehuild?' Haar stem was mild en bezorgd.

'Het werd mij allemaal teveel …'

'Ik kan het mij voorstellen.'

'Ik wil alleen zijn, Erna. Even alleen zijn. Ik heb teveel gedronken. Ik ben misselijk en in de war.'

'Het lijkt mij dan ook maar het beste als je je even terugtrekt.'

'Kun jij me verontschuldigen?'

Erna knikte.

'En tegen Ronald zeggen ...'

'Ik zal hem uitleggen dat je rust nodig hebt. Hij zal het wel begrijpen. Ik denk dat hij allang blij is dat je weer terecht bent. Hij maakte zich zorgen.'

Cathy knikte. Ze werd overvallen door een schuldgevoel, wat ze er op dit moment absoluut niet ook nog bij wilde hebben. Ze slikte moeizaam. 'Ik ga maar naar mijn kamer.'

'Doe dat maar, meisje. Neem maar eens even wat tijd voor jezelf. Het zijn moeilijke dagen geweest.'

'Ja.'

Cathy sloot de deur van de keuken weer stilletjes en sloop naar boven.

Eenmaal in haar slaapkamer, sloot ze de gordijnen en ging op bed liggen. Een paar tellen later viel ze in slaap.

Ze was alweer een uurtje wakker toen Ronald voorzichtig haar kamer binnenkwam. Erna had haar iets te eten op bed gebracht en was heel even bij haar gebleven. Ze had geen specifieke vragen gesteld. Gelukkig niet. Ze was er alleen geweest en had een beetje over de bezoekers gekeuveld.

Maar nu was Ronald er dus.

Cathy zat half rechtop in bed met een boek in haar handen en durfde Ronald nauwelijks recht aan te kijken.

Ronald ging op de rand van het bed zitten en pakte haar hand vast. 'Sorry van vanmiddag,' zei hij. 'Ik gedroeg mij als een klein kind. Die Jasper ook. We hadden beter moeten weten.'

Cathy gaf geen antwoord. Ze staarde naar haar eigen hand in die van Ronald.

'Ik was bezorgd toen je opeens weg was. Ik begreep wel dat het je teveel werd. Je had tenslotte moeilijke dagen achter de rug en dan ook nog die confrontatie ... Maar ik maakte mij toch zorgen.'

'Ik moest naar buiten. De frisse lucht in. Een stuk lopen.'

'Ja. Vlak na jou vertrok die Jasper ook. Ik moet eerlijk bekennen dat ik achter hem aan wilde gaan omdat ik hem ervan verdacht dat hij wist waar je was, maar die vriendin van je klampte mij aan. Ze begon over de fantasieën van haar en jou over rijkdom en bekendheid, terwijl jullie op het bouwterrein van dat moderne appartementencomplex rondhingen.

Lieve Mindy, dacht Cathy.

'Ging hij achter je aan?' vroeg Ronald.

Cathy had de neiging om het te ontkennen. Maar liegen was nooit haar sterkste kant geweest. Daarom knikte ze alleen maar.

'Waar waren jullie?'

'In een hut die we vroeger ooit hadden gebouwd.'

'Waar is die hut?'

'Ergens in het bos.' Ze kon niet zeggen waar die hut precies was. Toen ze jong waren hadden zij, Jasper en Mindy een eed afgelegd dat ze nooit iemand iets zouden vertellen over hun geheime schuilplaats en die eed zou ze ook nu niet doorbreken. Ronald ging ook niet door op de locatie. Hij slikte alleen moeilijk, keek Cathy recht aan, kneep in haar hand en vroeg: 'Wat deden jullie daar?'

'Praten,' zei Cathy. Liegen kon ze niet, maar iets weglaten ...

'Praten?'

'Ja?'

'Alleen maar praten?'

'Ja.' Oké. Een klein leugentje dan.

'Waarover?'

'Over vroeger.'

'Natuurlijk.' Hij zuchtte diep, liet zijn ogen even door de slaapkamer dwalen en richtte zich weer op Cathy. 'Weet je wat mij het ergste dwarszit?' Hij wachtte niet op een reactie. 'Jasper weet echt veel meer van je af. Hij is met je opgegroeid. Jullie waren vrienden. Hele hechte vrienden. Dat heb ik allang begrepen. Jij had het moeilijk en ik kan mij zo goed voorstellen dat hij degene was aan wie je alles vertelde. Mindy vertelde je misschien ook dingen, maar ik heb het gevoel dat je hem meer vertelde. Je had ongetwijfeld een speciale band met hem.'

'Ja. Dat had ik. Als vrienden …'

'Was het werkelijk alleen dat? Het is toch duidelijk dat hij op een bepaald moment verliefd op je is geworden.'

Cathy gaf geen antwoord.

'Ik neem aan dat je ook hem op een andere manier ging bekijken. Misschien had je het zelf niet eens door, maar het moet toch een keer zijn gebeurd. Misschien vlak voordat je vertrok. Was het dat niet wat hij wilde zeggen? Dat jullie vlak voor jouw vertrek verder zijn gegaan dan alleen vriendschap.'

Cathy beet op haar lip en knikte.

'Hij was dus je eerste.'

'Ja.'

'Dat maakt hem nog meer speciaal.'

'Het gebeurde gewoon. Ik was van streek en rende naar hem toe, zoals zo vaak van tevoren. Maar dit keer was het anders want ik wist dat ik zou gaan. Ik wilde gewoon afscheid nemen van mijn maatje en toen gebeurde het. Ik weet niet eens meer hoe het kwam.'

'Zoals ik al zei … jouw eigen gevoelens gingen waarschijnlijk verder dan vriendschap. Zelfs als je het probeerde te ontkennen.'

'Maar ik ben daarna vertrokken. Ik heb nooit meer contact met hem opgenomen.'

'Uit angst, neem ik aan. Toen ik je leerde kennen had je al een elfjarige vlucht achter de rug. Ik denk dat je vooral op de loop bent gegaan voor je eigen gevoelens.'

'Misschien. Maar toen leerde ik jou kennen. Jij bracht mijn leven op orde. Je gaf mij rust.'

195

'Ik werd gek op je.'

'Ja.'

'En hoe gaat het nu verder?'

Cathy beet opnieuw op haar lip. 'Gewoon ... zaterdag gaan we naar huis en dan is alles voorbij. We trouwen en krijgen tien kinderen.' Ze probeerde te lachen, maar Ronald bleef serieus. Hij schudde zijn hoofd. 'Nee Cathy ...'

'Maar ...'

'Geloof me, ik wil niets liever dan dat. Maar pas als je zeker weet dat je dat ook wilt. Met heel je hart. Ik wil niet met je terugreizen en weten dat je in gedachten nog bij die Jasper bent. Ik wil dat je de dingen goed afsluit nu. Dat je stopt met wegrennen en beslissingen neemt.'

Cathy knikte. Het liefst had ze gezegd dat ze de beslissing al had genomen en had ze meteen haar spullen gepakt om te vertrekken. Maar ze wist dat ze dat niet kon doen. Niet vanwege de belofte die ze Rinus had gedaan en niet vanwege Ronald, Jasper en haar hele verleden.

'Ik kan vanavond hier wel komen slapen,' zei Ronald voorzichtig. 'Erna heeft de kamer hiernaast voor mij klaargemaakt, maar ik kan vannacht wel over de gang sluipen.'

Cathy glimlachte, maar schudde ook haar hoofd. 'Ik moet echt even alleen zijn.'

Ronald keek haar even aan en knikte toen. 'Wat kan ik zeggen ... ik heb zelf gezegd dat je beslissingen moet nemen. Daar zul je inderdaad over moeten nadenken.'

'Ik hou van je.'

'Ja. Ik van jou.' Hij kuste haar voorzichtig op haar wang en stond op. Bij de deur draaide hij zich nog een keer om.

'Ik zie er wel beter uit,' zei hij. 'En ik heb een goede baan.'

Cathy glimlachte.

HOOFDSTUK 14

Cathy werd rond twee uur wakker. Hardnekkig probeerde ze nog haar ogen te sluiten en weer in slaap te vallen, maar haar hele lichaam werkte niet mee. Ze had hoofdpijn en haar hele lijf kriebelde om te bewegen. Ze had het gevoel alsof alles in een te hoge versnelling stond afgesteld. Zelfs haar ademhaling ging te snel.

Ze draaide een paar keer onrustig in bed, stond toen op, trok haar badpak en ochtendjas aan en ging naar beneden.

Er was niemand meer. Ook Erna was naar huis. De hele inrichting van het huis vormde een grijs stilleven in de schemering. Helemaal donker was het nooit omdat het licht van de lampen van de oprit en de tuin door de ramen naar binnen kwam. Maar de schemering gaf de indruk dat alles uit schaduwen bestond.

Cathy liep via de keuken naar de bijkeuken en van daaruit naar het zwembad. Het water was spiegelglad en lokte.

Cathy deed haar badmantel uit en sprong in het water. Het was aangenaam van temperatuur, zoals altijd. Cathy trok de baantjes in een rustig tempo. Ze hoorde alleen haar eigen ademhaling en het zachte geluid van bewegend water. Haar gedachten leken weg te vloeien in het water.

Ze voelde dat ze rustiger werd. Haar spieren werden zwaarder en raakten vermoeid. Pas toen ze pijn begonnen te doen, stopte ze met zwemmen.

Ze ging het water uit, droogde zich af met een van de gereed liggende handdoeken, trok haar ochtendjas aan en liep weer terug via de bijkeuken naar de keuken.

Eerst wilde ze meteen weer naar boven gaan, maar alleen haar spieren waren vermoeid. Haar hoofd draaide nog op volle toeren en ze was nog niet slaperig. Ze was bang dat haar hoofd weer op hol zou slaan als ze in bed ging liggen en besloot wat melk warm te maken.

Met haar warme melk liep ze de woonkamer binnen. Ze deed het zonder na te denken en toen ze opeens Rinus zag staan, statig en met gesloten ogen in zijn kist, schrok ze.

'Verdorie,' mompelde ze. 'Ik had er helemaal niet meer aan gedacht dat jij er ook nog was.'

Ze aarzelde heel even, maar ging toen tegenover hem zitten. De dood was toch niet zo beangstigend als ze altijd had gedacht.

'Hoe is het nu om zoveel mensen op bezoek te krijgen?' vroeg ze. 'Het moet toch pijn doen dat je je nergens meer mee kunt bemoeien. Maar je hebt tenminste je zin. Je mag je tijd tot de laatste seconde hier in huis doorbrengen.'

Ze keek naar zijn stille gezicht. Hij zag er nu eigenlijk niet zo ellendig uit als in de laatste dagen van zijn leven. Er lag nog steeds die wat tevreden trek rond zijn mond en hij zag er enigszins ontspannen uit. De gelige kleur van zijn huid ging verscholen onder speciale make-up, die de mannen van de begrafenisonderneming hadden gebruikt. Zijn pak was schoon en gestreken. Een heertje.

'Kijk je nu zo tevreden omdat je weer een puinhoop van mijn leven hebt gemaakt?' vroeg ze. 'Ik weet wat je denkt ... het is je eigen schuld. Zei je dat vroeger niet altijd al? Dat ik mijzelf altijd in de problemen werkte? Ik haat het om het toe te geven, maar misschien had je wel gelijk. Al vind ik toch dat het ook jouw schuld is. Als jij niet op het idee was gekomen om mij op te laten draven, dan was dit alles niet gebeurd. Dan was ik niet meer in Olme gekomen en had ik Jasper nooit meer getroffen.

Dan was alles duidelijk geweest. Ik was getrouwd met Ronald. We hadden veel kinderen gekregen en nog lang en gelukkig geleefd. Verdorie.'

Cathy keek weer naar zijn gezicht. 'Lach je stiekem?' vroeg ze. Het was net alsof zijn mondhoeken iets omhoog waren gekruld. Maar misschien was dat ook gewoon iets wat ze van hem verwachtte. Zelfs nu nog.

Ze schudde haar hoofd. 'Het is belachelijk,' mompelde ze. Ze keek haar vader weer aan. 'Waarom raak ik hiervan in de war? Er is toch geen enkele reden waarom ik niet met Ronald zou trouwen en massa's kinderen zou krijgen en nog heel erg lang en gelukkig zou leven?' Ze stokte even. 'Als ik tenminste daartoe in staat ben,' mompelde ze er achteraan.

'Waarom moest je Jasper zo nodig uitnodigen?' vroeg ze weer aan haar vader. 'Je wist heel goed wat er gebeurde, nietwaar. Maar je geniet van dit soort dingen. Ik weet het zeker.' Ze schudde opnieuw haar hoofd. 'Het is gewoon allemaal idioot. Jasper en ik waren eens hele goede vrienden en oké … er is meer gebeurd. Maar het is voorbij. Het is stom om in het verleden te blijven hangen. Jasper en ik zijn volwassen geworden en we hebben ieder ons eigen leven. De dingen zijn niet zoals ze vroeger waren. Het is belachelijk om te denken dat het wel nog zo is. Nee … ik blijf echt wel met mijn voeten op de grond staan. Ik neem afscheid van Jasper, netjes met een handdruk en zaterdag ga ik naar huis. Naar Amsterdam. Met Ronald. En over een paar maanden trouwen we en leven we nog lang en gelukkig. Ronald houdt van mij en ik van hem. Het is een goede, leuke, lieve man. Ik zou gek zijn als ik een man als hij liet lopen. Wat weet ik nu van Jasper af? Alles wat ik weet, zijn mijn herinneringen uit de tijd dat we nog kinderen waren. Daarop kun je geen toekomst bouwen. Laat staan alles weggooien wat ik heb. Nee …Rinus. Ik zal dit keer echt wel mijn verstand gebruiken. Ik zal je nog versteld doen staan.' Ze dronk haar melk op en stond op. 'En nu ga ik naar bed. Het was prettig om een keer met je te praten, zonder je sarcastische opmerkingen naar mijn hoofd geslingerd te krijgen of het verwijt dat ik weer stommiteiten uithaal.' Ze wilde weglopen, maar bedacht zich en draaide zich nog een keer om naar Rinus. 'En weet je Rinus … ik geloof dat ik je niet eens meer haat. Misschien neem ik je de dingen nog kwalijk die je hebt gedaan, maar ik geloof dat ik je begin te begrijpen. Ik geloof dat je werkelijk niet beter wist. Niet dat ik dat leuk vind of zo … of dat ik daarmee alles maar vergeef … maar ik haat je niet meer. Nee … ik geloof niet dat ik dat nog doe.'

Daarna liep ze weg. Ze zette haar lege beker op het aanrecht en ging naar boven, naar bed. Haar spieren waren zwaar en moe en haar ogen brandden een beetje. Dit keer viel ze snel in slaap.

HOOFDSTUK 15

De volgende dag verliep hectisch. Er kwamen nog meer mensen op bezoek dan de voorgaande dag. Sommige mensen kende ze, anderen had ze nooit eerder gezien. Er waren ook mensen die voor de tweede keer kwamen. Ze wist niet eens of alle mensen Rinus wel hadden gekend, maar ze was allang gestopt met zich dat af te vragen.

Janine speelde haar rol als rouwende echtgenote voortreffelijk.. Ze zweefde rond in een donker mantelpakje en haar hoedje met netje voor haar gezicht. Ze rookte de ene sigaret na de andere, maar deed dat in elk geval met elegantie. Likeurtjes vonden ook haar weg onder het sluiertje en ze praatte met de gasten zoals dat van een gastvrouw verwacht werd. De meeste aandacht besteedde ze evenwel aan Beundijk, die blijkbaar met zekerheid wilde weten of Rinus wel dood was, gezien hij voor de tweede keer hier was en Rinus nooit had gemogen. Rinus' weduwe kon natuurlijk ook de oorzaak zijn voor zijn interesse.

Ronald hielp Erna af en toe een beetje in de keuken, bleef zo dicht in de buurt van Cathy dat ze er de kriebels van kreeg – wat haar weer ergerde want het was niet aardig om de kriebels van je eigen verloofde te krijgen – en praatte met mensen die hij nooit eerder had gezien over andere mensen waar hij nooit over had gehoord. Maar Ronald was goed in het omgaan met mensen. Iedereen leek hem te mogen. Cathy dacht zo weinig mogelijk na. Ze zorgde ervoor dat iedereen goed werd verzorgd en rende een beetje onnodig op en neer met drankjes en hapjes.

Ze had de illusie kunnen handhaven dat ze zich voor niets druk had gemaakt als niet opeens Jasper met zijn ouders naar binnen waren gekomen.

Zoals gewoonlijk was Esmée, de moeder van Jasper, meteen duidelijk aanwezig. Met haar zwarte jurk zwierig om haar slanke lichaam heen zwabberend liep ze met grote passen en weidse gebaren de woonkamer binnen. Haar lange roodblonde haren waren grijs geworden en wapperde als een vlag achter haar aan.

Ze liep meteen naar Rinus toe, zonder andere gasten een blik waardig te gunnen.

'Zo oude rakker,' zei ze. 'Hier sta je nu met je grote mond. Het moet toch verschrikkelijk voor je zijn om je nergens mee te kunnen bemoeien.' Ze lachte. Het klonk helder en oprecht. 'De dood is zo erg niet, hé rakker? Nou ja ... dat heb je ook nooit gedacht. Ik weet nog dat we het erover hadden toen ik dat beeld bracht. Je moet het toen al hebben geweten. Misschien dat we daardoor toen op dat onderwerp kwamen. Maar je was niet bang voor de dood. Letterlijk zei je dat het belachelijk was om bang te zijn voor zoiets alledaags als de dood. Nou rakker ... ik denk dat je gelijk had. Je ziet er tevreden uit. Ik hoop dat je in elk geval nog plezier hebt gehad van je beeld. Het is de beste opdracht geweest die ik in mijn leven heb gehad. De meest veelzeggende.' Ze draaide zich om zoals een balletdanseres dat zou doen en haar ogen flitsten zoekend door de kamer. 'Waar is Cathy? Kleine Cathy?'

Ammesh, haar man, die al die tijd zwijgend half achter haar had gestaan, en wiens wilde haardos en baard inmiddels ook wit was gekleurd, draaide zich ook om, maar zijn ogen zochten niet. Die bleven ergens in het niets hangen.

Jasper bleef strak naar Rinus kijken, alsof hij hem wilde vragen wat hij met de situatie aan moest.

Cathy meldde zich voorzichtig. Ze wist dat het geen zin had

om zich te verstoppen. Esmée zou desnoods de kamer op zijn kop zetten, als dat nodig was om haar te vinden.

'Cathy!' riep Esmée uit. 'Lieve kleine Cathy.' Ze liep haastig naar Cathy toe en omhelsde haar innig. Een wolk van bloemenparfum, vermengd met de geur van kalk, omringde hen en Cathy voelde hoe Esmée's opvallende lippenstift tegen haar wang plakte. 'Kleine Cathy … laat me eens kijken.' Esmée liet haar weer los en zette een stapje achteruit om Cathy te bekijken. 'Nou ja.. je bent niet meer zo klein. En gelukkig niet meer zo mager. Je ziet er goed uit, kind. Ondanks alles. Een beetje witjes misschien, maar ja … het gaat je ook allemaal niet in de koude kleren zitten, nietwaar. Ik wed dat die ouwe het je niet gemakkelijk heeft gemaakt. En dan ook nog zo dood gaan …' Ze schudde haar hoofd. 'Echt iets voor Rinus.'

'Nou …, hij zal er niet echt voor hebben gekozen om op deze manier te gaan …'

'Weet ik niet. Ik geloof dat hij zelf wel van de dramatiek rond kanker hield. Rinus was vreemd. Maar wie zeg ik het?' Ze glimlachte. 'En toch … toch denk ik dat hij bepaalde kanten had die niemand vermoedde. Zelfs jij niet.'

'Misschien …' mompelde Cathy.

Esmée grijnsde weer. 'Neem het nu maar van mij aan.' Ze keek om naar Ammesh, die geruisloos achter haar was komen staan. Jasper stond nog bij Rinus en keek alsof hij een telepathisch gesprek met hem voerde.

'Ammesh … vind je niet ook dat Cathy er goed uitziet? Ondanks alles?'

'Hé wat?' Hij keek haar even verwonderd aan en keek toen naar Cathy. 'Oh ja.. natuurlijk.'

Ammesh was ook niet veranderd. Hij leek nog steeds niet te weten dat er een wereld om hem heen was.

Cathy glimlachte naar hem. 'Fijn dat je bent gekomen, Ammesh.'

'Wat? Oh ja ...'

'Tssss,' zei Esmée afkeurend. Maar ze besteedde niet meer woorden aan haar man. 'Cathy, lieverd, het is hier wel een dooie boel. Waarom is er geen muziek. Bach bijvoorbeeld. Vivaldi misschien ...'

'Ik ben bang dat Rinus niets in die richting heeft,' bekende Cathy.

'Nee, waarschijnlijk niet. Geen smaak, die man ... behalve dan misschien wat beelden aangaat ...'

'Je hebt een beeld voor hem gemaakt, begreep ik?'

'Ja. In opdracht.' Ze keek Cathy op een wat eigenaardige manier aan. 'Je hebt het nog niet gezien hè.'

Cathy schudde haar hoofd.

'Het staat in de tuin, bij de rozenstruiken. Je zou eens moeten gaan kijken.'

'Dat zal ik doen. Wat is het voor een beeld?'

'Je zult het wel zien. Fijn dat je weer thuis bent.'

Cathy wilde er iets op zeggen, maar Esmée stoof alweer weg en opeens stond ze weer oog in oog met Jasper.

Blijkbaar had hij zijn onderonsje met Rinus beëindigd en was hij naar haar toe gekomen.

'Gaat het een beetje?' vroeg hij.

Cathy haalde even haar schouders op. 'Dat gedoe gisteren ...' begon ze.

'Gedoe?' vroeg Jasper. 'In de hut?'

'Hier.'

'Oh dat.' Hij haalde zijn schouders op. 'Ik vind dat je niet bij hem past,' zei hij toen. Hij duwde zijn handen diep in zijn zakken en liep weer weg.

Cathy staarde hem een paar tellen na.

'Wat heeft hij gezegd?' Het was Ronald die opeens naast haar stond.

'Niets bijzonders. Hij vroeg alleen hoe het was.'

'Oh.' Het klonk niet erg overtuigend. Maar Ronald ging er niet op door.

'Ik ga Erna helpen,' zei Cathy. Ze draaide zich om en liep naar de keuken. Ze had verwacht dat ze vandaag beter opgewassen zou zijn tegen de gevoelens die Jasper opriep, maar dat was ze niet. Hij had nauwelijks iets tegen haar gezegd en haar slechts even aangekeken. En toch had hij haar opnieuw verward.

In de keuken trof ze Erna niet aan. Er stond niets wat ze naar binnen kon dragen, noch iets wat ze kon doen. Geen enkele afleiding. Ze bleef even besluitloos in de keuken staan en keek door het raam naar buiten, naar de siertuin.

In een impuls liep ze de bijkeuken in en via de bijkeuken naar de tuin. Ze zag nu pas dat hij slecht onderhouden was. Ze nam aan dat het iets van de laatste weken was. Blijkbaar had geen van de nieuwe tuinmannen die haar vader had aangenomen het lang vol gehouden. Uitgerekend nu alles begon uit te schieten. Ze volgde het paadje met de platte stenen de tuin in. Ze wist waar de rozenstruiken waren. Ze nam tenminste aan dat die nooit waren verplaats. Rinus had nooit van veranderingen gehouden. Behalve dan wat vrouwen betrof.

Vrijwel meteen toen ze de plek zag waar de rozenstruiken waren, zag ze dat de struiken enorm waren gegroeid sinds de laatste keer dat ze hier was geweest, dertien jaar geleden.

Ze waren niet bijzonder effectief gesnoeid en zagen er wat wild uit. Ergens tussen die frisgroene bladeren en knoppen, zag ze het blauwgrijs van een beeld doorschemeren. Ze liep erheen en duwde wat bladeren aan de kant, zodat ze het hele beeld kon zien.

Haar mond zakte een klein beetje open toen ze naar het beeld keek. Een raar gevoel wervelde rond in haar maag en ze had het gevoel alsof de hele wereld onder haar voeten bewoog.

'Dat had je niet verwacht, hè,' zei een stem achter haar. Ook zonder om te kijken wist ze dat het Jasper was.

'Wist je het?' vroeg ze.

'Ja.'

'Jeee ... ik begrijp het niet.' Ze staarde naar het beeld voor haar. Haar eigen evenbeeld in brons. Niet zoals ze nu was, maar zoals ze lang geleden was geweest. Vijftien jaar geleden, waarschijnlijk. Een ranke gestalte die met een dromerige blik naar een vlinder met gespreide vleugels op haar hand keek. Lange krullen die over haar schouders en rug vielen.

'Ik wel. Hij is je nooit vergeten.'

'Maar waarom nu?'

'Misschien wilde hij dat wel duidelijk maken. Op zijn manier. Hij was nooit goed in woorden, begreep ik. Misschien was dit wel zijn manier om iets te zeggen.'

'Maar hoe ... waarom ...'

'Waarom je daar zo staat? Dromerig en met die vlinder met gespreide vleugels? Een opdracht van je vader. Niet letterlijk natuurlijk. Ik geloof niet dat hij daarvoor de fantasie had. Maar hij wilde dat mijn moeder je maakte zoals je was. Een dromer. Een fantast, zoals hij het noemde. Overgevoelig. En op de vlucht.'

'Dat klinkt inderdaad als mijn vader,' gaf Cathy toe. Ze draaide zich om naar Jasper. 'Vond hij het beeld mooi?'

'Hij gaf het niet met die woorden toe, zei mijn moeder, maar ze was ervan overtuigd dat hij er weg van was. Hij mopperde natuurlijk over een aantal details, maar hij kon zijn ogen er niet vanaf houden, zei ze.'

Cathy glimlacht. 'Het lukt hem zelfs nu nog om mij te verbazen.'

'Dat zit in de familie,' zei Jasper. Hij keek Cathy recht aan.

Cathy voelde dat ze nerveus werd. Hij stond veel te dicht bij hem. Ze zou hem zo gemakkelijk kunnen aanraken. Hem vast kunnen houden en zijn gezicht kunnen strelen. Zijn geur in zich kunnen opnemen en haar gezicht tegen zijn shirt kunnen drukken. Hem kunnen kussen.

Heel even leek het alsof Jasper zich naar haar toe boog.

Toen hoorde ze haar naam roepen.

Het was Ronald. Ronald wist niet de weg in de tuin en Cathy wilde niet dat hij haar kwam zoeken. 'Ik kom,' riep ze.

Nog een seconde keek ze Jasper aan.

'Blijf alsjeblieft in Olme,' zei Jasper. 'Ga niet opnieuw weg.'

Cathy klemde haar lippen op elkaar, draaide zich om en liep vlug terug naar het huis.

'Wat deed je in de tuin?' vroeg Ronald. Hij probeerde de vraag luchtig te stellen, maar hij keek langs haar de tuin in. Ze geloofde niet dat Jasper in het zicht stond, maar ze was bang dat hij dat zou kunnen doen. Misschien niet eens per ongeluk. 'Ik ging naar een beeld kijken,' zei ze, terwijl ze Ronald onopvallend mee naar binnen trok. 'Rinus heeft het nog niet zo lang geleden laten maken.' Ze bleef in de bijkeuken staan en keek Ronald aan. 'Het was een beeld van mij.'

'Van jou?'

Cathy knikte.

'Blijkbaar was hij je niet vergeten.'

'Blijkbaar niet.' Ze voelde dat ze een brok in de keel kreeg. 'Waarom riep je mij?' vroeg ze snel.

'De pastoor van het dorp is hier. Hij vroeg naar je.'

'De pastoor?' vroeg Cathy verbaasd. 'Van der Velde?'

'Ik weet niet hoe hij heet.'

'Het moet Van der Velde zijn. Rinus had het over hem, maar ik had niet verwacht dat hij zou komen. Gezien Rinus geen mis wilde ...'

'Tja ... kom nu maar mee.'

Ronald nam Cathy mee naar de woonkamer, waar Pastoor van der Velde al op haar wachtte. Cathy had het opeens erg warm. Hoe moest ze de goede man uitleggen dat er geen mis kwam? Ook al kon Rinus daar niets tegenin brengen. Dat ze zich zou houden aan zijn uitdrukkelijke wens? Van der Velde begroef iedereen in het dorp. Als ze dood waren, uiteraard. Iedereen kende hem.

'Cathy Schols,' reageerde de kleine magere man haar hartelijk. Hij schudde haar snel de hand. Ze zag dat hij kaal begon te worden.

'Pastoor van der Velde ...'

'Mijn deelname kind ... mijn deelname ...'

'Dank u.'

'Hij heeft het uiteindelijk toch opgegeven.'

'Hij was erg ziek.'

'Ja kind, ik weet het. Maar het zal hem toch leed hebben gedaan dat hij moest opgeven. Rinus was daar nooit erg goed in.'

'Ik wist niet eens dat jullie elkaar zo goed kenden.'

'Och goed ...' De pastoor plukte een borrel van een dienblad, toen Erna ermee langs kwam en sloeg hem met verbazende handigheid achterover.

'We hebben een paar keer met elkaar gepraat. Ik moet eerlijk bekennen dat ik geprobeerd heb hem te bekeren. Op zijn minst een beetje. Zonder succes. Helaas. Zelfs een laatste sacrament weigerde hij.'

'Tja ...' Hoe moest ze nu over die begrafenis beginnen?

'Ik ben blij dat ik in elk geval bij zijn begrafenis mag zijn ...'

Oh jee. 'Wat zijn begrafenis betreft ...'

'Zijn crematie bedoel ik natuurlijk. Geen zorgen. Ik weet dat er geen mis in mijn kerk komt. Dat heeft hij mij duidelijk genoeg laten weten. Maar hij heeft mij uitgenodigd om naar de crematie te komen en de koffietafel bij te wonen. Er zou slagroomgebak zijn, zei de vlegel. Alsof dat ertoe doet.'

Inwendig glimlachte Cathy. Iedereen in het dorp wist dat slagroomtaart een ijzersterk argument voor de pastoor was om ergens heen te gaan. Maar ze zei het natuurlijk niet hardop.

De pastoor zag een kans om opnieuw een borrel van een dienblad te plukken en werkte ook die rap weg. 'Kan ik toch nog
stiekem voor hem bidden,' zei hij grinnikend tegen Cathy.
'Maar goed.. ik moet nu gaan. Ik moet nog wat bezoekjes
afleggen en ik wilde je heel even mijn deelname betuigen. We
zien elkaar morgen weer ...'

'Ja. Fijn dat u kunt komen.'

'Natuurlijk. Ook de verloren schapen vergeet ik niet.' Hij zette
zijn lege glaasje weg, pikte nog snel een hapje mee en liep
gehaast weer weg.

'Apart mens,' zei Ronald. Hij was in de buurt blijven staan en
stond nu weer bij Cathy.

'Pastoor van der Velde. Inderdaad apart, maar heel aardig.'
Haar ogen zochten ondertussen de kamer af, maar Jasper zag
ze niet meer.

HOOFDSTUK 16

'Hier zit ik weer,' zei Cathy. Het was twee uur 's nachts en net als een nacht eerder zat ze in haar ochtendjas en met een beker melk in haar handen tegenover Rinus.

'Voor de laatste keer.' Het speet haar meer dan ze had verwacht.

'Ik heb het beeld gezien,' zei ze. 'Ik had het niet verwacht. Je bent er weer in geslaagd om mij in de war te brengen. Zoals zo vaak eerder. Alleen kan ik er dit keer niet kwaad om worden. Waarom, Rinus? Was het dan toch anders dan ik dacht?' Ze nam een slokje melk en bleef naar Rinus kijken.

'Je kunt die grijns nu wel van je gezicht halen,' zei ze. 'Het is echt niet zo dat ik je alles vergeef. Maar ...' Ze slikte even en wendde zich af alsof ze zijn blik wilde ontwijken. Het voelde ook alsof hij haar aankeek, ondanks zijn gesloten oogleden. 'Maar ik probeer het te begrijpen. Een ding moet ik in elk geval zeggen. Je bent altijd eerlijk geweest. Enorm bot en zonder enige tact ... dat wel. Maar je zei altijd wat je dacht, ook als dat geen erg fraaie gedachte was en misschien moet ik dat respecteren. Een beetje dan. Je deed in elk geval nooit alsof. Je was geen bijzonder aardig mens, maar je probeerde dat ook nooit iemand wijs te maken. Je zag er het nut niet van in. Misschien leefde je daardoor wel gemakkelijker dan ik. Of iemand anders. Je was gewoon jezelf. Rinus. Niet in staat om echt rekening met anderen te houden.' Ze glimlachte voorzichtig. 'Ja ... je hebt het goed gehoord. Niet in staat ... Erna zei zoiets en waarschijnlijk had ze gelijk. Je kon het gewoon niet. Rekening houden met anderen en nog veel minder met de gevoelens van anderen. Misschien ontbrak er inderdaad simpelweg een schakel. Maar dat beeld ... dat beeld zegt meer dan woorden. Dat zegt dat je mij misschien toch niet zo hopeloos vond als ik dacht. Dat je op je eigen rare manier misschien toch om mij gaf, al kon je dat natuurlijk moeilijk gaan zeggen. Met dat beeld heb je het toch laten weten. Het is jammer dat ik het nu pas weet. Als ik het eerder had geweten ...' Ze stokte en schudde toen haar hoofd. 'Nee.. ik zou er niet met jou over gepraat kunnen hebben. Je zou het waarschijnlijk niet hebben gewild. Daarom heb je ook niets gezegd.' Ze dronk haar melk leeg. 'Dit was het dus Rinus. Morgen word je gecremeerd en uitgestrooid. Precies zoals je wilde. Er komt een koffietafel en je notaris Klerken en Pastoor van der Velde zullen er zijn. En nog veel meer mensen. Er zal goed gegeten en gedronken worden en dan is alles voorbij.' Ze keek naar hem. 'Wat zeg je?' Ze boog zich naar hem toe en deed alsof ze luisterde naar iets wat hij zei. 'Dat testament nog? Oh ja ... precies. Dat wordt ook nog voorgelezen. Ik heb al gezegd dat ik niets wil. Maar je zult wel weer je eigen mening daarover hebben. Misschien heb je mij een paar foto's van je nagelaten. Ik zie je er voor aan. En weet je wat? Misschien lijst ik ze zelfs in en hang ik ze op in mijn appartement in Amsterdam.' Ze stokte opnieuw en dacht aan haar eigen appartement, wat zo verschrikkelijk ver weg leek. Ze dacht aan de grote stad en aan de drukte. Ze probeerde zichzelf in die stad voor te stellen. Ze probeerde zichzelf daar te zien, samen met Ronald en misschien zelfs wat kinderen. Maar het lukte niet. Ze kreeg er geen beeld bij. In plaats daarvan flitste een ander beeld door haar hoofd; zij en Jasper in de hut. Zij en Jasper, elkaar kussend. Ze schudde haar hoofd. 'Ik word hier nog gek van,' mompelde ze. Ze richtte zich weer tot haar vader. 'In elk geval zou het mij niet verbazen als je nog iets in petto hebt,' zei ze. 'Ik hoop alleen dat je Van der Velde niet te veel plaagt. Hij verdient het niet, weet je.' Ze stond op. 'Rinus ... ik zie je morgen. Slaap lekker.'

Ze liep de kamer uit, de hal in en naar boven. Ze merkte dat ze een brok in haar keel had toen ze haar eenzame kamer binnenging. Ronald was er niet. Ze had hem gevraagd om haar nog een nacht alleen te laten. Het had haar pijn gedaan, maar ze kon niet anders.

Ze kroop in bed en trok de dekens op tot haar neus. Ondanks het warme voorjaarsweer van afgelopen dag had ze het koud. Veel sliep ze dan ook niet.

HOOFDSTUK 17

'Rinus ... je was niet iemand die van lange redevoeringen hield en nog veel minder van te veel franje. Daarom houden we het kort, precies zoals je wenste. Je was een aparte man, Rinus. Niet bijzonder aardig of sociaal, maar in elk geval duidelijk in je mening. Op je eigen manier was je oprecht en dat is iets wat we ook moeten respecteren. Zeker in een wereld waar ons al teveel dingen veel mooier worden voorgeschoteld dan ze in werkelijkheid zijn. In een wereld waarin veel mensen niet menen wat ze zeggen. En laten we eerlijk zijn ... wat hebben we dan aan mooie woorden? Rinus ... ik ben blij dat ik je heb gekend.' Erna keek vanuit haar plek, voorin de kleine zaal, naar de kist waarin Rinus lag, klaar om de oven in geschoven te worden. 'En ik meen het,' zei ze erachter aan. Ze keek even naar Cathy.

Cathy stond op en liep naar de kist. Ze legde een paar rozen in knop, die ze in de tuin had geplukt, op de kist. 'Tot ziens, Rinus. En maak ze daarboven niet gek,' zei ze. Ze rilde even en slikte moeizaam.

Daarna liep ze haastig het zaaltje uit. Andere mensen zouden naar de kist lopen en een laatste groet brengen. Maar ze hoefde het niet te zien. Ze verborg zich tussen de jassen aan de kapstokken en begon te huilen. Ze had niet gedacht dat ze zou gaan huilen, maar nu gebeurde het toch en leek het alsof het nooit meer zou stoppen. Ze had het koud, was misselijk en voelde zich ontzettend alleen.

En opeens waren er die armen om haar heen. Ze hoefde niet eens te kijken om te weten wie het was. Ze herkende zijn geur, zijn beweging, zijn warmte. Ze had zo vaak in deze armen gehuild. Ze drukte haar gezicht tegen Jaspers shirt, terwijl hij haar haren en rug streelde.

Ze voelde zich slecht, ellendig en verward.

Maar hij stelde geen vragen. Hij zei niets. Hij was er gewoon. Zoals hij er ook vroeger altijd was geweest.

'Het is niet eerlijk,' snikte ze.

'Och ...'

'Je lijkt je vader wel.'

'Ja.'

'Hoe wist je dat ik hier was?'

'Ik ken je. Vroeger zocht je ook altijd dit soort plekken op als het teveel werd. Herinner je je het niet meer? De garderobe bij de bioscoop, de garderobe bij Kroneburg, de kapstok bij ons thuis ...'

Cathy herinnerde het zich. Een hele bos jassen waren in haar ogen altijd een prima verstopplaats geweest. En niemand die haar daar ooit vond. Behalve Jasper. Omdat hij het wist.

'Maar ik ... maar Ronald ...'

'Ronald is je ook gaan zoeken.'

'Maar ...'

'Hij weet niet dat je hier bent. Hij kent je niet zo goed als ik.'

'Het is niet eerlijk om dat te zeggen. Ronald is al twee jaar mijn vriend. Hij is lief.'

'Och ...'

Natuurlijk had ze zich meteen los moeten trekken en Ronald moeten zoeken. Maar ze deed het niet. Ze bleef daar maar staan, in de veiligheid van Jaspers armen en voelde zich schuldig.

Totdat het zaaltje openging en de mensen pratend naar buiten kwamen. Rinus was in de oven verdwenen. En hij zou nooit meer terugkomen. Ze maakte zich voorzichtig los van Jasper.

'Ik moet gaan.'

'Dat weet ik.'

'Jasper ik ...'

Hij schudde zijn hoofd. 'Zeg alsjeblieft niets.'

Cathy veegde met de rug van haar hand haar tranen weg en keek hem aan.

'Ik wil je niet nog een keer verliezen Cathy.'

Cathy haalde diep adem, maar ze zei niets. Ze draaide zich om en verdween tussen de mensenmassa, waar Ronald haar weer vond.

'Ik heb naar je gezocht. Gaat het een beetje?'

'Het gaat.'

Hij legde zijn arm om haar schouders en drukte haar tegen zich aan. 'Je hebt een aantal rotdagen gehad. Maar het is bijna voorbij.'

'Ja.'

Ze liepen samen weg. Cathy keek niet om, maar ze wist dat Jasper naar haar keek. En dat hij dat nog vaak zou doen tijdens de koffietafel.

Maar Cathy zou er niet op ingaan. Ze zou er deze laatste keer voor haar vaders gasten zijn.

HOOFDSTUK 18

Ze zaten in de bibliotheek. Van der Velde, Erna, Janine, Cathy en natuurlijk Jaque Ruffer. Erna had er voor de gelegenheid twee stoelen bijgezet.

Ruffer, de wat droge notaris op leeftijd, keek door zijn leesbrilletje naar de papieren op zijn schoot. Waarschijnlijk kende hij de inhoud uit zijn hoofd, maar het stond beter als hij erin keek.

'Het was Rinus' nadrukkelijke wens om zijn testament meteen na de koffietafel openbaar te maken,' begon hij. 'Daarom zijn we hier bij elkaar.'

Hij keek de aanwezigen een voor een aan. Erna zat met rechte rug op een keukenstoel en staarde wat voor zich uit. Pastoor van der Velde nipte aan een borreltje. Het was duidelijk aan zijn gezicht te zien dat hij niets verwachtte en misschien maakte het hem niet veel uit. Hij was gewoon graag overal bij. Zeker als er borrels waren. Janine was gespannen. Ze zat in haar stemmige zwarte jurk als een koningin in haar fauteuil Af en toe gleden haar ogen vluchtig door de bibliotheek, alsof ze al keek wat ze allemaal kon veranderen. Cathy wachtte alleen maar af en bedacht dat de man inderdaad een verschrikkelijk accent had. In de woonkamer wachtte Ronald. Waarschijnlijk voerde hij een gesprek met Beundijk, die zichzelf had uitgeroepen tot onmisbare steun voor Janine in deze zware tijden. Het was duidelijk dat hij haar nieuwe chaperonne zou worden, zodra hij daartoe de kans zou krijgen.

'Ik ga de dingen die hij mij liet opschrijven letterlijk voorlezen. Dus neem alstublieft in acht dat de woorden die ik gebruik de zijne zijn, en niet de mijne.' Hij leek heel even wat onzeker. ' Een paar opmerkingen heeft hij er in zijn laatste uren nog aan toegevoegd.'

'Dat zal wat worden,' mompelde Erna. Een kleine glimlach speelde rond haar mond.

'Erna,' begon de notaris. 'Je bent het soort vrouw dat ik graag als wat tuttig beschouw en ik neem aan dat ik dat ook tegen je heb gezegd. Noch je uiterlijk, noch je karakter zou ervoor gezorgd hebben dat ik onder andere omstandigheden je een blik waardig zou hebben gegund. Maar je hebt goed voor mij gezorgd. Goed … je deed natuurlijk gewoon je werk, maar je was er goed in en mensen die goed zijn in hun werk verdienen een beloning. Zeker als ze andere mensen, zoals ik, kunnen doen geloven dat ze speciaal zijn. Een ware kunst. Daarom, Erna, laat ik je tweehonderdduizend euro na en dat boek van die sages en sprookjes uit deze streek, waar je zo weg van bent. Wees er voorzichtig mee want het is ruim een eeuw oud en een kapitaal waard.'

'Jeee,' fluisterde Erna. Voor het eerst zolang Cathy haar kende, leek ze echt van streek. Haar wangen gloeiden. 'Zoveel geld en dat boek. Jee …'

Janine wierp haar een korte nijdige blik toe. Ze hield er blijkbaar niet van om iets af te geven. Zelfs niet als er genoeg voor haar overbleef.

'Pastoor van der Velde …' ging de notaris verder. 'De volgorde is niet logisch, maar het leukste bewaar ik graag voor het laatst. Je hebt mij behoorlijk wat aan mijn kop gezeurd over het geloof. In de hoop mijn begrafenis te mogen regelen, neem ik aan. Ik heb je moeten teleurstellen en waarschijnlijk loop je ook daardoor weer een stuk inkomsten mis, maar je weet hoe ik ben … Maar verder ben je wel oké, neem ik aan. Voor zover een pastoor oké kan zijn. Ik moet zeggen dat je je nooit door mijn mening uit het veld liet slaan en veel durf aan de dag legde in je pogingen mij om te praten en daarmee verdien je ook wel wat. Aan jou laat ik het restant na, wat overblijft na mijn giften aan Erna, Janine en Cathy en dat komt neer op ongeveer honderdduizend euro. Je kunt het aan arme kinderen of andere onzin besteden, maar wat mij betreft mag je er ook een drankvoorraad van aanleggen en eens genieten van het leven. Zie maar.'

'Honderdduizend euro?' reageerde de pastoor verbijsterd. Bijna viel zelfs het borrelglaasje uit zijn handen. 'Goede god …' Hij keek even naar boven alsof hij hem persoonlijk wilde bedanken.

Janine schraapte geërgerd haar keel. Ze wilde weten hoe rijk ze nu was.

Cathy onderdrukte een grinnik. Gek dat ze nu pas ontdekte dat haar vader gevoel voor humor had.

'Janine …' ging de notaris verder. Janine ging recht zitten en keek hem gespannen en iets hautain aan. Nu kwam het waar het om draaide.

'Je bent de meest egoïstische feeks die ik ooit heb gekend,' begon de notaris. Janine's gezicht veranderde in een woedend masker. 'Maar …' ging de notaris verder. 'Dat was ik ook, al was ik waarschijnlijk meer hufter dan feeks en we hadden veel plezier samen. Natuurlijk irriteerde het mij dat je niet voor mij zorgde toen ik zo ziek was, maar andersom had ik het misschien ook niet voor jou gedaan en ik zat er ook niet op te wachten om mij vooral in mijn laatste dagen aan jou bloot te geven. Het leek mij beter dat je mij onthield zoals ik was voor die ellendige ziekte mij sloopte. Als je tenminste nog eens aan mij denkt. Ik durf te wedden dat die idioot van Beundijk al zit te wachten om je over te nemen. Hij heeft het al nooit kunnen uitstaan dat ik je inpalmde.'

Janine kuchte nerveus.

'Aan jou, Janine, laat ik een heel aardig bedrag van vijfhonderdduizend euro na en een appartement in dat afschuwelijke nieuwe gebouw met de belachelijke naam "Het Klooster". Je hebt altijd al van modern gehouden en het idee dat je van mijn huis een abstracte meubeltentoonstelling zou maken, bezorgde mij spontane stuipen. Je hebt nooit echt van dit huis gehouden zoals het is en je zult dat nooit doen. Bovendien moet ik er niet aan denken dat die idioot van een Beundijk in mijn huis trekt. En dat zou dan uiteindelijk toch gebeuren. Hij heeft ook een appartement in die witte kast dus je zit dan dicht bij hem. Maar met een eigen woning kan hij je niet meteen bij hem in huis pakken, wat ik een prettige gedachte vind. Want wie weet, verander je nog van gedachte en ga je er uiteindelijk met een andere vent vandoor. Mijn zegen heb je. Hoe dan ook … het is niet het miljoen dat je misschien had verwacht, maar je zult je kunnen redden. Je hebt je nog altijd gered.'

Janine snoof even. Het was duidelijk dat ze het er niet mee eens was, maar wat kon ze doen?

'En nu Cathy …'

Cathy staarde nu toch wat gespannen naar de notaris. 'Je zult de laatste dagen ongetwijfeld nog vaak hebben geroepen dat je niets van mij wilt, maar je weet dat ik het laatste woord heb. Ik weet ook dat je ooit hebt gezegd dat je hier nooit meer terug zou komen, maar ook hierin heb ik het laatste woord gehad. Je kunt zeggen wat je wilt, maar je hoort thuis in Olme. In dit huis. Daarom laat ik dit huis aan je na en vijfhonderdduizend euro. Aangezien je waarschijnlijk nog geen schitterende carrière hebt opgebouwd en een gezin hebt gestart, kun je dat wel gebruiken.'

Cathy staarde voor zich uit. Ze kon het nauwelijks bevatten.

'Oh ja … en Cathy … trouw met die rooie. Jullie hebben altijd al bij elkaar gehoord. Het is een warhoofd, maar misschien past hij juist daarom bij jou.'

De notaris vouwde de papieren weer samen en keek de kamer nog een keer rond. 'Ik wil nog een keer benadrukken dat de woorden die ik gebruikte de woorden van Rinus Schols waren en niet van mij,' voegde hij eraan toe.

'Dat lijkt mij duidelijk,' mompelde Erna. Ze schudde haar hoofd en glimlachte. Heel even zochten haar ogen die van Cathy. Cathy glimlachte terug.

Janine stond als eerste op. 'Dan zal ik mijn spullen maar gaan pakken,' zei ze zuur. Ze wierp Cathy nog een dodelijke blik toe, maar Cathy verwachtte dat ze uiteindelijk liever in het appartement woonde. Het geld zou haar waarschijnlijk het meeste pijn doen. Van der Velde stond ook op, murmelde een gejaagd: 'Ik moest ook maar eens gaan' sloeg snel zijn laatste borrel achterover en maakte zich haastig uit de voeten.

Erna ging naar Cathy toe en omhelsde haar.

'Meid … ik hoop echt dat je in Olme blijft,' zei ze. 'In het adresboek in de hal staat mijn adres. Zoek mij een keer op.'

Cathy knikte.

Ze ging weer zitten en staarde naar het vuur terwijl iedereen de bibliotheek uitliep.

Ze hoorde heel goed kort daarna Ronald de bibliotheek binnenlopen, maak ze keek niet om.

Ronald ging in de fauteuil naast haar zitten en keek ook naar het vuur. 'Ik hoorde dat je het huis en een boel geld erft … Janine spuuwde het uit tegen die nieuwe vriend van d'r.'

'Ja.'

'En nu?'

Cathy draaide zich om naar Ronald. Ze voelde de tranen in haar ogen branden terwijl ze hem aan keek.

'Het spijt me, Ronald.'

Ronald klemde zijn kaken op elkaar. 'Je blijft hier?'

Ze knikte.

'Ik …' Hij aarzelde even. 'Ik denk dat het geen zin heeft om te vragen of we contact kunnen houden?'

Cathy schudde haar hoofd. 'Nee. Sorry. Ik vind het heel erg …'

'Je hoeft je niet te verontschuldigen.' Hij stond op en liep de bibliotheek uit. Cathy bleef eenzaam achter. Ze voelde zich opnieuw ellendig en onzeker. Want nog steeds wist ze niet of ze de goede keuze maakte. Maar ze kon niet anders.

Ze wist niet hoelang ze daar bleef zitten. Ze hoorde mensen over de gang lopen, Janine's hoge stem en bromgeluiden van mannen. Ze wilde er geen deel van uitmaken. Ze bleef zitten en wachtte.

Pas toen het donker werd en het huis weer doodstil was, kwam ze uit de bibliotheek. Het hele huis was grauw, koud en schemerig. Alleen de lampen van de straat zorgden voor verlichting.

Waarschijnlijk was iedereen lang geleden vertrokken. Ze had zich nog nooit zo eenzaam gevoeld als nu.

Was dit nu wat ze wilde?

Besluitloos bleef ze in de hal staan. Iets knisperde in de kamer. Het leek het geluid van brandend hout. Had iemand de haard aangemaakt voordat hij of zij ging? Erna misschien?

Ze rilde en verlangde naar warmte. Ze liep de kamer in en zag meteen het brandende vuur. Gelokt door het licht en de warmte liep ze erheen en toen pas zag ze Jasper in de fauteuil zitten. Ze keken elkaar aan.

'Ik heb hen zien gaan. De notaris, de pastoor, Erna, Janine en zelfs Ronald …'

'Hoe?'

'Ik was met een zwak excuus op bezoek bij je overburen, de zusters Hanssen. Ze hebben mij misselijk gevoerd met te sterke koffie en oude koekjes. Ik was bang dat je opeens weg zou zijn, Cathy.'

Cathy schudde haar hoofd. 'Ik kon het niet.'

'Gelukkig.'

'Ik vond het zo ellendig voor Ronald.'

'Ronald heeft pech. Hij zal je inderdaad gaan missen. Net zoals ik je heb gemist. Nee. Dat klopt niet helemaal. Nooit zo erg als ik jou heb gemist. Ronald is te verstandig om zijn leven daardoor te laten beheersen. Hij zal verdriet hebben, maar het leven weer oppakken en iemand anders leren kennen. Hij ziet er goed uit, heeft een goede baan en woont in een wereldstad.'

'Denk je?'

'Natuurlijk. Mannen als hij gaan altijd verder.'

'Ik hoop het.'

'Kom.' Jasper schoof opzij op zijn fauteuil.

Cathy ging naast hem zitten. Nou ja, niet helemaal. Ze zat half op hem. De tijd waarin ze naast elkaar in een fauteuil pasten, was definitief voorbij. Maar Jasper scheen er niet mee te zitten. Hij pakte haar vast en drukte haar steviger tegen zich aan.

Samen staarden ze naar het vuur en Cathy voelde dat ze het warm kreeg en rustig werd van binnen. Ze voelde zich eindelijk helemaal thuis.